KB142211

수상한
롤러코스터

수상한
롤러코스터

조주영
장편소설

팩토리나인

CONTENTS

수상한
롤러코스터

"또야?"

놀이공원 관리실로 직원 한 명이 헐레벌떡 들어왔다. 강석은 그가 무슨 말을 꺼내기도 전에 한숨을 푹 쉬면서 머리를 감싸 쥐었다. 손가락 사이로 삐죽하게 몇 가닥 튀어나온 희끗희끗한 머리카락은 며칠간 머리를 감지 않은 듯 뭉쳐있었다. 색이 바랜 줄무늬 셔츠는 어젯밤에 뭔가 잔뜩 먹고 잠든 것이 분명한 강석의 툭 튀어나온 배를 간신히 가려주었다.

"아, 네. 소장님, 빨리 방송 좀 해주세요!"

직원은 가쁜 숨을 몰아쉬며 강석에게 미아 찾기 방송을 해달라고 부탁했다. 이번에 사라진 아이는 열두 살. 부모는 아이의 생일을 맞아 놀이공원을 찾았고, 아이 혼자 롤러코스터를 태워 보냈는데 갑자기 아이가 없어졌다고 주장했다.

"어디 보자……. 아아, 일산에서 온 열두 살 한희주 어린이. 한희주 어린이를 찾습니다."

강석은 잔뜩 잠긴 목을 '아아.' 하고 풀고 나서, 예삿일이라는 듯 심드렁하고 능숙하게 방송을 이어나갔다.

"빨간색 원피스를 입고 있고 키는 약 150cm입니다. 혹시 주변에서 한희주 어린이를 발견하신 분은 한희주 어린이를 놀이공원 입구 관리실로 인계해 주시기를 바랍니다. 다시 한번 알려 드립니다. 일산에서 온 열두 살……."

태연하게 미아 찾기 방송을 이어가고 있는 강석과는 대조적으로 아이의 엄마는 거의 울 듯한 얼굴로 발을 동동거리며 놀이공원 관리실을 배회했고, 아이의 아빠는 백지장 같은 얼굴로 소파에 앉아 부들부들 떨리는 두 손을 애써 진정시키려 주먹을 힘껏 쥐었다 폈다 했다. 방송을 마친 강석은 종이컵에 설탕이 잔뜩 들어간 달큼한 커피 믹스 가루를 넣고 뜨거운 물을 부었다. 강석은 아이의 부모에게 조심스레 커피를 건네며 대수롭지 않게 이야기했다.

"너무 걱정 마세요. 이러다가 또 금방 어디선가 나타날 겁니다. 혼자 퍼레이드를 보러 가거나 그랬을 거예요. 제가 이 놀이공원에서 일한 지 20년이 넘었는데, 숱하게 일어나는 일이죠. 저희 놀이공원의 출구는 한 군데뿐이니 어디 다른 곳으로 사라졌을 염려는 하지 않으셔도 돼요. 애들이 갈 만한 곳 몇 군데를 제가 잘 알고 있으니 금방 둘러보고 오겠습니다. 커피 한잔하면서 마음 좀 가라앉히세요."

익숙하게 아이의 부모를 안심시킨 강석은 아이가 사라졌다는 롤러코스터로 곧장 발걸음을 옮겼다. 마침 롤러코스터 출구에서 빨간색 원피스를 입은 아이 하나가 주변을 두리번거리고 있었다.

"혹시 한희주 어린이?"

"한희주!"

놀이공원 관리실로 들어오는 희주를 발견한 부모님이 걱정과 안도, 분노까지 가득 담아 소리쳤다.

"엄마 아빠 어디 갔었어! 롤러코스터에서 내렸는데 아무도 없어서 깜짝 놀랐잖아!"

부모님 품에 폭 안긴 희주 역시 안도와 투정을 가득 담아 소리쳤다.

"무슨 소리야? 네가 하도 안 내리길래 엄마 아빠가 그 주변을 얼마나 뒤졌는데! 얼마나 놀랐는 줄 알아?"

"아이참, 피에로 아저씨가 오늘 생일인 사람들만 롤러코스디 한 빈 더 공짜로 태워준내서 다녀온다고 했었잖아!"

"……뭐라는 거야, 얘가. 네가 언제?"

"아빠가 나한테 다녀오라고 손까지 흔들어 놓고, 왜 그래?"

희주의 말에 엄마는 황당하다는 얼굴로 남편에게 시선을 획돌렸다. 희주의 아빠는 어이가 없다는 표정으로 어깨를 으쓱할 뿐이었다.

"자자, 어쨌거나 금방 아이를 찾아서 다행이네요. 희주, 오늘 생일이라고 했지? 아저씨가 선물 하나 줄 테니 남은 시간 엄마 아빠 손 꼭 잡고 신나게 놀고 가라."

강석이 자신의 책상 서랍을 열어 놀이공원의 캐릭터 인형 교환권 하나를 꺼내 희주의 손에 쥐여주었다. 희주와 그녀의 부모님은 감사하다며 강석에게 연신 머리를 숙인 후 문을 나섰다. 문밖에서 "너, 한 번만 더 이러면 크게 혼날 줄 알아!" "아니, 내가 진짜 이야기했다니까?" 하며 옥신각신하는 희주 가족의 목소리가 멀어져 갔다.

●●●

경기도 외곽에 자리 잡은 오래된 놀이공원, 프로방스 가든. 한때는 입장을 위해 몇 시간씩 줄을 서야 할 정도로 인기가 많았지만, 수십 년의 세월이 흐르는 동안 관리가 잘 되지 않았다는 게 한눈에 보였다. 이제는 근처에 사는 사람들이 가족들과 갈 곳이 없을 때나 가끔 들르는, 사람이 많이 찾지 않는 썰렁한 놀이공원이다.

그런데 몇 개월 전부터 이 놀이공원에 문제가 생겼다. 바로 롤러코스터 운행 도중에 사람이 실종된다는 것이다. 탈 때는 스무 명이었는데, 내리는 사람은 열아홉 명뿐인 경우가 종종 생겼다.

그렇다고 누군가가 아래로 추락하는 사고가 발생한 것도 아니다. 기묘한 일이지만, 탑승 인원은 체크해도 내리는 인원은 체크하지 않기 때문에 한 사람이 사라졌다는 사실을 인지하는 건 그와 동행한 친구나 가족뿐이었다.

더욱 이상한 것은, 사라졌던 사람들은 약 30분 정도가 지나면 다시 놀이공원에 나타나는데, 함께 온 가족들에게는 빨리 내려서 잠깐 혼자서 놀고 있었다거나, 친구를 우연히 만나서 놀고 왔다고 대답한다. 혼자 놀이공원을 찾았다가 홀연히 사라졌다 잠시 후에 다시 나타나는 사람들도 있었다.

며칠 동안 실종됐다면 일이 커졌겠지만, 지금까지는 모두 놀이공원 어딘가에서 30분 정도 후에 다시 발견됐기 때문에, 모두 그저 '이상한 일' 정도로만 생각하고 지나쳤다. 놀이공원에서 귀찮은 일이 발생하는 것이 탐탁지 않은 관리소장 강석의 안일한 성격도 이 롤러코스터 실종 사건을 조용히 묻는 데 한몫을 했나.

롤러코스터를 탄 사람들이 잠시 실종됐다가 다시 나타나는 사건은 그냥 우연일까?

아니면 우연을 가장한 알 수 없는 비밀이 롤러코스터에 숨겨져 있는 것일까?

Chapter 1

한
솔

"아…… 머리야…… 미치겠네."

이른 새벽, 한솔은 오늘도 참을 수 없는 두통을 느끼고 잠에서 깨어났다. 눈을 뜰 수도 없을 만큼 극심한 두통 때문에 겨우 침대에서 몸을 일으켜 의사가 처방한 두통약을 정량보다 두 알이나 더 입안에 털어 넣었다. 그제야 겨우 두통이 조금 가라앉는 것 같다.

"또 그 꿈이네."

얼마 전부터 이따금 잘 기억나지 않는 이상한 꿈을 꾸는데, 그 꿈을 꾸고 나면 극심한 두통이 찾아왔다. 신경외과, 정신건강의학과, 심리치료센터 등 안 가본 곳이 없었지만 돌아오는 답은 학업과 대인관계 스트레스 탓이라는 결론이었다.

다시 잠들기는 글렀다는 생각에 한솔은 몸을 일으켜 학교에 갈 준비를 했다. 한솔은 내년에 고등학교 입학을 앞두고 있는데, 성적에 매우 민감한 부모님 때문에 실제로 학업 스트레스가 이만저만이 아니긴 했다.

"야, 조한솔. 나 프로젝트 과제 자료 조사한 것 좀 넘겨줘. 어제 간만에 애들이랑 농구 하느라 도저히 시간이 안 나더라."

"아…… 그래? 그러지, 뭐……."

"고맙다! 내가 나중에 밥 한번 살게!"

교복을 제멋대로 입은 한 무리의 남자아이들이 신나게 떠들며 몰려와 과제 자료를 넘겨달라고 당당하게 요구했다. 한솔은 잠시 머뭇거리다가 가방을 뒤져 자료를 넘겨주었다.

사람들은 그를 '조한솔' 또는 학급 번호인 '27번'이라고 부른다. 그의 주변에 친근하게 '한솔아!'라고 부르는 이는 없었다. 부모님은 가끔 어린아이를 부르듯 '솔아!' 하고 부르기도 하지만 말이다. 겉으로 보이는 것처럼 소심한 성격의 한솔은 주로 몸에 맞지 않는 헐렁한 셔츠에 색이 바랜 청바지를 입고 낡은 손목시계를 차고 다니는데, 친구들과 어울려 놀러 다니거나 자신을 꾸미는 데에는 도통 관심이 없었다.

그를 부르는 사람이 거의 없기 때문에, 누군가 '조한솔!' 하고 부르면 뒷골이 쭈뼛 서며 긴장이 된다. 누군가와 대화할 때는 눈을 잘 마주치지 못하고, 방금처럼 불합리한 요구 사항에도 어쩔 줄 몰라서 이내 알았다며 고개를 끄덕여버린다.

그런 한솔에게는 당연하게도 친구들이 별로 없었다. 그 역시 애를 써가며 사람들과 친해지고 싶지 않았다. 한솔의 유일한 친구는 그저 책이다. 특히 고고학에 관심이 많아서 역사서나 과거의 유물을 다룬 책들을 섭렵하고 있다. 도서관에 가서 좋아하는 책을 읽고 나만의 세상 속에 빠져드는 것. 그것이 바로 한솔의 유일한 안식이었다.

얼마 전, 여느 때와 다름없이 국립도서관에서 공부하다가 지루해진 한솔은 고고학 책들이 모여있는 코너로 발걸음을 옮겼다. 《나 혼자 떠나는 고고학 여행》《니네베 발굴기》《사라진 전설의 도시》등등. 눈에 띄는 것들은 이미 다 예전에 읽고 또 읽은 책들이다.

'이건 뭐지?'

그때, 책 분류표가 붙어있지 않은 아주 낡은 책 하나가 한솔의 눈에 띄었다. 펼쳐 보니 글은 없고 건축 설계도 같은 것이 그려진, 딱 봐도 엄청 지루할 것 같은 책이다. 별생각 없이 책장을 휘리릭 넘겼다. 오래된 책의 이음새는 모두 낡아서 그중 낱장 하나가 힘없이 바닥에 떨어졌다.

한솔은 떨어진 낱장을 무심코 주워 들었다. 거친 종이 결이 생경했다. 떨어진 책장의 한쪽 면에는 글이 쓰여있었다. 아니, 정확하게는 글인지 뭔지 알 수 없는, 문자처럼 생긴 것이 그려져 있었다. 한솔이 살아생전 본 적 없는 이상한 글자였다. 어리지만 고고학에 꽤 관심이 많아 상형문자를 많이 접해본 한솔조차도 처음 보는 문자였다. 마치 보이니치 문서(15세기에 쓰였다고 추정되는 문서로, 알려지지 않은 글자와 그림을 포함하고 있다. 여러 암호학자들이 이 문서를 번역하기 위해 시도했으나, 아직까지도 해석에 성공한 사람은 없다.)처럼 세상 어떤 문자와도 유사성이 없는 모양새였다. 뒷면에는 문자와 함께 삽화 하나가 그려져 있었다. 하늘의 달과 별처럼 보이는 것들이 모여 둥글게 원을 그리고, 그 원아래로 역시나 본 적이 없는, 뿌리가 어마어마하게 큰 나무 수십 그루가 연결되어 있는 그림이었다.

한솔은 마치 마주치고 싶지 않은 누군가가 '조한솔!' 하고 불렀을 때처럼 갑자기 등골이 서늘해지는 느낌이 들었다. 실제로는 어떤 소리도 들리지 않았지만, 한솔은 누군가가 자신을 부르는 환청을 살짝 들은 것도 같았다.

호기심과 더불어 알 수 없는 힘에 이끌린 한솔은 떨어진 책의 낱장을 한동안 들여다보다가 누가 볼세라 다급히 구겨서 겉옷 주머니에 쑤셔 넣었다. 뭘까, 이 알 수 없는 두근거림은. 몰래 물선을 훔지다가 설린 것처럼 가슴이 뛰고 양 볼이 상기되는 느낌이다. 이 이상한 글자에 대해 알아봐야겠다거나, 딱히 어떻게 해야겠다는 생각을 한 것은 아니다.

한솔은 분류표가 붙어있지 않은 낡은 책을, 도서관에서 일하는 것이 아주아주 지루해 보이는 사서에게 전해주고는 서둘러 집으로 향했다.

"솔아! 너 왜 이제 들어오는 거야! 선생님이 진작부터 기다리고 계셨어. 빨리 들어와서 수업 준비해."

한솔의 엄마가 어쩔 줄 몰라 하며 다급하게 이야기했다.

'아, 그렇지.'

오늘은 수학 선생님이 집에 오시는 날이다. 그 이상한 책장 때문에 잠시 정신이 팔려 선생님과의 약속을 까맣게 잊고 말았다. 서둘러 겉옷을 벗고 가방을 내려놓은 한솔은 잔뜩 죄송한 표정을 짓고는 미리 와 앉아있던 수학 선생님에게 쭈뼛쭈뼛, 고개를 까딱하며 인사했다.

"어휴. 이 낡은 옷 좀 그만 입으라니깐……."

한솔의 엄마는 수업에 방해되지 않도록 조심스레 한솔이 벗어놓은 겉옷을 옷장 구석에 걸어두고 더러워진 가방을 탈탈 털어 단정히 정리했다.

수학 과외는 너무 지루해 별 도움이 되지 않았지만, 한솔에게 다른 선택지는 없었다. 소심한 성격 탓에 좋다 싫다 제대로 이야기도 못 해봤다. 그저 부모님의 착한 아들로 열심히 공부하는 수밖에……. 이번 기말고사를 망치면 전국에서 손꼽히는 명문인 태성고 입학은 물 건너갈 것이다. 태성중 출신이 태성고 입학에 실패한다는 것은 중학생 시절 얼마나 불성실했는지를 보여주는 지표일 뿐만 아니라, 일찌감치 명문대 입학은 글렀다는 의미이기도 하다.

'그래, 이게 현실이지.'

수업이 진행되고 폭풍 같은 선생님의 잔소리를 듣는 동안, 어느새 한솔은 자신이 가져온 책 낱장의 존재를 까맣게 잊고 말았다.

그때부터였다. 한솔이 매일 밤 이상한 꿈을 꾸고, 곧이어 끔찍한 두통이 찾아오기 시작한 것은.

Chapter 2

도서관의 여자아이

벌써 몇 주째 꿈과 두통이 이어졌다. 처음에는 꿈이라는 것을 인식하지 못할 정도로 하얀 공간에서 이명처럼 울리는 소리만 들렸었는데, 점점 시간이 갈수록 꿈은 선명해졌다. 사람인지 동물인지 물건인지 알 수 없는 검은 실루엣이 보이고, 마이크를 잘못 켰을 때처럼 삐이 하고 들렸던 소리가 이제는 말소리처럼 리드미컬하게 윙윙거리기도 했다. 그에 따라 두통도 일상생활에 지장이 갈 정도로 극심해졌다.

두통약을 한 통 처방받고 터덜터덜 집에 돌아온 어느 밤이었다. 또 이상한 꿈을 꾸고 두통이 찾아올까 봐 두렵기도 했지만, 그렇다고 밤을 새울 수는 없는 노릇이었다. 머릿속에는 자꾸만 떨어지는 성적과 고등학교 입시에 대한 걱정으로 이런저런 생각들이 한없이 떠올랐지만 다음 날을 위해 한솔은 몸을 몇 번이나 뒤척이며 겨우 잠이 들었다.

그리고 다시 꿈속이었다. 오늘 꿈은 전에 없이 선명하다. 조금씩 검은 실루엣이 아주 희미하게 제모습을 드러냈다.

'가만, 이거 뭐였지? 어디선가 본 적이 있는 건데? 어디에서 봤더라?'

삐이이이.

또 이명이다. 갑작스러운 이명과 함께 머리가 깨질 듯한 두통을 느낀 한솔은 침대에서 몸을 벌떡 일으켰다.

'분명히 문자였어.'

퍼뜩하고 한솔의 머릿속에 몇 주 전 도서관에서 가져왔던 책장이 떠올랐다. 한솔은 부리나케 침대에서 내려와 옷장을 뒤져 그 책장을 구겨 넣었던 겉옷을 찾았다. 내가 잘못 본 걸 거야…… 하는 생각과 진짜 똑같은 거면 뭐 어떡해야 하지? 하는 생각이 그 짧은 순간에 뒤엉켰다.

한솔은 몇 주간 그의 겉옷에서 잠들어있던 구겨진 종이를 조심스레 꺼내 펼쳐 보았다. 오랫동안 꿈속에서 한솔을 괴롭히던 검은 실루엣은 이 종이에 적힌 문자가 틀림없었다. 또다시 뒷골이 쭈뼛 서고, 마른침이 꼴딱 넘어갔다. 잠은 이미 달아나 버렸다. 그러나 한솔은 지금 다시 잠이 들면 꿈이 이어지지 않을까 하는 생각에 눈을 꼭 감고 머리끝까지 이불을 뒤집어썼다.

'내 수면제…… 수면제 어디 있지?'

역시나 바로 잠들지 못해서 한솔은 떨리는 손으로 수면제를 찾아 입에 털어 넣고 다시 잠을 청했다. 구겨진 책장을 침대 머리맡에 올려둔 채. 그리고 한솔은 다시 꿈을 꾸었다. 꿈은 전에 없이 선명했다. 꿈속에서 보았던 낯선 문자로 쓰인 책을 아주 선한 인상의 예닐곱 살쯤 되어 보이는 어린 남자아이가 가지고 있었다. 생김새는 매우 귀여웠지만 눈빛은 어린아이답지 않게 강렬했다. 처음에는 그의 어릴 적 모습이 아닌지 헷갈렸지만 자신의 과거는 아닌 것 같다. 한솔은 꿈속에서 그 남자아이를 알아보기 위해 정신을 집중했지만 도무지 누구인지 알 수 없었다.

꿈속의 아이는 책을 읽다 말고 한솔에게 무언가를 보여주려고 한다. 보일 듯 말 듯 너무 감질나고 답답한 순간이 이어졌다. 마치 오래전에 들었던 노래를 떠올릴 때처럼, 분명 알고 있는 노래임에는 틀림없는데 제목도 멜로디도 희미하게 머릿속에서만 맴돌아 답답한 느낌이랄까.

그 후 한솔은 계속해서 꿈을 기다렸다. 기분 나쁘고 극심한 두통이 고통스럽고 두렵기도 했지만, 그보다는 그 아이가 보여주는 것이 무엇인지 너무나 궁금하고 답답해 미칠 지경이었기 때문이다. 그렇지만 이상하게도 아이가 뭔가를 보여주려는 시점에 번번이 꿈에서 깨어 도저히 알 수가 없었다.

'종이를 몸에 가까이 지니면 좀 더 뚜렷하게 보이긴 하는데

말이야……'

　꿈을 좀 더 선명하게 꾸기 위해 한솔은 잠을 잘 때 책의 낱장을 꼭 안고 자기도 하고 베개 밑에 넣기도 했다. 그럴수록 꿈은 조금씩 또렷해졌지만 항상 멈추던 거기까지였고 더 이상 진행되지 않았다.

　'아, 조금만 더 하면 볼 수 있을 것도 같은데…… 어떻게 해야 하지?'

　그때 섬광처럼 어떤 생각 하나가 한솔의 머리를 스치고 지나갔다.

　'혹시…… 한 장이 더 있으면 꿈이 더 선명해지지 않을까?'

　누군가에게 뒤통수를 한 대 얻어맞은 것 같은 느낌이었다. 한솔은 책장을 발견했던 국립도서관으로 서둘러 달려갔다. 기억에서 까맣게 지워진 책 제목을 떠올리려 애쓰며.

　"헉헉…… 저기요……. 몇 주 전에 제가 책 분류표가 없는 낡은 책을 하나 찾아드렸는데요, 혹시 그 책 지금 어디에 있을까요?"

　누군가에게 이렇게 다짜고짜 말을 걸어본 것이 얼마 만일까. 한솔은 사서를 찾아가 몇 주 전에 찾아줬던 그 책이 지금 어디에 있는지 물었다.

　"응? 무슨 책? 제목이 뭐였는데?"

여전히 도서관 일이 너무나 지루해서 퇴근 시간만을 기다리고 있던 게으른 사서가 심드렁하게 되물었다.

"아, 그게…… 제가 몇 주 전에 잠깐 스치듯 본 책이라서 제목은 잘 기억나지 않아요."

"에이 학생, 그럼 나도 찾을 수 있는 방법이 없어. 여긴 국립도서관이라고. 장서 수만 해도 1300만 권인데 그걸 내가 어떻게 기억하겠어? 그때 분류표를 새로 찍어서 어딘가 꽂아두었을 거야."

사서는 코를 후비적거리며 다시 컴퓨터 모니터로 시선을 돌려버렸다. 더 이상 너에게 알려줄 것이 없고 귀찮으니 썩 꺼지라는 뜻이었다. 역시, 몇 주 전에 전해줬던 분류표 없는 책의 제목 따위를 사서가 기억할 거라고 기대한 게 바보 같은 생각이었다.

'국립도서관에 있는 책은 1300만 권이 넘어. 이 많은 책 중에서 그 책을 어떻게 다시 찾지?'

딱히 좋은 방법은 없었다. 한솔은 학교 수업이 끝나면 도서관에 공부하러 간다고 거짓말을 하고, 도서관에 있는 모든 책들을 하나하나 찾아보기 시작했다. 한 권을 뽑아 휘리릭 펼쳐 보고 탈탈 털어서 혹시 찢어진 낱장이 있는지 확인하고 다시 꽂아두는 작업을 반복했다. 매일매일 몇 시간 동안 그렇게 찾아보았지만 몇 주 전에 대충 훑어봤던 책이라서 어떤 책이었는지 잘 기억도 나지 않았다.

　그렇게 책을 펼쳐 보고 꽂아두기를 며칠째. 한솔은 포기하기 직전이다. 이런 바보 같고 비효율적인 방법으로는 내년에도 책을 찾을까 말까 할 것이다. 게다가 다른 낱장이 꿈을 더 보여줄 거라는 보장도 없지 않은가.

　처음 책을 찾을 때 눈에 불을 켜고 있던 모습은 온데간데없이 사라지고 현저히 떨어진 속도로 설렁설렁 책을 찾는 한솔의 눈에, 며칠 전부터 계속 한 여자아이가 보였다. 그 여자아이가 눈에 띄었던 것은 그녀가 너무 열심히 공부하고 있다거나, 눈길을 사로잡을 만큼 예뻐서가 아니었다.

　분명히 그 여자아이도 '어떤 책'을 찾고 있었다. 이미 알고 있는 책을 찾는 것이 아니라 이것저것 뒤지는 느낌이었다. 그 여자아이도 자신처럼 신경이 매우 곤두서 있었고, 책을 꺼내 한번 휙 훑어보고 다시 꽂아놓는 일을 반복했다. 한솔은 직감적으로 그녀가 그와 같은 것을 찾을지도 모른다는 생각이 들었다. 마음을 먹은 한솔이 그녀에게 말을 걸기 위해 호흡을 가다듬고 주먹을 꽉 움켜쥐었다.

　"저, 저기……."

　한솔은 식은땀이 나는 손바닥을 바지에 문지르며 말을 이어나갔다.

　"뭐 찾는 거 있어?"

책을 찾던 여자아이는 자신을 부르는 한솔을 '휙!' 소리가 나게 돌아보았다. 앞머리만 곱슬곱슬한 희한한 단발머리 덕분에 동그랗고 총명해 보이는 눈동자가 더 눈에 띄었다.

그녀는 눈빛으로 '뭐야, 귀찮게.'라고 쏘아붙이며 한솔에게 대꾸도 하지 않고 다시 책꽂이로 시선을 돌려 빠른 손놀림으로 책을 뒤졌다. 평소 같았으면 모르는 여자아이에게 말을 걸지도 않을뿐더러, 한번 무시당했다면 얼굴이 후끈 달아올라 뒷걸음질을 쳐서 달아났을 테지만, 한솔은 등에 흐르는 식은땀을 느끼며 한 번 더 용기를 내어 물어본다.

"저 혹시…… 오래된 종이 같은 거…… 찾아?"

"뭐?"

여자아이는 조금 전 한솔을 쏘아보았던 눈을 두 배로 크게 뜨고 경계심과 호기심, 놀라움을 가득 담아 한솔을 뚫어져라 쳐다보았다.

"네가 그걸 어떻게……."

그녀의 눈동자가 파르르 떨렸다. 어색하게 시선을 피하던 한솔의 눈에 여자아이의 책가방에 달린 이름표가 보였다. '신은비'라는 이름이 또박또박한 글씨로 적혀있었다.

Chapter 3

두
개
의 책
장

"자, 여기서 이야기하자. 어떻게 된 거야?"

은비는 한동안 한솔을 뚫어져라 쳐다보다가 다짜고짜 그의 손을 잡고 도서관 비상계단 쪽으로 끌고 가 카랑카랑한 목소리로 물었다. 왜인지는 모르겠지만 은비는 누군가가 그들의 대화를 들으면 안 될 것 같았고, 비밀 이야기는 자고로 비상계단에서 해야 한다고 생각했다.

"실은……."

한솔은 은비에게 붙잡혔던 손을 겨우 빼내어 등 뒤로 감추고는 잔뜩 뜸을 들이며 입을 열었다.

"몇 주 전에 우연히 여기에서 이길…… 찾았거든."

한솔은 보여줘야 하나 말아야 하나 한참을 망설이다가 은비의 동그란 눈에 떠밀리듯, 주머니에서 낡은 책장을 꺼내 살며시 내밀었다.

"너 이거……."

은비는 믿을 수 없다는 표정으로 책 낱장을 낚아채고는 종이와 한솔을 번갈아 바라보았다.

"이거 어디서 났어?"

"아…… 그게……."

한솔은 심호흡을 한번 하고 은비에게 그간의 자초지종을 설명해 주었다. 몇 주 전에 우연히 여기에서 책장 하나를 발견한 이야기부터 책장을 가져간 이후 이상한 꿈과 함께 두통이 찾아왔고, 어떤 아이가 꿈에 나와 뭔가를 자꾸 보여주려고 하는데 꼭 그 타이밍에 꿈에서 깨버린다는 이야기까지 전부 해주었다. 마치 혼날 짓을 해놓고 선생님께 이런저런 변명을 하는 것처럼 눈도 제대로 마주치지 못한 채, 두 발을 꼬았다가 풀었다가 하며 말이다. 이렇게 누군가에게 말을 오래 한 것은 10년도 더 된 것 같다.

"그래서? 혹시 다른 한 장이 더 있을까 싶어서 도서관에 다시 와본 거야?"

"응…… 맞아."

"헐…… 대박."

은비는 믿을 수가 없다는 듯 고개를 좌우로 저으며 비상계단에 털썩 앉아버렸다.

"너……는? 너도 같은 거 찾고 있던 거 맞아?"

한솔이 다시 한번 마른침을 꼴깍 삼키며 은비에게 물었다. 은비는 대답 대신 책가방에서 종이를 꺼내 한솔에게 보여주었다. 한솔이 찾던, 바로 그 책장이었다.

"이거 재밌어지는데?"

은비가 흥미롭다는 듯 씨익 웃으며 말했다.

은비는 동그란 눈매와 카랑카랑한 목소리가 잘 어울리는, 수다가 정말 많은 아이였다. 한솔이 뭐라고 더 묻기도 전에, 자기소개부터 시작해서 어떻게 그 책장을 손에 넣게 되었는지, 그 후에 무슨 일이 있었는지를 쉬지 않고 이야기했다. 한솔의 역할은 그저 중간중간 "응응……." 하고 개미만 한 목소리로 추임새를 넣는 것뿐이었다.

"난 신은비야. 열여섯 살. 태성 중학교 다녀. 너도 뭐…… 나랑 비슷해 보이는데 그냥 말 놓는다?"

태성 중학교라면 한솔과 같은 학교다. 한솔은 학교에서 한 번도 본 적 없는 얼굴인데……라고 생각했다. 하긴, 한솔은 워낙 바닥만 보고 걸어 다니는 터라, 누가 학교에 다니는지 모르는 것도 이상하지 않다.

"난 이거 헌책방에서 찾았어. 책을 하나 사서 집에 왔는데 이게 책 안에 끼워져 있더라고."

이후에 이어지는 이야기는 한솔이 겪은 일들과 소름 끼치게 똑같았다. 은비도 극심한 두통과 더불어 꿈을 꾸었고, 꿈이 진행되지 않자 답답한 마음에 혹시 한 장이 더 있다면 무슨 일이 일어나지 않을까, 하는 심정으로 책장을 발견했던 헌책방부터 책이 가장 많은 국립도서관까지 빠짐없이 다니며 다짜고짜 뒤지고 있었던 것이다.

"이제 어쩌지?"

각자의 이야기를 털어놓은 두 사람은 한동안 말없이 비상계단에 앉아 생각에 잠겼다. 한솔과 은비는 같은 책에서 찢어진 것이 분명해 보이는 서로 다른 낱장을 가지고 있었고, 이제 책장은 두 장이 되었다. 서로가 애타게 찾던 것을 서로가 가지고 있다.

"그거…… 나한테 주라."

오랜 침묵을 깨고 은비가 먼저 한솔에게 말을 건넸다.

"아…… 음……."

한솔의 머릿속에 수만 가지 생각이 스쳐 지나갔다. '이것 때문에 이상한 꿈을 꾸고 두통도 생겼는데, 그냥 줘버리면 되겠네!'라는 생각과, 괜히 뺏기는 기분이 들어서 주기 싫다는 생각도 함께 들었다. 평소에 다른 친구들이 이렇게 뭔가를 달라고 요구했다면 망설이다가 결국 내어주고 말았을 것이다. 그런데 이상하게도 이번에는 주고 싶지 않았다. 오히려 은비가 가지고 있는 나머지 한 장을 가져오고 싶은 마음이 더 컸다.

"미안……. 그건 좀…… 어려울 것 같아."

거절하는 순간 뜨거운 물을 꿀꺽 삼킨 것처럼 가슴이 후끈하더니, 놀이공원에서 바이킹을 타고 내려올 때처럼 아랫배가 살금살금 아파왔다. 누군가에게 거절을 하는 것은 한솔에게 너무나 낯선 일이다. 심지어 무엇인지도 모르는 물건 때문에 거절을 해본 경험은 단 한 번도 없었다.

"에이, 그럼 어떻게 하지?"

은비는 한솔의 거절을 대수롭지 않게 넘기고는 다시 생각에 빠졌다. 그러다가 갑자기 좋은 생각이 떠올랐다는 듯 손바닥을 탁! 치며 말했다.

"우리 이거 가지고 같이 자러 가자!"

"뭐, 뭐……?"

한솔은 자기도 모르게 두 손을 엑스 자로 모아 가슴팍을 살며시 가리고는 몸을 돌렸다. 애는 뭐가 이렇게 적극적인 거지? 그러자 은비는 몸을 돌린 한솔을 쳐다보며 어이없다는 듯 입술을 씰룩거렸다.

"그 반응 뭐야? 꿈꾸러 가자고!"

"꿈꾸러 가자니 그게 무슨……."

"너 그거 나한테 주기 싫다며. 나도 너한테 주기 싫거든. 그럼 어쩔 수 없지 뭐. 같이 손에 쥐고 잠드는 수밖에."

은비는 자신의 기발한 아이디어가 몹시 만족스럽다는 듯 잔뜩 흥분해서 발을 동동 굴렀다. 그런데 무슨 수로? 열여섯 살의 남자아이와 여자아이가 무슨 수로 부모님의 눈을 피해 함께 잠들 수 있는 상황을 만든단 말인가?

"아니 그게…… 말이 안 되는……."

"나한테 좋은 생각이 있어."

당황한 나머지 더듬거리는 한솔의 말을 댕강 자르며, 은비가 대답했다.

"다음 주에 우리 학교 2박 3일 캠프 가잖아!"

은비의 계획은 이랬다. 다음 주에 전 학년이 참여하는 2박 3일 캠프 일정이 있으니, 모두가 자는 밤중에 몰래 빠져나와 함께 잠들자는 것. 한솔의 머릿속에는 순찰 중인 선생님께 들켜 캠프가 한바탕 난리 나는 모습이 떠올랐다. 절로 몸서리가 쳐지는 장면이다.

'안 돼…… 안 돼. 말도 안 되는 계획이야.'

"야, 너 담 주 캠프 갈 때 그거 꼭 가지고 와야 해! 진짜 두 번 다시 없을 기회일지도 몰라. 꼭이다! 꼭!"

은비는 갑자기 울리는 휴대폰을 들여다보고는 '젠장…… 망했다.'라는 표정을 지으며 재빨리 가방을 챙겼다. 그리고 한솔에게 신신당부한 뒤 그 길로 비상계단을 두 칸씩 뛰어 내려가 사라졌다.

'아…… 이를 어쩐다…….'

뭐라 말할 새도 없었다. 캠프에서 몰래 잠자리를 빠져나오자니……. 한솔은 이 상황이 너무나 당황스러웠지만, 그렇다고 자신에게 다른 뾰족한 수가 있는 것도 아니었다. 한솔은 꿈도 꾸지 않았는데 갑자기 두통이 몰려오는 것 같아 눈을 질끈 감았다.

캠프 당일 AM 06:00

한솔의 눈이 퀭했다. 캠프에 책장을 가져갈지 말지 고민하느라 잠을 제대로 자지 못했다. 어찌나 입술을 잘근잘근 씹으며 초조하게 고민을 했는지, 입술이 벌겋게 부었다.

소심하고 겁 많은 한솔에게, 몰래 캠프를 빠져나와 낯선 여자아이와 어딘지도 모르는 장소에서 같이 잠들어야 하는 상황은 번지점프를 하는 것만큼이나 두려웠다. 그러나 한편으로는 두 개의 책장을 함께 지니고 꿈을 꾸었을 때 어떤 일이 일어날지 너무나 궁금했다.

한솔은 다시 한번 온몸이 바르르 떨릴 정도로 주먹을 꽉 쥐고는 결심한 듯 책장을 캠프 배낭에 챙겨 넣었다.

전 학생들이 모인 캠프장은 말 그대로 시끌벅적하다. 모두가
입을 벌려 내뱉는 말들이 구름이 되어 캠핑장의 공기를 아득히
뒤덮은 듯 웅성웅성하다. 자주색 트레이닝복에 선글라스를 쓰
고 모자를 푹 눌러쓴 캠프 지도 선생님이 강당 앞에 꼿꼿하게
서있었다. 선생님이 확성기까지 동원해 가며 조용히 하라고 소
리쳤지만, 간만인 2박 3일 캠프에 들뜬 학생들의 흥분을 잠재
우기에는 역부족이었다.

시끄러운 무리 사이에서 유일하게 입을 닫고 있던 한솔은 고
개를 빼꼼 내밀어 캠프장 여기저기를 둘러보았다. 수많은 아이
들 중 은비가 어디에 있는지 찾아야 한다. 은비도 한솔을 찾고
있을 것이다. 이럴 줄 알았으면 연락처를 받아두거나 몇 시에
어디에서 만나자고 약속이라도 하고 헤어지는 건데……. 한솔
이 바보 같았던 지난주 자기 모습을 자책하며 머리를 주먹으로
콩콩 때리고 있는데 누군가 뒤에서 그를 툭 하고 쳤다.

"헤이!"

은비였다. 빨갛게 상기된 은비의 표정에서 그녀가 오늘을 얼
마나 고대하고 왔는지 느낄 수 있었다. 은비는 여전히 앞머리만
곱슬곱슬한 희한한 단발머리를 간신히 하나로 모아 묶고 있었
다. 오버롤 청바지와 새것처럼 보이는 운동화를 보니 잔뜩 멋을

부리고 온 모양이다.

"가져왔어?"

은비가 한솔 옆에 딱 붙어 귓속말로 물어보았다. 마치 정부의 비밀 요원이라도 된 것처럼 잔뜩 경계 태세를 갖추고 있었다.

"어? 으응……."

갑작스럽게 등장한 은비 덕분에 당황한 한솔은 제대로 대답을 못 하고 얼버무렸다.

"뭐라는 거야? 너 설마 안 가져왔어?"

은비가 한솔의 옆에 딱 붙은 채 이를 앙다물고 남들이 보지 못하도록 한솔의 옆구리를 꼬집으며 말했다.

"아야! 가져왔어, 가져왔다고……."

갑작스러운 공격에 한솔은 깜짝 놀라 외마디 비명을 내뱉었다. 곧이어 한솔이 멋쩍은 듯 대답하자 은비는 알 수 없는 미소를 지으며 곁눈질로 그를 슬쩍 쳐다보고는 꼬집었던 한솔의 옆구리를 다시 한번 손가락으로 푹 찔렀다.

"이따 밤 열한 시에 여자 화장실 쪽으로 와."

은비가 잘했다는 듯, 한솔의 어깨를 주먹으로 툭 치며 말했다. 왜 하필이면 여자 화장실이람. 한솔은 머릿속이 복잡해져 아까 주먹으로 콩콩 내리치던 머리를 더욱더 세게 쾅쾅 내리쳤다.

PM 10:55

'몇 시지?'

한솔은 늘 차고 다니는 손목시계를 힐끔 쳐다보았다. 밤 열 시부터 취침 시간이었기 때문에 캠프장은 모두 소등 상태였다. 아직 잠들지 않은 몇몇 아이들이 소곤소곤 킥킥대며 수다를 떠는 소리가 들린다. 은비와 약속한 밤 열한 시가 다가오자 더욱 초조해진 한솔은 습관처럼 입술을 잘근잘근 씹으며, 슬며시 몸을 일으켰다.

"아이고 배야……."

한솔은 아무에게도 들리지 않았을 것이 확실한 개미만 한 목소리를 내뱉고는 괜히 배를 살살 문지르는 척했다. 뒷주머니에 책장을 잘 접어 넣었는지 계속 확인하느라 어기적거리는 발걸음으로 슬며시 나왔다. 아직 잠들지 않은 아이들이 소곤거리는 것이 신경 쓰였지만, 지금 나가지 않으면 늦는다. 다행히 아이들은 한솔이 나가는 것을 봤는지 못 봤는지, 별다른 신경을 쓰지 않았다. 그저 재미있어 죽겠는데 소리를 못 내서 답답하다는 듯 킥킥거리고 있을 뿐이었다.

PM 11:00

검은 실루엣이 여자 화장실 입구에서 원을 그리며 빙글빙글 돌고 있다. 은비다.

"빨리 와! 빨리빨리!"

은비는 한솔의 모습이 멀리서 보이자, 소리는 내지 않고 입 모양으로만 빨리 오라며 재촉했다. 불이 꺼져서 깜깜했지만, 들키지 않으려고 손전등도 가져오지 않았다. 한솔이 가까이 다가가자 은비는 검지손가락을 입술에 갖다 대며 "쉿!" 하고는 한솔의 손을 이끌었다. 은비가 데려간 곳은 청소 도구들을 보관해 놓은 창고 같은 곳이었다. 비좁긴 했지만, 두 사람이 앉아서 머리를 맞대고 잠을 청할 수 있는 정도의 공간이긴 했다. 한동안 사람들이 들어오지 않았던 것인지 창고에 들어서자마자 퀴퀴한 먼지 냄새가 코를 간지럽혔다. 한솔은 자기도 모르게 콜록거리다가 은비에게 조용히 하라며 콜록거리는 소리보다 더 큰 소리가 날 만큼 세차게 등을 얻어맞고 말았다.

"여기야. 오늘 여기서 자는 거야."

은비가 먼저 자리에 조심스레 앉으며 머뭇거리는 한솔의 손을 잡아끌었다.

'아…… 그냥 다시 돌아갈까?'

추진력 있는 은비의 계획에 따라 반강제로 창고까지 오긴 왔지만, 아직도 한솔은 갈팡질팡한 마음이었다. '지금이라도 늦지 않았으니 다시 돌아가야 하지 않을까?' 하는 망설임이 한솔의 마음속에 점점 부풀어 올랐다.

"영 불안하면 종이만 주고 가던가."

망설이는 한솔의 모습을 애써 모른척하던 은비는 그가 계속 신경 쓰였는지, 갈 테면 가라는 식으로 한솔에게 말했다. 그 말에 한솔의 호기심이 불안함을 누르고 더 크게 고개를 내밀었다.

'그래. 이왕 이렇게 된 거, 빨리 잠들어서 꿈꾸고 들키기 전에 돌아가는 거야.'

한솔은 굳게 결심하고 눈을 질끈 감았다. 꼭 감은 눈 틈새로 희미한 달빛이 스며들었다.

그러나 이런 상황에서 갑자기 잠들 수 있을 리 만무했다. 두 사람은 말없이 한쪽 눈으로 옆을 힐끔거리며 상대방이 자고 있는지 체크했다. 그들은 한참을 뒤척이며 시간을 보냈다. 한솔의 머릿속에는 이러다가 걸리면 어쩌나, 잠을 잘 수나 있을까, 진짜 꿈속에서 새로운 것을 볼 수 있을까 하는 걱정들이 뭉게뭉게 피어올랐다. 은비도 잠 못 들기는 마찬가지였다. 자신만만하게 한솔을 이곳으로 데려오긴 했지만, 막상 창고에 와서 앉아있으려니 긴장되고 생각이 복잡해지는 것은 어쩔 수 없었다.

그때, 창고 바깥에서 낯선 소리가 들려왔다.

뚜벅뚜벅.

분명 발소리였다. 순찰 중인 선생님이 틀림없다. 발소리가 커질수록 두 사람의 심장박동 소리도 더욱 커졌다. 혹시 그 소리가 바깥으로 새어 나가지 않을까 걱정될 정도로 심장이 너무 빨리 뛰어 가슴이 터질 것만 같았다.

'안 돼. 제발…… 제발 이쪽으로 오지 마라.'

한솔은 두 눈을 질끈 감고 발소리가 창고를 지나쳐 가길 간절히 기도했다. 밤공기가 차가웠지만, 이마에 땀이 송골송골 맺혔고 기도하느라 맞댄 손바닥에도 땀이 흥건했다. 그러나 발소리는 점점 더 커지며 창고 쪽으로 다가왔다. 한솔은 자기도 모르게 바닥에 앉은 채로 몸을 뒤로 물리다가 그만, 창고에 세워져 있던 청소 도구 하나를 건드리고 말았다.

투둑!

그 바람에 청소 도구가 큰 소리를 내며 미끄러져 떨어졌고, 동시에 지나가던 발소리가 갑자기 멈추었다. 한솔과 은비는 소스라쳤다. 아까는 심장이 너무 빨리 뛰어 터질 것만 같았는데, 이번에는 심장이 쿵 하고 내려앉는 것 같았다.

한솔과 은비는 숨소리조차 내지 못한 채 깜짝 놀란 자세 그대로 일시 정지 상태를 유지했다. 그런데 때마침 창고 밖에서 길고양이가 "야옹!" 하는 소리가 들렸다. 다시 발소리가 이어졌고, 발소리가 한참 멀어지고 나서야 두 사람은 "휴." 하고 참았던 숨을 내뱉었다.

한솔은 심호흡을 크게 했다. 쿵쾅대는 가슴을 부여잡고 오지 않는 잠을 억지로 청했다. 은비도 눈을 꼭 감았다. 혹시나 잠들었을 때 책장이 없어질까 두 장을 곱게 포개 접어 두 사람의 손바닥 사이에 끼워 놓고는 손을 꼭 마주 잡았다. 스산한 바람 소리와 풀벌레 소리가 잠들지 못하는 두 사람의 귓가에 한동안 맴돌았다.

캠핑 이튿날, 새벽 AM 01:00

얼마나 시간이 지났을까. 은비의 머리가 한솔의 어깨 위로 툭 떨어진다. 은비의 머리 위로 한솔의 머리도 툭 하고 떨어진다. 한참이 지나서야 두 사람은 겨우 잠이 들었다. 다행히 캠프 본부에서는 두 사람이 사라진 것을 아직 알아채지 못한 것 같다.

AM 02:00

"흡!"
한솔이 갑자기 눈을 번쩍 뜨고는 자기도 모르게 터져 나온 외마디 비명을 다급히 두 손으로 막았다. 그 소리에 놀란 은비도 눈을 번쩍 떴다. 두 사람은 눈을 동그랗게 뜨고 서로를 바라보다가 이내 극심한 두통이 찾아오자 머리를 감싸 안고 괴로워했다.

은비가 한쪽 손으로 머리를 감싸 안고 다른 한 손으로는 뒷주머니에서 뭔가 꺼내어 한솔에게 건네주었다. 두통약이었다. 은비는 이런 상황이 발생할 줄 알고 한솔의 두통약까지 챙겨 온 것이다. 한솔은 의외로 꼼꼼한 은비의 준비성에 감탄하며 얼른 두통약을 삼켰다. 이내 두통이 잦아들고, 꿈에서 봤던 형체가 선명하게 머릿속에 떠올랐다.

다시 두 눈이 마주친 한솔과 은비는 누가 먼저랄 것도 없이 입 모양으로만 소리쳤다.

"롤, 러, 코, 스, 터!"

Chapter 4

프로방스 가든

잠이 순식간에 달아났다. 한솔과 은비는 동시에 "롤러코스터!"라고 소리쳤다는 사실을 믿을 수 없다는 듯 멍하니 서로를 바라보고 있었다. 한솔은 갑자기 밤바람이 더욱 스산해진 것 같은 기분이 들어 자기도 모르게 두 팔로 어깨를 감싸 안았다.

"일단 다시 들어가자!"

은비가 먼저 퍼뜩 정신을 차렸다. 두 사람이 현재 몰래 캠프를 빠져나와 창고에서 잠들었다가 깨어난 상황임을 기억해 낸 것이다.

"그, 그러자."

한솔은 애써 정신을 가다듬으며 엉거주춤 사리에서 일어났다. 그들은 아침 식사 시간에 다시 만나기로 하고, 선생님에게 들키지 않기 위해 반대 방향으로 따로 움직이기로 했다.

방금 꿈속에서 본 롤러코스터의 모습이 희미해지지 않도록 한솔은 그 모양을 계속 되새기며 다시 숙소로 돌아갔다. 빠져나올 때만 해도 키득거리며 몰래 수다를 떨고 있던 아이들도 전부 잠들었고, 순찰하던 선생님들도 모두 잠든 모양이다.

한솔은 자리로 돌아와 조심스레 노트와 펜을 꺼내 들었다. 이미 어둠 속에 눈이 적응해서인지, 꿈속의 모습이 너무 생생해서인지 모르겠지만 누군가 노트에 밑그림을 비춰주고 있는 것처럼 또렷하게 생각났다.

'어디선가 본 적 있는 롤러코스터였어……'

한솔은 다시 가만히 눈을 감고 꿈속에서 봤던 롤러코스터 모습을 떠올렸다. 그리고 노트에 그림을 그리기 시작했다.

'스무 칸 정도 되는 길이에, 좌석은 한 칸에 하나씩, 무슨 로고 같은 게 보였는데……'

자리에 엎드려 그림을 그리던 한솔은 롤러코스터를 떠올리며 가만히 눈을 감고 있다가 그동안의 긴장이 사르르 풀리며 그대로 잠이 들었다.

한솔과 은비는 캠프가 끝난 뒤, 다시 만나 서로가 봤던 롤러코스터 모양에 관해 이야기를 나누었다. 그들이 본 롤러코스터는 정확히 일치했지만, 아쉽게도 둘 다 롤러코스터 몸체에 그려진 로고는 제대로 기억하지 못했다.

그들이 본 롤러코스터는 요즘의 놀이공원에서는 취급하지 않는 꽤 오래된 모델 같았다. 모노레일 위를 달리는 스무 칸 정도의 롤러코스터로, 회색과 남색으로 칠해진 몸통은 군데군데 칠이 벗겨진 상태였다.

한솔과 은비는 그들이 만났던 도서관에서 며칠간 함께 인터넷을 뒤지며 꿈에서 본 것과 비슷한 롤러코스터 사진을 찾기 시작했고, 엇비슷해 보이는 롤러코스터가 다섯 군데 놀이공원에서 운행 중이라는 것을 알아냈다. 그중 두 개는 각각 싱가포르와 일본에 있었는데, 은비는 만약 국내에서 찾지 못하면 해외까지 나갈 심산이었다. 물론 한솔은 그런 은비의 열정이 약간 부담스럽긴 했지만 말이다.

"한솔아, 근데 롤러코스터가 왜 꿈에 나왔을까? 그 롤러코스터에 뭔가 있는 걸까?"

은비가 롤러코스터가 있는 놀이공원들의 주소를 정리하다 말고 컴퓨터 모니터에서 시선을 떼며 한솔에게 물었다.

"흠…… 글쎄……."

사실 한솔도 그 부분을 계속 고민하고 있었다. 롤러코스터 주변에 또 다른 책의 낱장이 더 있는 걸까? 혹은 책장이 찢어져 나온 책의 원본이 있는 걸까? 근데 책이 많은 도서관이나 서점도 아니고 왜 하필 롤러코스터지? 꿈속의 롤러코스터를 찾는다

한들, 그다음엔 뭘 해야 하는 걸까?

"일단 한번 가보자. 가서 책을 찾든 어쩌든 가보면 알겠지 뭐."

한솔이 대답을 얼버무리자 은비가 '그럼 그렇지.'라는 표정을 지으며 다시 시선을 돌렸다.

토요일 아침 일찍부터 만난 한솔과 은비는 가까운 순서대로 놀이공원을 방문했다. 첫 번째 놀이공원은 허탕이었다. 첫 번째 놀이공원에서 운행하던 롤러코스터는 너무 오래돼서 얼마 전 철거되었고, 그 자리에는 최신식 롤러코스터가 인기리에 운행 중이었다.

두 번째 놀이공원은 두 사람이 사는 지역에서 버스로 1시간 정도 떨어진 곳에 있었다. 꿈에서 본 것과 아주 비슷한 롤러코스터가 운행 중이었다. 기대에 찬 한솔과 은비는 롤러코스터 주변을 샅샅이 뒤졌다. 책장이 있을지 없을지 모르겠지만 뭔가 단서가 있지 않을까 하는 막연한 생각이었다. 은비는 롤러코스터를 관리하고 있는 놀이공원 직원에게 최근에 이상한 책이 발견된 적 없냐며 다짜고짜 묻기도 했지만 아무런 성과가 없었다.

세 번째 놀이공원은 두 번째 놀이공원에서 또다시 버스를 타고 1시간 정도 가야 하는 경기도 외곽에 있었다. 개장한 지 30년이 넘은 놀이공원이었다. 매표소 위로 당시에 가장 세련된 이름으로 고심해서 지었을 법한 〈프로방스 가든〉이라는 글자가 거대한 아치를 그리며 한글로 쓰여있었다. 놀이공원 입구에는 〈프로방스 가든〉이라는 이름에 걸맞게 프랑스 시골 마을의 작은 집을 연상시키는, 하얀색 목재로 만들어진 모형집들이 즐비했다. 모형집 주변에는 원래는 짙은 보라색이었을 것이 분명한 라벤더 조화가 빛바랜 연보라색을 띤 채 흐느적거렸고, 그 옆에는 페인트칠이 다 벗겨진 곰돌이 캐릭터 모형이 방긋 웃으며 손을 흔들었다.

'이번에도 별 성과가 없으면 어떡하지……'

은비를 한참 뒤에서 터덜터덜 따라가던 한솔이 한숨을 푹 쉬었다. 이미 앞에 두 군데 놀이공원을 다녀와서 지칠 대로 지쳐버렸다.

은비는 놀이공원 매표소에서 표를 사다가 말고 전화 통화를 하고 있었다.

멀리서 "아니 엄마…… 진짜 갑자기 큰일이 생겨서…… 최대한 빨리 갈게."라는 대화 내용이 들리는 걸 보니 아마도 몰래 놀이공원에 온 걸 엄마에게 들킨 모양이다.

"조한솔! 빨리 들어와!"

전화를 서둘러 끊고 표 구매를 마친 은비가 안절부절못하고 있던 한솔에게 소리쳤다.

이 놀이공원은 어린아이를 동반한 가족 단위 손님들이 많았다. 그러고 보니 한솔도 아주 어렸을 때 한 번쯤 와본 적이 있는 것 같기도 하다. 운행 중에 삐거덕 소리가 나는 비행기 모양 놀이기구에서는 대여섯 살로 보이는 아이와 아이의 부모가 신나게 소리를 지르고 있었다. 분명 유치할 것 같지만 아이들에게는 가장 인기인 유령의 집 앞에는 열댓 명의 아이들이 '얼마나 무서울까!' 하는 기대와 걱정이 혼재된 표정으로 발을 동동 구르며 입장 순서를 기다리고 있었다. 군데군데 '점검 중'이라는 팻말이 붙은 놀이기구들이 꽤 보였지만, 그럭저럭 찾는 사람들이 있는 듯했다. 실제 놀이기구를 탑승하는 사람들보다는 넓은 잔디밭에 피크닉 매트를 펼쳐 놓고 휴식 시간을 보내는 사람들이 더 많은 것 같았다.

"저기 있다!"

한솔보다 한참을 앞서가던 은비가 소리쳤다. 그녀가 손가락으로 가리킨 곳에는 그들이 찾던 롤러코스터가 있었다. 한솔은 이곳에서 뭔가 발견하지 못하면 더 이상 찾는 일을 그만두리라 다짐했다.

한솔과 은비는 이전 놀이공원에서 그랬던 것처럼 우선 롤러코스터 주변을 뒤지기 시작했다. 책이 있을 만한 곳이 어디일지 생각하며.

그러나 이전 롤러코스터보다 훨씬 작았던 탓에 수색은 불과 몇 분 만에 싱겁게 끝나고 말았다. 롤러코스터 주변은 텅 비어 있다시피 해, 도무지 책이 있을 만한 곳은 눈을 씻고 찾아봐도 없었다. 생각보다 너무 빨리 끝나버린 수색에 한솔은 갑자기 허탈함이 몰려왔다. 너무 긴장해서 아침부터 지금까지 물 한 모금 제대로 마시지 못했다. 분명 아침에 출발할 때는 그래도 기대감에 차있었는데, 세 번째 놀이공원까지 와서도 아무것도 알아내지 못하자 기운이 쭉 빠졌다.

'여기가 아닌 걸까? 다른 놀이공원에 가면 뭐가 진짜 있기는 할까?'

한솔은 모든 의욕이 순식간에 사라졌다. 엄마에게 도서관에서 공부한다고 거짓말을 하고 여기까지 전전긍긍 찾아온 자신이 바보 같다는 생각까지 들었다. 시험일까지 얼마 남지 않았는데, 롤러코스터를 찾는답시고 시간을 허비한 자신에게 화가 날 지경이었다. 한솔은 주머니에 손을 넣어 곱게 접어 넣었던 책장을 힘껏 구겨버렸다. 롤러코스터 입구 쪽에 아무렇게나 털썩 앉아있는 은비를 보니 그녀도 비슷한 생각을 하고 있는 것 같았다.

"조한솔, 여기까지 왔는데 롤러코스터나 한번 타고 집에 돌아가자."

은비도 여기에서는 더 이상 뭔가를 찾을 수 없다는 것을 깨달았는지 별다른 말을 덧붙이지 않고 롤러코스터나 타보고 돌아가자고 말했다. 한솔은 한참 전부터 지쳐 보였다. 은비는 자신이 괜히 무리하게 일정을 몰아붙인 것 같아 미안한 마음이 들었다.

"아…… 아냐, 난 별로 롤러코스터 안 좋아해. 너 혼자 타. 난 그냥 출구 쪽에서 기다릴게."

한솔은 원래 겁이 많아 놀이기구를 좋아하지 않는 데다가 지금은 더더욱 롤러코스터를 타며 소리 지를 기분이 아니었다. 은비는 어쩔 수 없다는 듯 양쪽 어깨를 으쓱하고는 롤러코스터 입구로 걸어갔다. 대기하는 사람도 별로 없어서 바로 탑승할 수 있었다.

"이번에 타려면 맨 뒷자리밖에 안 남았는데 괜찮으세요? 아니면 다음번에 타실래요?"

롤러코스터를 운영하는 직원이 은비에게 물었다. 잠시 고민하던 은비는 한솔이 있는 쪽을 한번 되돌아보았다. 한솔은 기지개를 한번 쭉 켜더니 입이 찢어져라 하품을 하고 있었다.

"그냥 이번에 탈게요."

은비는 자리에 앉아 안전벨트를 차고 지쳐있는 한솔을 향해 "나 다녀올게!"라며 신나게 손을 흔들었다. 한솔도 하품을 하다 말고 은비에게 손을 들어 화답해 준 후 롤러코스터 출구 쪽으로 걸어가 그녀를 기다렸다.

"우와…… 이거 생각보다 꽤 스릴 있네!"

"엄마! 이거 또 타자. 응?"

"야야! 나 너무 무서웠어!"

롤러코스터 운행이 끝나고 사람들이 웅성웅성 수다를 떨며 내려오는 소리가 들렸다. 규모는 엄청 작아 보였는데 생각보다 꽤 재미있었나 보다. 한솔을 스쳐 지나간 사람들의 인기척이 멀리 사라지고, 롤러코스터 관리 직원이 출구를 철컹하고 닫았다.

'어…… 은비가 아직 안 나왔는데……?'

한솔은 출구를 닫고 돌아서는 직원에게 달려갔다.

"저, 저기요! 아직 여자애 한 명이 안 나왔는데요."

"네? 아니에요, 손님. 제가 방금 모든 손님이 내리신 걸 확인하고 출구를 닫은 겁니다. 혹시 나오는 모습을 놓치신 거 아닐까요?"

그럴 리가 없었다. 한솔은 줄곧 출구에서 기다렸고, 분명 첫 번째 손님이 출구로 나오는 것부터 쭉 지켜보며 은비를 찾고 있었다. 한솔은 순간 딴생각을 하느라 놓친 건가 싶어서 롤러코스터 주변을 한 바퀴 돌아보았지만 은비는 보이지 않았다. 한솔은 곧장 은비 휴대폰으로 전화를 걸었다.

'고객님이 전화를 받을 수 없어 삐 소리 후 음성 사서함으로 연결됩니다.'

음성 사서함으로 연결한다는 기계음을 듣자마자 불길한 예감이 한솔을 휘감았다. 분명 은비는 놀이공원에 들어올 때만 해도 엄마와 전화 통화를 하고 있었다. 은비가 롤러코스터에 탑승해서 손을 흔드는 모습도 봤다. 한솔은 망연자실이라는 단어의 뜻을 온몸으로 느끼는 중이었다.

롤러코스터를 타다가 사고가 생긴 것이 분명하다.

'빨리 공원 관리실에 신고해야 해.'

한솔은 바로 놀이공원의 관리실을 찾으러 가야겠다고 생각했다. 한솔이 휴대폰을 주머니에 다시 넣는 순간, 그가 조금 전 구겨버린 책의 낱장이 손에 잡혔다.

그 순간, 한솔의 머릿속이 아득해졌다. 한동안 잠잠했던 이명이 삐 하고 들렸다.

한솔은 이내 관리실로 가려던 몸을 천천히 되돌렸다. 그리고 무언가 결심한 듯, 주먹을 꽉 쥐고 롤러코스터에 탑승했다. 은비가 앉았던 바로 그 자리에.

그리고 잠시 후.

스무 명이 탑승했던 롤러코스터에서는 열아홉 명의 승객만 출구로 빠져나왔다.

Chapter 5

이방인

10년 전

　스토니는 여느 때와 다름없이 가장 먼저 클레멘 박물관에 출근했다. 세계적으로 가장 오래된 건축물이자, 수백 년 전의 기술이라고는 믿을 수 없는 완벽한 설계로, 세계 건축학도들의 가슴을 뛰게 하는 클레멘 박물관에서 청소 일을 한다는 사실은 스토니의 가장 큰 자부심이다.

　스토니는 매우 꼼꼼하고 성실한 성격의 소유자로, 클레멘 박물관에서 청소부로 일한 지 20년이 넘었다. 그는 늘 남들보다 일찍 출근해서 클레멘 박물관 구석구석을 청소하고 돌본다. 이제는 관리자가 되었음에도 남들이 신경도 쓰지 않는 공간이나,

눈에 잘 보이지 않는 공간, 지저분한 공간도 정성껏 정돈한다. 매일 이곳을 찾는 수백 명의 관람객들이 클레멘 박물관의 깔끔함과 완벽한 관리 상태에 감동하는 데에 스토니의 역할이 8할 이상이라고 해도 과언이 아니었다.

"호크! 오늘은 지하실 창고 대청소 날이야. 미리미리 준비해 둬."

스토니는 출근 시간이 한참 지나서야 어기적어기적 출근하고 있는 지하실 창고 관리 담당 호크를 발견하고 소리쳤다.

"저, 소장님⋯⋯ 제가 오늘 출근을 하긴 했는데, 어젯밤부터 배탈이 너무 심하게 나서 지금 벌써 다섯 번째 화장실에 다녀오는 길이에요. 죄송하지만 오늘은 일찍 들어가 봐야 할 것 같은데 어떡하죠⋯⋯? 지하실 창고 대청소는 내일 하면 안 될까요?"

호크가 거의 다 죽어가는 목소리로 스토니에게 대답했다. 호크 녀석. 분명히 아까 직원들이랑 낄낄거리며 커피 마시고 있던 걸 다 봤는데 말이야. 중요한 날을 앞두고 이런 적이 한두 번이 아니다.

"아, 그래? 그럼 어쩔 수 없지 뭐. 어서 들어가 푹 쉬라구. 지하실 창고 청소는 내가 알아서 하지."

이번 달만 지나면 호크를 해고해 버려야겠다고 생각하고 시큰둥하게 내답했다.

스토니는 내일로 일을 미루느니 직접 하는 편이 낫다고 생각하며 지하실 창고로 내려갔다. 지하실 창고 문을 열자 연기처럼 피어오른 먼지가 가장 먼저 그를 반겼다.

"콜록콜록!"

얼마나 관리를 하지 않은 것인지, 매캐한 먼지 냄새가 스토니의 코끝을 감쌌다. 분류 체계 없이 대충 쌓아놓은 상자들. 몇 개월 동안 사용하지 않아 먼지만 쌓인 청소 도구들. 한쪽 구석으로 밀어놓은 쓰레기 더미들. 딱 봐도 눈에 보이는 것만 대충 정리해 놓은 모습이다. 스토니는 최대한 직원들이 스스로 관리할 수 있도록 독려하고 있었는데, 게으른 호크에게는 역시 예외를 뒀어야 했다며 혀를 끌끌 찼다. 스토니는 이번 달에 호크를 해고하려던 계획을 바꿔 내일 당장 해고해 버려야겠다고 다짐했다.

'오랜만에 실력 발휘 좀 해야겠군.'

스토니는 두 팔을 걷어붙이고 빗자루를 꺼내 먼지와 쓰레기를 청소하기 시작했다. 빗자루를 움직일 때마다 먼지가 피어올라 연신 기침이 나왔다. 스토니는 한쪽 팔로 코를 막은 채 한 손으로 바닥을 쓸었다. 물론 호크를 향한 구시렁거림도 잊지 않았다.

스토니가 허리를 굽혀 먼지와 쓰레기들을 청소한 지 벌써 두 시간 가까이 흘렀다. 그는 잠깐 허리를 펴서 몇 번 스트레칭을 하고는 쉬지 않고 곧바로 상자 분류를 시작했다. 최소한 몇 년은 그 자리에 그대로 있었을 것 같은 상자들까지 모조리 가운데로 빼낸 후 안쪽부터 차곡차곡 정리해 나가기 시작했다.

스토니가 먼지 가득한 상자 하나를 들어 올리는 순간이었다. 상자와 상자 사이에 끼어있던 종이 하나가 휘릭 하며 공중으로 날아올랐다. 종이는 이내 스르륵 떨어져 스토니가 쌓아둔 쓰레기 더미 위에 안착했다.

'엇, 저것은?'

스토니는 들고 있던 빗자루를 바닥에 내팽개치고 쓰레기 더미 속에서 조심스레 종이를 꺼내 들었다. 무슨 말인지 알 수 없는 글자가 쓰인 종이였다. 종이 질감이 아주 거칠고 낡은 것을 보니 틀림없이 현대의 물건이 아니었다. 박물관에서 20년 넘게 근무한 스토니는 이 종이가 예사롭지 않은 물건임을 단박에 알아보았다.

수백 년 전에 쓰인 어떤 문서 같았다. 스토니는 클레멘 박물관의 역사가 워낙 오래되었기 때문에 충분히 이곳에서 고대 문서가 발견될 가능성이 있다는 생각이 들었다. 그가 고고학의 역사에 한 획을 그을 어떤 물건을 발견한 것인지도 모른다. 스토니는 갑자기 온몸에 아드레날린이 솟아오르는 느낌이었다.

'어서 관장님께 가져가야 해!'

스토니는 일단 박물관 관징에게 종이를 가저가이겠다고 생각했다. 훗날 이 종이가 클레멘 박물관의 중요한 영역에 전시되고 그 아래에 〈기증자-스토니〉라고 적혀있는 모습을 상상하니 흥분을 감출 수가 없었다. 그는 떨리는 손으로 종이를 조심스레 옷 속에 품었다.

"아차차, 내 정신 좀 봐. 아무리 급해도 빗자루는 정리해 두고 나가야지."

스토니는 너무 흥분했던 스스로가 머쓱해졌다. 그는 지하실 청소 도구 칸의 문을 열고 내팽개쳤던 빗자루를 집어넣었다.

그 이후, 한동안 클레멘 박물관에서 스토니를 본 사람은 없었다.

●●●

스토니는 자신이 깜빡 정신을 잃었나 하고 생각했다. 대단한 발견 때문에 너무 흥분한 건가……. 순간 머리가 핑 돈 것 같았지만 이내 괜찮아졌다. 빗자루를 넣다 그만 청소 도구 칸으로 쓰러져 버렸는지 주변이 좁고 답답했다. 그는 종이를 잘 챙겼는지 다시 확인한 후 청소 도구 칸 문을 열었다.

'이, 이게…… 무슨……!'

청소 도구 칸 밖으로 나온 그는 기함하여 바닥에 주저앉고 말았다. 스토니의 눈앞에 펼쳐진 광경은 익숙한 박물관의 내부가 아니었다. 심지어 이 세상이 아닌 것만 같았다. 스토니는 요즘 너무 무리해서 헛것이 보이는 게 틀림없다고 생각하고는 눈을 질끈 감았다. 한참 후 다시 슬며시 눈을 떠 보았지만 똑같은 광경이었다. 스토니는 지독한 꿈을 꾸고 있거나 아니면 뭔가 단단히 잘못되었다고 생각했다.

눈을 뜰 수 없을 만큼 강한 햇빛을 느낀 스토니는 자신도 모르게 하늘을 올려다보았다. 강렬한 햇빛 사이로 보이는 것은 구름이 아닌 가느다란 실타래 같은 것들이었다. 스토니는 실눈을 떠서 강한 햇빛을 가까스로 이겨내고 자세히 하늘을 올려다보았다.

그것은 실타래가 아닌 촘촘하고 투명한 관들이었다. 마치 뇌세포들이 연결된 것처럼 엄청난 숫자였다. 자세히 보니 굵기가 작은 것들도 있었고 터널처럼 큰 것도 있었다. 무엇에 쓰는 물건인지는 도저히 알 수 없었다.

정신을 차린 스토니가 가까스로 바닥에서 일어났다. 다리가 주체할 수 없이 후들거려 쉽사리 말을 듣지 않았다. 비틀거리며 한 걸음 떼려고 발을 드는데, 갑자기 바로 옆에 있는 맨홀 구멍에서 사람이 튀어나왔다. 아니, 정확히 말하자면 그냥 나타났다.

"으악!"

스토니는 자기도 모르게 소리를 꽥 지르고 말았다.

"이런 젠장! 누가 이런 데다가 포털을 만들어놓은 거야! 하여튼 싼 게 비지떡이라니깐."

맨홀에서 나타난 남자는 알아들을 수 없는 말을 한 뒤 아무렇지도 않은 듯 옷을 탈탈 털고는 소리 지른 채 굳어버린 스토니를 바라보았다. 그는 놀라게 해서 미안하다는 듯, 한 손을 들어 올리는 제스처를 취하고는 유유히 가버렸다. 갑자기 나타난 남자 때문에 놀란 마음을 진정시킬 틈도 없이 스토니는 또 한 번 믿을 수 없는 장면을 목격한다.

먼발치에 전화 부스처럼 보이는 길쭉한 박스가 보였는데, 그곳에 사람들이 길게 줄을 서있었다. 한 사람이 들어가고, 한 사람이 나오고. 아주 빠른 속도였다. 그런데 자세히 들여다보니 방금 들어갔던 사람이 다시 나오는 것이 아니라 새로운 사람이 나오고 있었다. 눈을 씻고 다시 봐도 방금 들어간 사람은 사라지고 새로운 사람이 나오는 것이 틀림없었다.

스토니는 다시 한번 정신 줄을 부여잡고 천천히 발걸음을 떼었다. 거리는 조용했다. 지나다니는 사람은 거의 보이지 않았고 자동차도 전혀 없었다. 하늘 높이 투명한 터널 같은 곳에서 뭔가가 번쩍이는 것 같아 신경이 자꾸만 위쪽으로 향했다. 품격이 느껴지는 고풍스러운 느낌의 멋진 건물들이 곳곳에 보였고, 어떤 건물에 플래카드 하나가 붙어있었다.

청소년들의 안전한 등하교를 위해 신규 포털을 유치해 주십시

오! – A347 구역 포털 유치 위원회

'누구든 붙잡고 여기가 어디인지 물어봐야 해. 정신 바짝 차리자.'

지나다니는 사람이 거의 없는 와중에, 친절해 보이는 할아버지 한 분이 스토니의 눈에 띄었다.

"저…… 어, 어르신, 말씀 좀 묻겠습니다."

스토니는 긴장을 풀기 위해 침을 꼴깍 삼킨 후 말을 걸었지만 목소리가 떨리는 것은 어쩔 수 없었다.

"예? 무슨 일이십니까?"

할아버지가 온화한 미소를 지으며 대답했다. 할아버지의 미소를 보니 스토니의 긴장됐던 마음이 눈 녹듯 사라지는 것 같았다. 스토니는 이 할아버지를 만난 것이 그나마 천운이라고 생각했다.

"저…… 혹시 여기가 어디입니까?

"네?"

할아버지가 주름으로 뒤덮인 눈꺼풀을 올려 눈을 크게 뜨고 대답했다. 할아버지의 반응에 스토니는 스스로가 이상한 사람이 된 것 같아 괜스레 등에서 땀이 삐질 흘렀다.

"그게…… 제가 어쩌다 보니 여기에 오게 되었는데, 제가 살던 곳과 너무 달라서……."

"아하, 그렇구먼!"

할아버지가 깜짝 놀란 표정을 풀고 다시 온화한 표정으로 대답했다.

"다른 구역에서 온 여행객이시구먼. 아무래도 포털을 잘못 타고 온 것 같은데, 이를 어쩌나……. 원래 어디로 가려고 했어요?"

스토니는 도무지 알아들을 수 없는 소리에 아무런 대답도 할 수 없었다.

"젊은 양반, 저어기, 저 포털 보이죠? 저기에 포털이 있으니 그쪽에서 다시 이동하면 될 거요."

할아버지는 친절하게도 조금 전 스토니가 목격한 이상한 전화 부스 같은 것을 가리키며 대답했다. 전화 부스를 통해 이동하라니. 스토니는 가까스로 부여잡았던 정신 줄을 다시 놓칠 듯한 느낌이었다.

"저기 어르신…… 이상하게 들리실지 모르겠지만, 포털이 뭡니까?"

스토니의 대답에 할아버지는 안타깝다는 표정을 지으며 스토니의 팔에 팔짱을 끼웠다.

"저런…… 나랑 어디 좀 갑시다."

할아버지는 혀를 끌끌 차며 스토니를 어디론가 데리고 갔다. 입으로는 연신 "젊은 사람이 안됐구먼……." 하고 혼잣말을 중얼거렸다. 꽤 연세가 있는 할아버지였지만 스토니는 어안이 벙벙해 맥없이 끌려갈 수밖에 없었다. 할아버지가 데려간 곳은 경찰서였다.

"아이고 수고하십니다. 이 젊은 분이 정신이 좀 이상한 것 같은데, 아무래도 길을 잃은 모양이에요. 여기에서 도와주면 좋겠어요."

스토니는 졸지에 '정신이 이상해서 길을 잃은 젊은이'가 되었지만, 지금까지 상황을 되돌아보면 틀린 말도 아니었다. 이 세상이 아닌 듯한 공간에서 그는 길을 잃었고, 이미 혼이 나간 상태였으니 말이다.

"네, 어르신! 걱정하지 마시고 일 보세요. 저희가 잘 살피고 도와주겠습니다."

젊은 경찰관이 깍듯한 말투로 할아버지에게 대답했다. 그제야 할아버지는 근심 가득한 표정을 풀고는 인사를 꾸벅하고 경찰서 밖으로 나갔다. 다행히 할아버지도 경찰관도 친절한 사람들인 것 같았다. 스토니는 이 상황이 혼란스럽기는 했지만, 한편으로는 그다지 겁먹을 건 없겠다는 생각이 들어 조금 안심이 되었다.

"혹시 국민 일련번호 기억하시나요?

경찰관이 스토니에게 물었다. 스토니는 할 말을 찾지 못해 말없이 고개만 저었다. 경찰관은 할아버지와 똑같이 안타깝다는 표정을 지으며 말했다.

"그럼, 여기에 손바닥을 올려놓아 보세요."

경찰관이 가리킨 곳은 지문 인식 장치처럼 보였다. 스토니가 조심스레 손을 올려놓자 경찰관의 표정은 점점 어두워졌다. 경찰관은 심각한 표정으로 말없이 자리에서 일어나 경찰서 안쪽에서 꾸벅꾸벅 졸고 있던 또 다른 경찰관에게 무언가 귓속말을 전했다. 아무래도 그가 이 경찰서의 수장인 것 같다. 졸고 있던 그가 갑자기 눈을 번쩍 뜨더니 스토니에게 저벅저벅 다가왔다. 그의 발걸음은 위풍당당해 보였지만 긴장감을 감출 수는 없었다.

"실례지만 잠시 일어나 주시겠습니까?"

그 말에 스토니는 자리에서 벌떡 일어났다. 건너편 컴퓨터 모니터에 〈신원 조회 결과 없음〉이라고 쓰인 문구가 보였다. 스토니는 이제 놀랍지도 않았다. 그는 〈신원 조회 결과 없음〉이라는 문구를 체념한 듯 바라볼 뿐이었다.

경찰서장은 조심스럽게 스토니의 몸을 수색했다. 스토니가 입고 있던 클레멘 박물관의 유니폼에 달린 명찰을 한번 쳐다보고 주머니도 뒤지기 시작했다. 다행히 그의 손놀림은 매우 조심스럽고 신사적이었다. 스토니의 상태를 살피며 최대한 기분 상하지 않도록 배려하는 것이 느껴질 정도였다.

그는 스토니의 유니폼에서 종이 한 장을 발견했다. 스토니가 조금 전 클레멘 박물관 지하실 창고에서 발견한 종이였다. 스토니는 그 일이 마치 아주 오래된 일처럼 아득하게 느껴졌다. 경찰서장은 다시 한번 양해를 구하고는 스토니의 유일한 소지품인 종이를 들고 재빨리 자리로 되돌아갔다. 그는 곧 의자 뒤의 벽면에 손을 올리고는 "경찰국장실."이라고 외친 후 사라져 버렸다.

"별일 없을 겁니다. 따뜻한 차예요. 한잔 마시면서 좀 쉬세요."

젊은 경찰관이 스토니를 안심시키려 했지만 사람이 순식간에 사라지는 장면을 목격한 스토니는 도저히 안정을 찾을 수 없었다. 그때 경찰관의 책상 위에 놓인 손바닥만 한 얇은 종이 같은 것에서 벨소리가 울렸다.

"네? 포털 티켓 위조범들이 잡혔다고요? 네네! 바로 유치장으로 보내주십쇼. 준비하겠습니다!"

젊은 경찰관이 다급히 말을 끝내기가 무섭게 또다시 믿을 수 없는 광경이 스토니의 눈앞에 펼쳐졌다. 그가 벨이 울렸던 종이를 탁 하고 누르자마자 유치장 안쪽 벽에서 웬 사람들이 한 명씩 나타나는 것이 아닌가! 갑자기 유치장 안에 갇힌, 아니 제 발로 유치장 안에 나타난 사람들은 "에잇, 퉤!" 하며 구시렁거리고 있었다.

스토니는 더 이상 부정할 수 없었다. 이곳 사람들은 어떠한 방법으로 순간 이동을 할 수 있는 것이 틀림없었다. 그제야 스토니의 시야에 경찰서 가장 높은 곳에 붙어있는 글귀 하나가 들어왔다.

우리 경찰은 가장 안전한 포르탈 유니버스를 만들어갑니다.

● ● ●

"제가 지금 뤼벤으로 가고 있습니다. 네네, 워낙 심각한 사안이라 직접. 곧 도착합니다!"

경찰서장에게 충격적인 내용을 보고받은 경찰국장은 옷도 제대로 갖춰 입지 못한 채 다급하게 누군가와 포털 메신저로 대화하며 움직였다. 그는 곧 자신의 사무실 한쪽 벽 거울에 손을 갖다 대고는 "뤼벤 컴퍼니 VIP실."이라고 말한 뒤 사라졌다. 그의 손에는 스토니의 사진과 함께 그가 가져온 종이가 들려있었다.

찰나의 순간이 흐른 뒤 그가 도착한 곳은 아주 넓고 고급스러운 사무실이었다. 매끄러운 나뭇결이 돋보이는 둥근 책상. 도시의 풍경이 한눈에 보이도록 설계된 통유리, 벽면을 빼곡히 감싼 엄청난 수의 책들. 딱 봐도 이 건물에서 가장 영향력 있는 인물이 사용하는 사무실임이 틀림없었다. 그가 도착한 곳은 뤼벤 컴퍼니의 VIP실이었다. 그곳에서 말쑥하게 차려입은 남자와 편안한 차림의 여자가 경찰국장을 기다리고 있었다. 그들은 이곳이 익숙한 듯 보였지만 어쩐지 긴장된 공기가 공간 전체를 묵직하게 에워싸고 있었다.

"도대체 무슨 일입니까? 미아미아 나무껍질로 만든 것 같은 고대 문서가 발견됐다니요?"

경찰국장이 나타나자마자, 남자는 인사도 건네지 않고 질문부터 쏟아냈다. 그 바람에 악수를 청하려던 국장이 무안해져 손을 슬며시 등 뒤로 감췄다.

"저도 이게 무슨 일인지……. 그래서 이렇게 자문을 구하려고 뤼벤으로 바로 달려온 겁니다."

경찰국장은 흥분을 감추지 않고 손에 들고 있던 스토니의 종이를 내밀었다. 두 사람을 바라보고 있던 여자가 재빨리 종이를 낚아챘다. 종이를 바라보던 여자의 눈이 휘둥그레졌다. 믿을 수 없다는 듯 놀란 표정이었으나 분명 기쁨과 환희도 함께 스쳐 지나갔다.

"잰시스, 이거…… 알아보겠지?"

여자가 종이에서 눈을 떼지 않은 채 남자에게 물었다. '알아보겠어?'라고 묻는 대신 '알아보겠지?'라고 묻는 것으로 봐서 그녀는 이미 확신에 차있는 것 같았다. 잰시스라고 불린 남자는 놀란 표정으로 대답 대신 고개를 무겁게 끄덕였다.

"진짜 있었어. 그런데 도대체 어떻게……."

그녀가 계속 믿을 수 없다는 표정으로 종이를 바라보며 중얼거렸다. 그사이 잰시스는 너무 흥분했던 것이 미안했는지 경찰국장에게 고맙다는 뜻으로 그의 손을 꼭 부여잡은 후 따뜻한 차를 건넸다.

"루카, 어떤 시대에 만들어진 건지 파악할 수 있을까?"

잰시스가 여자에게 물었다.

그녀의 이름은 루카. 헐렁한 옷에 운동화를 신은 편안한 차림새였다. 아무래도 운동을 하다가 갑작스러운 부름에 부리나케 온 모양이다. 편안한 옷차림이었지만 머리를 깔끔하게 빗어 하나로 묶은 모습이 그녀의 빈틈없는 성격을 대변해 주는 것 같다. 그녀는 총명한 눈을 더욱더 반짝이며 잰시스의 질문에 씨익 웃는 것으로 대답을 대신했다.

"국장님, 부탁 좀 드리겠습니다. 이 종이를 가져오신 분, 이곳으로 최대한 빨리 모셔주세요."

잰시스는 점잖은 말투로 경찰국장에게 부탁했다. 국장이 인사하고 사라지는 것도 모른 채 루카는 계속해서 종이를 들여다봤다.

루카의 추측이 맞다면 이 종이는《고대 포털의 미스터리》책에 언급된 '전설의 책'의 일부분이 분명했다. 루카가 그동안 연구한 바에 따르면 전설의 책에는 고대 포털 제작에 관련된 엄청난 내용이 서술되어 있다고 하는데, 현재까지도 작성된 내용에 관해서는 전혀 밝혀진 바가 없다.

만약 이 종이가 정말 '전설의 책'의 일부분이라면, 그래서 만약 책의 내용을 알아낼 수 있는 실마리가 된다면, 뤼벤 컴퍼니는 엄청난 발전을 이루게 될 것이다. 아니, 회사 차원의 발전이 아니다. 포르탈 유니버스 전체에 기념비적인 사건이 될 것이다. 역사서에 길이 남을 〈포털 물리학상〉 수상자에 이름을 올릴지도 모른다.

루카는 한동안 생각에 잠겼다가 고개를 들어 잰시스를 바라보았다. 잰시스의 눈시울이 붉어진 것 같기도 했다. 잰시스 또한 그 종이를 단번에 알아보았고, 오랜만에 온몸을 타고 흐르는 기분 좋은 전율을 만끽하고 있었다.

루카의 머릿속에 잰시스와 함께 밑바닥부터 뤼벤 컴퍼니를 키워온 지난 시간이 스쳐 지나갔다. 아무것도 없는 두 대학생이 오로지 열정 하나로 포털 제조 사업에 뛰어들어, 유수의 기업들을 제치고 뤼벤 컴퍼니를 포르탈 유니버스에서 가장 성공적이고 영향력 있는 회사로 성장시켰다. 루카는 명석한 두뇌와 뛰어난 기술을 바탕으로, 잰시스는 기상천외한 아이디어와 영업력을 바탕으로 뤼벤을 성장시켰고, 누가 봐도 두 사람은 완벽한 파트너였다.

포르탈 전역에 뤼벤 컴퍼니에서 개발한 포털을 건설하고 난 뒤, 루카와 잰시스는 또 한 번의 성장할 기회를 찾기 위해 고심하고 있었다. 한동안 '전설의 책'이 있을지도 모른다는 가정으로 연구에 몰두했고, 단서를 찾기 위해 수년간 매달렸지만 아주 작은 것조차 발견하지 못하고 있던 차였다. 그런데 스토니가 이 종이 한 장을 들고 어디선가 홀연히 나타난 것이다. 마치 기적처럼.

Chapter 6

뤼벤 호텔

순식간에 롤러코스터 운행이 끝나고 한솔은 기구에서 내렸다. 롤러코스터가 너무 무서워서 타는 동안 잠깐 정신을 잃은 느낌이었다. 한솔은 '다시는 롤러코스터 타나 봐라……'라고 혼자 중얼거리며 후들거리는 다리에 애써 힘을 주어 출구로 향했다.

롤러코스터 출구로 나온 한솔은 순간 어안이 벙벙하여 떡 벌어진 입을 다물 수 없었다. 그의 눈앞에 전혀 다른 세상의 놀이공원이 펼쳐져 있었다. 그때, 한솔이 놀랄 틈도 없이 무언가 검은 물체가 눈앞으로 빠르게 지나갔다.

"삐삐. 검역 통과입니다."

한솔은 갑작스럽게 눈앞에 다가온 검은 물체와 멀어지기 위해 눈을 질끈 감고 손을 휘휘 내저었다. 그때 어떤 날쌘 손이 한솔의 손목을 탁 붙잡았다.

"괜찮습니다! 괜찮아요. 다들 처음엔 이런 반응이 정상입니다. 은비 양 친구, 조한솔 군 맞으시죠?"

깍듯한 목소리가 빠른 속도로 한솔의 귓가를 스쳐 지나갔다. 은비라고? 한솔은 '은비'라는 단어에 즉각 반응하며 그의 손을 잡고 있는 낯선 남자를 노려보았다. 그는 지금껏 한솔이 살면서 본 적이 없는, 세상에서 가장 친절하고 온화한 표정을 짓고 한솔을 바라보고 있었다.

그는 한솔과 비슷한 키에 배가 툭 튀어나온 통통한 체격이었다. 짧은 머리를 한쪽으로 정갈하게 빗어 넘기고 머리부터 발끝까지 아주 클래식한 슈트를 빈틈없이 차려입고, 얼굴에는 새까만 선글라스를 썼다. 다만, 급하게 나온 것인지 한쪽에는 흰색, 다른 한쪽엔 회색 양말을 신고 있었다.

'여긴 어디지? 이 사람은 도대체 누구야? 게다가 은비를 알고 있어……. 은비는 어디 있지?'

한솔은 한 대 얻어맞은 표정으로 대답도 하지 않고 남자와 놀이공원의 풍경을 번갈아 쳐다보았다.

"저는 뤼벤 호텔의 수석 컨시어지인 '클로버로네'라고 합니다. 그냥 편하게 '클로네'라고 불러주셔도 좋아요. 포르탈 유니버스에 오신 한솔 군을 진심으로 환영합니다! 제가 시구 방식으로 환영 세리머니를 준비해 봤어요!"

클로네는 대답하지 않는 한솔에도 그럴 줄 알았다는 듯, 쉴 새 없이 떠들더니 갑자기 커다란 가방에서 폭죽을 꺼내 끈을 잡아당겼다.

"이, 이게 왜 이러지?"

그러나 폭죽은 터지지 않았고, 클로네는 혼잣말하며 두세 번 다시 끈을 잡아당기다가, 결국 자기 머리 위에 폭죽을 펑! 터뜨리고 말았다. 난데없이 터진 폭죽 탓에 온갖 하트, 별 모양 장식품이 얼굴을 잔뜩 뒤덮었지만 클로네는 전혀 아랑곳하지 않고 박수를 치기 시작했다. 아무래도 뭔가 나사 하나 빠진 사람이 틀림없었다.

'뤼벤 호텔? 포르탈? 지구 방식으로……?'

한솔은 클로네의 말을 하나씩 곱씹었다. 한솔은 클로네가 하는 말과 자신에게 닥친 상황이 도저히 이해되지 않았지만, 이미 롤러코스터를 탈 때 '무슨 일이 생길지도 모른다.'라는 생각을 하고 있었던 터라 오히려 예상 밖에 친절한 사람을 만난 상황에 안도감마저 들었다.

"포르탈…… 유니버스라고요?"

한솔이 하염없이 박수를 치고 있는 클로네에게 되물었다.

"네, 맞습니다! 한솔 군. 생각보다 빨리 안정을 찾으셨군요! 실은 은비 양에게는 거의 맞아 죽을 뻔했었거든요. 당장 지구로 돌려보내 달라고 어찌나 저를 때리시던지……."

클로네가 박수를 멈추고 끼고 있던 새까만 선글라스를 살짝 내리며 대답했다. 한쪽 눈에 시퍼렇게 들어있는 멍이, 아마 은비의 작품인 듯했다. 클로네는 그때의 일이 갑자기 떠오르는지 몸을 부르르 떨었다.

"궁금한 게 많으시겠지만, 가면서 천천히 설명해 드리겠습니다. 은비 양이 벌써 이틀째 한솔 군을 애타게 기다리고 있어요."

한솔은 귀를 의심했다.

'잠깐, 이틀째라고? 은비가 롤러코스터를 탄 후 사라지고, 내가 은비를 찾다가 다시 롤러코스터를 탈 때까지는 고작해야 한 시간 남짓이야. 그런데 이틀째라니?'

뒤따라오던 한솔의 발소리가 갑자기 멈추자 클로네가 뒤를 돌아보았다.

"이런, 제가 또 섣부르게 말씀을 드렸네요. 먼 곳에서 포털을 타고 오시느라 몸이 많이 지쳤을 테니 오늘은 제가 같이 걸어가면서 이야기해 드리겠습니다. 아, 저는 원래 잘 걷지 않는데, 한솔 군은 아주아주 귀한 손님이시니까요. 이곳 포르탈은 말입니다……."

클로네가 한쪽 눈을 찡긋하고는 기나긴 이야기를 시작했다.

●●●

"포르탈은 지구가 아닙니다. 제가 알기론 지구에서는 지금까지도 공식적으로는 우리 행성을 발견하지 못한 것으로 되어 있을 거예요. 물론, 현재 포르탈은 지구 사람들과 비밀리에 거래하고 있으니 비공식적으로 알 만한 사람들은 이미 알고 있는 행성이죠."

클로네는 이곳이 지구가 아니라는 엄청난 말을 아무렇지도 않게 내뱉었다.

'방금 저 사람이…… 여기가 지구가 아니라고 한 건가?'

한솔은 클로네의 이야기에 순간 잘못 들은 것인가 생각했지만, 너무 말도 안 되는 허무맹랑한 이야기라서 오히려 그리 놀랍지도 않았다. 그러나 한솔은 지구와는 전혀 다른 놀이공원의 풍경을 다시 한번 바라보며 또다시 심장이 세차게 뛰는 것을 느꼈다. 그는 일단 클로네의 이야기를 잠자코 들어보기로 했다.

"아 그렇지! 아까는 죄송했습니다. 외계 행성에서 오신 손님들은 도착하자마자 바로 검역 절차를 거쳐야 하거든요."

클로네는 한솔과 인사도 하기 전에 검역을 실시한 것이 미안했는지 이야기를 하다 말고 한솔의 몸에 붙은 먼지를 탈탈 털어주고는 다시 이야기를 이어갔다. 그는 바쁜 일이 있는 사람처럼 걸음걸이와 말하는 속도를 서둘렀다.

"방금 한솔 군이 타고 오신 롤러코스터가…… 헉헉 바로 저희 포르탈이 자랑하는 여러 포털 중에 하나랍니다……. 아이고, 힘들어라……. 포털은 바로 '초고속 공간 이동 터널'이에요. 저기 저 하늘 높은 곳에 반짝이는 관이 보이시나요? 바로 저게 포털이에요. 지구로 따지면……, 그 뭐더라…… 기차? 눈에 보이지도 않을 만큼 아주 빠르게 이동하는 기차 같은 거라고 생각하시면 돼요."

클로네가 몇 걸음 걷지도 않고 숨이 차는지 연신 헉헉대더니, 높은 하늘 위에 떠있는 실타래처럼 촘촘하게 엮인 터널들을 가리키며 말했다.

"포르탈은 이 포털 개발을 통해 성장한 행성이에요……. 포르탈에는 미아미아 나무라는 특별한 나무가 생육하는데, 포털은 주로 이 나무에서 추출한 특별한 물질들을 배합해서 만든답니다……. 헉헉……. 그래서 저희 행성에는 미아미아 나무가 아주 많아요. 자연적으로 자라기도 하는데, 포털을 만드느라…… 워낙 많은 나무가 필요하다 보니……. 꿀꺽……. 언젠가부터 미아미아 나무만 키우는 과수원 사업도 성황이에요……. 헉헉……."

클로네는 곧 숨이 넘어갈 것 같았지만 멈추지 않고 계속 말을 이어갔다. 힘들어하기는 했시만 막힘없이 이야기를 이이니기는 것을 보아, 그가 이 설명을 한두 번 한 것은 아닌 듯했다. 클로네가 잠시 말을 멈추고 놀이공원을 가득 에워싼 나무들을 가리켰다. 방금 설명한 미아미아 나무이겠거니 추측했다. 클로네가 가리킨 나무들은 줄기가 괴상하게 뒤틀린 것 말고는 지구에서 자라는 나무들과 크게 다를 바 없어 보였다.

"제가 좀 전에 실수로 먼저 말씀드렸는데, 이곳 포르탈의 시간은 지구와는 달라요. 포르탈은 지금까지 발견된 모든 행성 가운데 시간이 가장 빠르게 흐르는 행성입니다. 그래서 먼저 온 친구 은비 양이 이틀째 기다리고 계시지만 사실 지구에서는……."

클로네는 뭔가 헷갈린다는 듯 고개를 갸우뚱하더니 말을 흐렸다. 그러고는 가방에서 어떤 차트를 꺼내 손으로 쭉 훑어 내려가다가 중간에 멈추며 말을 이었다.

"아! 여기 있네요! 지구. 제가 요즘 여러 행성에서 온 손님들을 맞이하느라 정신이 없어서요. 이곳의 하루는 지구에서는 30분이랍니다. 즉, 은비 양이 이틀째 기다리고 계시니 지구에서는 한 시간 정도 시간이 지났겠네요."

클로네가 손에 쥔 차트를 한솔에게 보여주며 말했다. 그 차트에는 듣도 보도 못한 다양한 행성 이름과 함께 포르탈의 시간을 각 행성의 시간으로 환산한 숫자가 기록되어 있었다.

"포르탈은 다른 행성에 비해 시간이 빠르게 흐르는 것뿐만 아니라 실제로 아침부터 밤까지 하루도 굉장히 짧은 편이에요.

그래서 포르탈 사람들에게 시간은 아주아주 중요하답니다. 시간이 귀중한 저희 행성에서 공간 이동 시간을 줄여주는 포털 산업이 발달한 건 어쩌면 너무 당연한 수순이었죠."

클로네가 찬란한 기술 발전이 자랑스럽다는 듯, 감격스러운 표정을 지으며 말했다.

"그런데…… 저와 은비가 여기에 올 걸 어떻게 아신……."

한솔이 가장 궁금했던 질문을 던지는 순간, 한솔과 클로네는 어느새 뤼벤 호텔 1호점 입구에 도착했다. 호텔이라기엔 꽤 허름해 보이는 곳이었다. 지구였다면 어느 시골 마을에서 발견될 만한 오래된 주택 같은 느낌이었다. 한솔의 질문이 끝나기도 전에 호텔의 문이 열렸다. 그곳에서 역시나 인상 좋아 보이는 할머니가 활짝 웃으며 신발도 신지 않고 한솔과 클로네를 맞이하러 뛰어나왔다.

"오오! 조한솔 군, 여기까지 오느라 정말 고생 많았어요! 클로네 자네도 수고 많았네. 한솔 군은 내가 살뜰하게 챙길 테니 걱정 말고 어서 가봐. 바쁠 텐데!"

할머니 역시 온화한 목소리와 어울리지 않은 빠른 말투로 한솔과 클로네에게 인사를 건넸다.

"에밋! 요즘 자주 뵙네요! 그렇지 않아도 또 손님 한 분이 도착하신다고 해서 바로 가봐야 할 것 같아요. 잘 좀 부탁드립니다. 한솔 군! 곧 다시 만나요!"

클로네는 한솔의 질문에는 답변하지 않고 제 할 말만 쏟아낸 뒤, 뤼벤 호텔 1호점 앞에 있는 벤치에 손을 갖다 대더니 "포르탈 랜드."라고 외치고 사라졌다.

"에휴 참. 클로네 좀 쉬면서 일해야 할 텐데. 너무 바쁘구먼……. 아차차, 내 정신 좀 봐. 한솔 군, 소개가 늦었네요. 내 이름은 에밋이에요. 여기 뤼벤 호텔 1호점에서 다른 행성에서 온 손님들을 맞이하고 있지요."

에밋이 푸근한 미소를 지으며 한솔을 호텔 안쪽으로 안내했다. 한솔은 이곳 사람들이 말투는 굉장히 빠르지만 모두 친절하고 푸근한 인상을 가지고 있는 것이 신기했다.

허름해 보였던 겉모습과는 달리 호텔 내부는 아주 멋스럽게 꾸며져 있었다. 넓은 호텔 로비에는 사람들이 앉아 쉴 수 있는 클래식한 줄무늬의 푹신한 소파가 놓여있었고, 천장에는 멋진 샹들리에가 걸려있었다. 벽면에는 초상화가 여러 개 걸려있었는데, 아무래도 이곳을 방문했던 사람들인 것 같다. 로비 뒤쪽으로는 호텔 규모에 어울리지 않는 작은 주방 문이 보였다. 주방 옆으로 계단이 있는 것을 보아 위층에 객실이 있는 듯하다.

"자, 긴 포털을 타고 오느라 몸이 아주 피곤할 거예요. 지구가 여기에서 좀 멀어야지……. 지금은 아무렇지 않은 것 같아도 몸을 잘 챙겨주지 않으면 금방 몸살이 난다구요. 이것 좀 덮고 있어요. 포르탈에서 사는 새의 깃털로 만든 담요인데, 아주 포근하고 가볍답니다."

에밋은 다정한 손길로 한솔의 어깨에 담요를 하나 둘러주었다. 무게가 1g도 되지 않는 것 같은 엄청나게 가벼운 담요였는데 매우 따뜻하고 포근했다. 마치 구름을 덮고 있는 것 같은 느낌이랄까. 한솔은 굳었던 몸의 긴장이 사르르 풀리는 듯했다. 에밋은 곧이어 한솔을 주방으로 안내했고 최대한 지구에서 먹던 것과 비슷한 음식으로 준비했다고 말했다. 잠시 후 포털이라는 곳에서 김이 모락모락 나는 빵과 수프가 나타났다.

"클로네에게 들었는지는 모르겠지만 한솔 군이 와서 저희 뤼벤 호텔 1호점이 방금 만실이 되었답니다. 이후에 오는 손님들은 2호점으로 갈 거예요. 1호점에 온 건 행운이에요! 2호점은 음식이 좀 아쉽거든요."

에밋이 장난스러운 말투로 한쪽 눈을 찡긋하며 말했다.

"우리 포르탈은 하루가 짧아요. 저희는 시간을 아끼기 위해 최선을 다한답니다. 이런 음식들도 전문 업체에서 만들어서 아주 빠르게 도착해요. 세상이 많이 좋아졌죠."

에밋이 갓 만든 것 같은 음식을 한솔에게 내밀며 말했다. 전혀 입맛이 없었지만, 에밋의 상냥한 표정을 앞에 두고 음식을 거절하는 것은 예의가 아닌 것 같아 수프를 한 스푼 떠 먹었다. 수프는 아주 맛있었다. 뜨끈한 기운이 한솔의 온몸 구석구석을 타고 흘렀다. 한솔은 갑자기 엄마가 해준 음식이 생각나 눈시울이 붉어졌다.

'다시 집으로 돌아갈 수 있을까…….'

"한솔아! 조한솔!"

한솔이 한껏 감상에 젖어있는데 익숙한 목소리와 우당탕 하는 발소리가 점점 다가왔다. 은비다! 혼을 쏙 빼놓는 클로네의 이야기에 집중하며 오다 보니 여기에 은비가 있다는 사실조차 깜빡했다.

'바보 같으니! 오자마자 은비부터 찾았어야 했는데!'

한솔은 어깨를 감싸고 있던 담요도 팽개치고 은비의 목소리가 나는 쪽으로 몸을 돌렸다.

"한솔아……! 으아아앙!"

한솔을 발견한 은비는 한동안 우뚝 서있다가 이내 복받쳐 오르는 듯 울음을 토해내며 달려와 한솔을 부둥켜안았다. 은비는 계속 한솔의 이름만 반복해서 부르며 숨이 넘어갈 듯 끅끅하고 울어댔다. 은비를 보자마자 한솔의 눈시울도 순식간에 붉어졌다. 에밋은 두 사람을 위해 슬며시 주방 문을 닫고 자리를 피해 주었다. 그제야 한솔의 눈가에 맺혀있던 눈물이 한 방울 툭 하고 떨어졌다. 그렇게 두 사람은 아무 말도 하지 않고 서로를 끌어안은 채 한참을 울었다. 두 사람의 울음소리가 어둑해진 포르탈의 밤을 가득 메웠다.

"안 오는 줄 알았어……. 아니, 사실 진짜 와버리면 어쩌나 하는 생각도 들고……. 머리가 너무 복잡했어."

겨우 울음을 멈추고 마음을 추스른 은비가 한솔을 바라보며 말했다. 그녀의 목소리에는 아직도 흐느낌이 남아있었다. 한솔은 제대로 은비의 얼굴을 마주하자 이제야 현실감이 밀려들었다. 이곳은 지구가 아니다. 그리고 은비와 한솔은 정체 모를 이곳에, 어쨌든 살아는 있다.

"우리가 발견한 그 책장 때문에 오게 된 거지? 정말 믿을 수는 없지만…… 놀이공원에 있던 롤러코스터가 포털인가 뭔가 하는 거였고 말이야."

한솔이 재확인을 위해 은비에게 묻자 그녀가 말없이 고개를 끄덕였다.

"우리…… 돌아갈 수 있는 거야?"

한솔이 간절하게 은비에게 물었다. 집에 돌아갈 수 있는지를 은비에게 물어보는 것이 황당하긴 했지만, 한솔이 기댈 곳은 한 시간…… 아니, 이틀 전에 이곳에 도착한 은비뿐이었다. 그렇게 기대하면서도 한솔이 도착하기 전, 이틀 동안이나 낯선 곳에서 혼자 두려움에 떨었을 은비를 생각하면 안쓰리웠다.

"응, 돌아갈 수 있대. 근데 당장은 아니고…… 다른 행성에서 포털을 타고 오면 이동 중에 포털이 엄청난 충격을 받아서 정비하는 데 시간이 오래 걸린대. 특히, 지구처럼 먼 행성은 더더욱. 여기 시간으로 사흘 정도."

한솔은 은비의 입에서 나오는 '포털'이라는 단어가 낯설게 들렸지만, 은비는 어느새 그 단어를 이야기하는 것이 꽤 익숙해진 것 같았다.

"여기 시간으로 사흘 정도라면…… 지구에서는……."

한솔은 갑자기 여러 가지 정보들이 밀려드는 바람에 머리가 멈춰버린 듯했다. 그러자 어느 새 안정을 되찾은 은비가 말을 이어갔다.

"한 시간 30분. 이곳의 하루가 지구에서는 30분이래. 그나마 불행 중 다행이지 뭐. 만약 여기에서 한 달 내내 있어도 지구에서는 열다섯 시간밖에 지나지 않은 거니까. 부모님이 실종 신고를 하실 일은 없겠어."

"그게 진짜야?"

"그거야 우리가 지구로 되돌아가서 확인해 보기 전까지는 알 수 없지 뭐."

쾅!

은비가 담담한 목소리로 대답하고 있는데, 무언가 주방 문에 크게 부딪히는 소리가 들렸다. 한솔과 은비는 반사적으로 일어나 문을 활짝 열었다. 그들이 문을 열고 나가자 무언가 쉬시식

하며 사방으로 흩어졌다. 마치 갑자기 불을 켜면, 모여있던 벌레들이 재빨리 흩어지는 것 같은 뭔가 기분 나쁜 느낌이었다.

그때 손바닥 크기 정도 되는 동물 같은 것이 호텔 바닥에서 꾸물거리는 것이 보였다. 은비가 먼저 마른침을 꼴깍 삼키며 그 동물 같은 것에 한 걸음 조심스럽게 다가갔다. 은비가 막 그것을 만지려는 순간이었다.

"으앙! 정말 죄송해요. 오랜만에 지구에서 온 손님들이 신기해서 구경하러 온 것뿐이에요. 이야기를 엿들으려던 건 아니었는데…… 정말 죄송해요!"

그 정체 모를 동물이 갑자기 붕 날아오르더니 날개를 파닥거리며 빠르게 재잘거렸다. 좀 전에 쾅! 소리가 날 때 문에 부딪혔던 것인지 얼굴이 벌겋게 달아올라 피시식 연기가 나는 것 같았다.

"꺄악!"

참새 같은 동물이 말을 하자 은비가 소스라치게 놀라며 한솔의 등 뒤로 물러섰다. 그제야 사방에서 비슷하게 생긴 것들이 파닥거리며 모습을 드러냈다. 방금 눈 깜짝할 새 흩어졌던 이들이 분명했다.

"놀라게 해서 미안해요! 우린 '토비아스'라고 해요. 요정들이죠."

그들은 자신을 '요정'이라고 소개했다.

'세상에…… 진짜 요정이라고? 내가 요정을 실제로 보게 될 줄이야…….'

한솔은 소리만 지르지 않았을 뿐, 은비 이상으로 놀라 할 말을 잃은 상태였다. 한솔은 요정의 얼굴을 곁눈질로 살짝 훔쳐보았다. 그들은 손님들을 놀라게 한 것이 미안했는지 우물쭈물하고 있었다.

손바닥만 한 크기의 토비아스 요정들은 몸에 비해 얼굴이 꽤 컸는데 그래서인지 아기 같은 느낌이 들어 더 귀엽게 보였다. 짧은 귀가 축 처져있었는데, 아마도 아까 한솔과 은비의 이야기를 엿들었을 때는 쫑긋 서있지 않았을까 싶었다. 온몸에는 보송보송한 털들이 뒤덮여 있었고 아래로 축 처진 눈썹과 눈이, 활짝 웃고 있는 입꼬리에 닿을 듯했다. 그 모습이 뭔가 억울해 보이기도 하면서 유순해 보였다.

멀찌감치 떨어져 있던 토비아스 요정들이 한솔과 은비의 반응을 살피다가, 괜찮아 보였는지 그들에게 날아와 주변을 뱅뱅 돌았다. 왠지 두 사람을 굉장히 반기는 것 같았다.

"괜찮다면 내일 아침에 마을 구경을 시켜줄게요! 아 맞다! 지구에서 온 손님들은 특히 '포털 역사박물관' 견학 코스를 좋아하시더라고요. 거기도 한번 둘러보면 좋겠어요!"

요정이 잔뜩 흥분해서 호텔 천장부터 바닥까지 빠르게 왔다 갔다 정신없이 날아다니며 말했다. 그때, 호텔 문을 열고 잠시 자리를 피해주었던 에밋이 다시 들어왔다.

"어휴, 이 말썽꾸러기 토비아스 요정님들! 손님들이 깜짝 놀랄 수 있으니 정식으로 초대할 때까지 조금만 기다려달라고 했잖아요! 하여튼 성질도 급하셔……. 은비 양, 한솔 군 인사해요. 이분들은 토비아스 요정들이에요. 아, 이미 서로 인사는 한 모양이군요! 아주 작고 귀엽지만 이래 봬도 잠도 자지 않고 우리 행성의 보물인 미아미아 나무들을 지켜주는 파수꾼 요정님들이랍니다."

에밋이 토비아스 요정들에게 작은 비스킷 같은 것을 나눠주며 말했다. 에밋의 소개에 토비아스 요정들의 축 처져있던 귀가 다시 쫑긋 섰다. 그들은 에밋이 준 비스킷을 정신없이 먹어치우고는, 여전히 날개를 빠르게 파닥거리며 양손을 허리에 얹고 자랑스럽다는 표정을 지어 보였다. 한솔과 은비는 이 작은 요정들이 무슨 파수꾼 역할을 한다는 것인지 의아했지만, 어쨌든 멋쩍은 웃음으로 인사를 대신했다.

"온종일 너무 많은 일을 겪어 피곤할 텐데 오늘은 이만 자리에 누워 편히 쉬도록 해요. 한솔 군을 위해 아주 포근한 잠자리를 준비해 두었으니 따라와요. 내일 클로네가 다시 와서 재미있는 구경을 시켜줄 거예요. 저도 호텔 일만 아니면 따라가고 싶을 정도랍니다. 호호."

에밋의 말에 한솔은 곁눈질로 은비를 슬쩍 쳐다보았다. 은비는 말없이 고개를 한번 끄덕였다. 그러자 불안함은 어느 정도 가셨지만 여전히 한솔의 머릿속은 복잡했다.

'과연 오늘밤 잠들 수 있을까.'

Chapter 7

역사박물관 견학

"한솔 군! 일어나요, 한솔 군!"

　누군가 잠들어있던 한솔을 힘차게 흔들어 깨웠다. 호텔 컨시어지인 클로네였다. 한솔은 잠이 완전히 깨지 않아 몽롱한 상태로 하품을 연신 하며 겨우 몸을 일으켰다. 지난밤 말도 안 되는 일을 겪은 후 절대 잠들지 못할 거라고 생각했는데, 자리에 눕자마자 기절하다시피 잠들고 말았다. 이렇게 푹 잔 것은 정말 오랜만이다. 실은 어젯밤 은비가 한솔과 좀 더 이야기를 나누기 위해 그의 방을 찾았지만 완전히 곯아떨어진 한솔을 발견하고는 슬며시 다시 방을 나갈 정도였다.

　"아이쿠! 잠 충전이 아직 부족했나 보군요. 깨워서 미안합니다만, 오늘 스케줄이 아주 바빠서 어쩔 수 없답니다. 다들 밖에서 한솔 군이 일어나길 기다리고 있거든요."

클로네가 여전히 다급한 목소리로 빠르게 말을 이어나갔다. 그는 어제의 말끔한 차림새와는 사뭇 다른 편안한 복장이었다. 한솔은 눈도 제대로 뜨지 못한 채 이미 중천에 떠있는 해를 보며 "얼마나 잔 거야……." 하고 손목에 찬 시계를 내려다봤다.

"한솔 군! 아쉽게도 지구에서 가져온 시계는 여기서 봐도 아무 소용이 없답니다. 그 시계는 지구 시간으로 느리게 흘러 갈 거라 포르탈에서 하루가 지나도 30분밖에 움직이지 않을 거라구요."

클로네가 아직도 침대에서 뭉그적거리며 시계를 보고 있는 한솔에게 초조하게 말했다.

"오늘은 우선 어제 도착한 분들을 위해 간단히 포털 사용 설명을 드리고, 다른 행성 손님들의 만족도가 가장 높은 '포털 역사박물관' 견학을 갈 예정이에요. 그리고 오늘의 하이라이트! 우리 포르탈의 자랑인 뤼벤 컴퍼니에 방문해서 한솔 군과 은비 양을 이곳으로 초대한 분들을 만날 예정이지요."

'나를 초대한 분들이라고?'

한솔은 다른 스케줄보다 그를 초대한 분들을 만나러 간다는 긴장감에 목이 타기 시작했다. 한솔의 머릿속에 그간의 꿈이 스쳐 지나갔다. 도서관에서 우연히 책상을 발견한 이후 꾸기 시작했던 꿈들. 처음엔 희미했다가 어떤 아이를 보게 되고, 결국 롤러코스터까지 타게 만들었던 그 꿈 말이다. 한솔은 누가, 어떻게 그를 초대했다는 것인지 이해되지 않았지만, 분명 그 꿈과 관련된 사람들임을 직감했다.

'우리를 무슨 목적으로 이곳에 부른 걸까?'

아직 그들이 왜 여기로 오게 되었는지 이유를 듣지 못한 터라 자신도 모르게 억눌러 왔던 경계심이 슬그머니 솟아올랐다. 친절하고 푸근한 사람들, 귀여운 요정에 홀려 위험하다고 생각하지 못했는데, 그러고 보니 이곳은 한솔과 은비가 잘못되더라도 도와줄 사람 하나 없는 외계 행성이다. 어떤 불순한 목적을 가지고 그들을 여기에 부른 걸 수도 있지 않은가! 한솔은 한 치의 의심도 없이 그들이 보낸 호의를 받아들인 스스로가 너무 안일했다는 생각이 들었다. 이곳은 사람의 판단력까지도 흐리게 하는 것 같다.

"어서요, 한솔 군! 빨리빨리! 지구 사람들은 꽤나 부지런한 걸로 알고 있었는데 한솔 군은 좀 예외로군요. 끙차!"

클로네가 온 힘을 다해 한솔을 일으켜 세웠다. 한솔은 별다른 방안을 떠올리지 못해 무력감을 느꼈지만, 다른 선택지는 없었다. 일단 따라가 보는 수밖에.

호텔 로비에는 다양한 행성에서 온 것으로 추측되는 사람들이 모여있었다. 그중에는 은비도 있었다. 은비는 한솔이 로비에 도착한 것도 모른 채 사람들과 연신 수다를 떨고 있었다. 벌써 이곳 사람들과 친해진 건가? 한솔은 어젯밤, 이틀 동안 혼자 있었을 은비에게 안쓰러운 감정을 느꼈던 것을 떠올리며 아직도 은비를 잘 알려면 한참 멀었다는 생각이 들었다.

"한솔아, 어서 와! 내가 이분들 소개시켜 줄게!"

은비가 한솔을 발견하고 소리쳤다. 어젯밤에 나라를 잃은 듯 통곡하던 은비는 온데간데없어지고 다시 예전의 붙임성 좋은 은비가 돌아왔다. 한솔은 차라리 이편이 낫다고 생각했다.

"자자! 여러분! 다 모이셨군요. 우선 어제 도착하신 분들도 계시니 간단히 포털 사용법을 설명해 드리고 바로 '포털 역사박물관'으로 이동하도록 하겠습니다!"

여느 때보다 마음이 아주 급해 보이는 클로네는 한솔이 다른 사람들과 인사를 나눌 틈조차 주지 않고 빠르게 말을 이었다. 클로네 뒤로 어제 만났던 토비아스 요정들도 몇 명, 아니 몇 마리가 모여들었다. 한솔은 그들을 어떤 단위로 세어야 할지 난감했다.

"자 이거 하나씩 받으세요. 아, 은비 양은 이미 받으셨죠? 그럼 패스."

클로네가 로비에 모인 사람들에게 작은 종이를 한 장씩 나눠주었다. 은비는 이미 받은 걸 보니 어제 노착한 사람들에게만 나눠주는 것 같다.

"방금 나눠드린 건 포털 이용 티켓입니다. 이미 몇 번 사용해 본 분들도 계시죠? 어떠셨나요? 정말 황홀한 경험 아니었나요……? 제가 얼마 전에 정말 엄청난 곳에 갔는데 말이죠……. 아아야얏! 죄송 죄송……. 이야기가 다른 쪽으로 샜군요."

클로네가 포털 이용 설명을 하다 말고 두 눈을 반짝이며 다른 이야기로 새려고 하자, 토비아스 요정 하나가 클로네의 볼을 힘껏 잡아당기며 눈치를 주었다. 한솔은 나사 하나가 풀린 듯 허술한 클로네가 뤼벤 호텔의 수석 컨시어지라는 사실이 믿기지 않았다.

"포털을 이용할 때는 꼭 이 미아미아 나무껍질로 만든 전용 티켓을 가지고 계셔야 합니다. 포르탈 사람들은 손바닥을 인식하여 이용할 수 있지만, 여러분에게 국민 일련번호를 부여할 수는 없으니 양해 부탁드려요. 아무 포털에나 가서 이 티켓을 내밀고 목적지를 이야기하면 됩니다. 포털은 어디에나 아주 많고 대부분의 포털은 안내 표지판이 있으니 찾기 쉬울 거예요. 아주 쉽죠? 원래는 사용료를 내야 하지만, 손님들께는 특별히 무료랍니다!"

클로네가 크게 선심 쓴다는 듯 의기양양하게 말했다. 한솔은 클로네가 준 티켓을 가만히 만져보았다. 미아미아 나무라……. 티켓 표면이 거칠거칠했다. 어제 에밋이 토비아스 요정을 소개하면서 그들이 미아미아 나무를 지킨다고 했던 말이 한솔의 머리를 스쳐 지나갔다.

"자, 이제 한 분씩 이동하도록 하죠. 목적지는 '포털 역사박물관 33번 구역'입니다. 저번에 포털 역사박물관 13번 구역으로 잘못 가신 손님이 있어서 정말 진땀을 뺀 적이 있었어요. 꼭 주의해 주세요!"

클로네의 말이 끝나기가 무섭게 키가 2m는 족히 넘어 보이는 한 여자가 호텔 로비의 벽난로로 성큼성큼 걸어갔다. 그녀는 곧 "포털 역사박물관 33번 구역."이라고 말하고는 순식간에 사라졌다. 한솔은 자기도 모르게 떡 벌어진 입을 다급히 막았다. 다시 봐도 믿을 수 없는 장면이었다.

"오오! 멋져요! 저 손님은 여기에 오신 지 벌써 사흘이 지난 터라 아주 익숙하시답니다. 박물관이 정말 마음에 드셨는지 매일 가고 계세요."

클로네가 뿌듯한 표정을 하고는 두꺼운 손으로 손뼉을 치며 말했다.

"이제 우리 차례야. 가자!"

키 큰 여자가 사라지자, 은비가 한솔의 손을 끌어당기며 말했다.

"아, 저기 난 아직 마음의 준비가……."

한솔은 저설 신짜 나야 하나 말아야 하나 밍설이던 참이었는데, 성미 급한 은비 덕분에 각오를 다질 틈도 없이 벽난로 앞에

서고 말았다. 은비는 한 치의 망설임 없이 티켓을 벽난로 쪽으로 내밀면서 "포털 역사박물관 33번 구역."이라고 외쳤다. 그리고 인지하지도 못할 만큼 아주 찰나의 순간, 섬광 같은 것이 한솔의 눈앞을 스쳐 지나갔다.

곧 한솔과 은비는 포털 역사박물관 33번 입구에 서있었다.

● ● ●

"후아, 잘했어! 나도 처음엔 진짜 망설였는데 그럴 필요 전혀 없더라고! 아무 느낌도 안 나! 한솔아, 이거 진짜 죽이지 않아?"

은비가 신이 나 팔짝팔짝 뛰며 말했다. 은비의 말은 사실이었다. 정말 '눈 깜짝할 새'였다. 아니 사실은 그것도 체감하지 못할 정도로 아주 짧은 순간이었다. 롤러코스터에 탔을 때는 약간 어지럽고 정신을 잃은 듯한 느낌이었는데, 이번에는 정말이지 아무런 느낌도 없었다. 한참이 지나서야 한솔의 온몸에 소름이 타고 올랐다.

한솔이 얼떨떨해 하는 사이, 포털 역사박물관 여기저기에서 엄청난 수의 사람들이 끊임없이 쏟아졌다. 어린아이의 손을 꼭 붙잡고 나타난 가족들, 똑같은 옷을 입고 나타난 어린이 단체 손님들, 사이좋은 연인들 등등. 갑자기 여기저기에서 튀어나온다는 것 말고는 지구에서 박물관을 찾는 사람들의 모습과 별반

다를 바 없었다.

'포털 역사박물관'은 실로 어마어마한 규모였다. 건물은 하늘 위의 포털들에 닿을 듯 높았고, 전체 건물의 규모를 한눈에 담을 수 없을 정도로 넓었다. 한솔은 그 규모에 압도되어 '이 큰 곳을 어떻게 다 돌아보지?'라고 생각했다가, 이내 포털로 돌아다니니 상관없겠다는 생각이 스쳤다. 어느새 이런 생각을 하고 있는 스스로가 어이없어 피식 웃음이 새어 나왔다.

박물관의 입구에 들어서자 〈포털을 이용한 역사적 인물들〉이라는 제목의 전시가 가장 먼저 그들을 맞이했다. 그중에는 지구 사람들도 있었다. 한솔의 눈이 반짝였다.

"포털을 이용했던 인물 중에 유명한 분들만 모아둔 전시예요. 제가 처음에 한솔 군을 만났을 때 지구 사람들과 비밀리에 거래하고 있다고 했던 거 기억하시나요?"

어느새 나타난 클로네가 한쪽 눈을 찡긋하고는 전시 속 인물들을 하나하나 가리키며 말했다. 그러고 보니 지구에서는 아직 포르탈이 발견되지 않은 행성이지만 극소수의 사람들은 이미 포털을 이용하고 있다고 했던 말이 한솔의 머릿속에 떠올랐다. 꽤 흥미로운 이야기였다.

"이분은 마법사예요. 엄청나게 뛰어난 마법사라서 지구에서 꽤 유명하다고 하더군요. 여러분, 세가 비밀 하나 알려드릴까요?"

클로네가 꽤나 예민해 보이는 인상을 가진 한 남자의 초상화를 가리키며 말했다. 그는 자신의 이야기를 들은 사람들의 반응이 몹시 기대되는지, 엉덩이를 실룩거리기까지 했다.

"마법사들이 순간 이동을 할 때 정말 마법으로 하는 줄 아셨죠? 사실 마법이 아니라 저희 포털을 이용하는 거랍니다. 바로 이분이 최초로 포르탈에 마법사용 포털 제작을 요청한 분이죠. 정말 마법처럼 보여야 한다며 티켓 없이 마법 지팡이만 휘두르면 이동할 수 있도록 해달라는 까다로운 요청을 하시는 바람에 개발 기간이 아주 오래 걸렸던 기억이 나네요. 재미있죠?"

클로네가 마치 자신이 '마법사용 순간 이동 포털'을 만든 사람처럼 잔뜩 신이 나 재잘거리며 박물관의 중앙으로 이동했다. 박물관의 메인 전시 영역에 압도적인 크기의 대형 초상화가 걸려있었다. 초상화 아래에는 〈스토니 엘름-최초의 '전설의 책' 발견자. 외계에서 최초로 포르탈을 방문한 위대한 지구인〉이라고 쓰여있었다.

'지구인이라고? 포르탈 사람이 아니라 지구 사람 초상화를 이렇게나 크게 전시해 놓은 거야?'

한솔은 그제야 지구인인 자신을 향한 포르탈 사람들의 환대가 조금씩 이해되기 시작했다. 지구 방식으로 축하 인사를 준비해 줬던 클로네. 신발도 신지 않고 호텔 밖으로 나와 그를 맞이했던 에밋. 지구 사람들을 구경한다며 몰려들었던 토비아스 요정들. 아마도 이 스토니라는 지구인이 포르탈 역사에 중요한 일을 했던 것 같다.

"한솔아, 이 사람이야. 우리가 들고 온 책장의 다른 페이지를 최초로 발견해서 우연히 이곳에 왔대."

은비가 초상화에서 눈을 떼지 못하고 있던 한솔에게 귓속말로 말했다. 은비의 말에 한솔이 눈을 번쩍 뜨며 은비를 바라보았다. 이 사람에 대해 알고 있는 걸 보니, 은비는 이미 이곳에 한 번 다녀간 모양이었다. 그런데 전설의 책이라니……. 한솔의 예상대로 그가 도서관에서 우연히 발견한 책장은 예사롭지 않은 물건이었다. 그러나 그의 예상을 몇 배나 뛰어넘어, 심지어 외계 행성에서 쓰인 '전설의 책의 일부분'씩이나 될 줄은 상상조차 못 한 일이다.

한솔은 우연에 우연이 겹쳐 여기까지 오게 된 것이, 이쯤 되니 우연인지 운명인지 혼란스러웠다.

"스토니 엘름. 우리 포르탈의 역사에 한 획을 그은 중요한 인물이지요. 여러분을 여기까지 모실 수 있게 된 것도 다 스토니 덕분이랍니다."

클로네가 한껏 경건한 자세로 초상화 앞에 서서 아직도 감정이 복받쳐 오른다는 듯, 가슴을 쓸어내리며 스토니에 관한 이야기를 이어갔다.

· · ·

10년 전, 뤼벤 컴퍼니

"잰시스, 이것 좀 봐!"

루카가 잰시스의 사무실에 예고도 없이 나타났다. 뭔가 잘 풀리지 않는 것인지 인상을 잔뜩 쓰고 모니터를 바라보던 잰시스가 루카의 등장에 놀라 자리에서 벌떡 일어났다. 어떤 상황에서도 늘 침착함을 잃지 않는 루카가 이렇게 말도 없이 갑자기 나타났다는 것은 아주 좋은 일이거나 아주 나쁜 일, 둘 중 하나가 발생했다는 뜻이다.

"어느 쪽이야?"

잰시스가 앞뒤 맥락을 모두 잘라먹고 루카에게 물었다. 루카는 씨익 웃는 것으로 대답을 대신하고는 들고 온 종이 뭉치를 잰시스에게 내밀었다. 루카의 얼굴은 한껏 들떠있었지만, 며칠 동안 제대로 쉬지 못한 듯 눈은 퀭한 상태였고 옷도 며칠째 같은 것을 입고 있었다.

"뭐? 3천 년 전이라고?"

종이를 빠르게 넘겨보던 잰시스가 찌푸리고 있던 눈썹을 움찔거리며 믿을 수 없다는 표정으로 말했다. 루카가 내민 종이 뭉치는 스토니가 타고 온 포털의 개발 시기에 대한 연구 결과였다.

"한 장 더 넘겨봐."

루카가 기대하라는 표정으로 잰시스에게 말했다. 그다음 페이지에는 스토니가 가져온 종이의 생산 시기에 대한 결과가 쓰여있었다. 스토니가 타고 온 포털보다 무려 2만 년이나 전에 자랐던 미아미아 나무껍질로 만든 책이라는 추정이었다. 잰시스는 믿을 수 없는 결과에 고개를 절레절레 저었다.

"말도 안 돼. 그럼 외계 행성을 오갈 수 있는 포털 개발이 무려 3천 년 전에 성공했었다는 거야?"

사실이었다. 잰시스와 루카는 전설의 책 낱장을 들고 홀연히 나타난 의문의 남자, 스토니를 다급히 뤼벤 컴퍼니로 불러 그의 이야기를 경청했다. 그가 전설의 책 일부를 들고 나타났다는 사실도 충격적인 사건이었지만, 그보다 더 경악할 만한 사실은 그가 지구라는 외계 행성에서 포털을 타고 온 사람이라는 것이었다. 지금까지 추적은커녕, 존재 사실조차 몰랐던 포털을 통해서 말이다. 그런데 그 포털이 지금으로부터 무려 3천 년 전에 만들어졌었다니…….

여태껏 포르탈 행성 외부로 이동하는 포털 개발은 불가능한 기술로 여겨졌다. 뤼벤 컴퍼니뿐만 아니라 크고 작은 포털 개발 업체들이 수년 간 몰두해 온 연구 분야지만, 늘 실패로 끝나고 말았다. 잰시스는 새삼 고대의 포털 개발 기술이 놀랍기도 했지만, 현재까지 가장 뛰어난 포털 개발 기술을 보유하고 있다고 자부해 왔던 자신이 초라해지는 것 같은 느낌도 들었다.

"그럼, 그 전설의 책에는 외계 행성으로 이동할 수 있는 포털 개발에 대한 비밀이 담겨있는 건가?"

잰시스가 기대에 찬 목소리로 루카에게 물었다. 루카는 천천히 고개를 저었다.

"아니, 그건 아닌 것 같아. 아직 한 장뿐이라서 정확한 건 알 수 없지만, 이 한 장에 담긴 내용은 아주 고대에 포털을 만들던 원론적인 이야기라서……."

루카가 못내 아쉬운 표정으로 말끝을 흐렸다. 그녀도 처음에는 뭔가 대단한 내용이 기록되어 있을 거로 생각했지만 막상 그 종이에는 지금은 누구나 알고 있지만 사용하지 않는, 원시적인 포털 개발에 대한 내용이 일부분 적혀있었다. 개발자인 루카는 숨이 턱 막힌 듯 답답했다. 역시 너무 큰 기대를 했던 것일까. 미스터리는 그냥 미스터리일 뿐인 걸까.

"전설의 책 내용도 그렇지만 아직 풀어야 할 숙제가 많아. 이 전설의 책 일부가 어떻게 지구까지 가게 되었는지에 대한 부분도 연구 중이고, 나머지 책장들은 어디서, 어떻게 모아야 할지도 숙제고. 일단 오늘 스토니가 타고 왔던 포털에 다시 한번 가보기로 했어. 뭐라도 단서를 찾아봐야지."

루카는 실망한 모습을 잰시스에게 들키고 싶지 않아서 애써 기운을 내며 호탕하게 말했다. 이제 시작일 뿐이다. 설사 전설의 책의 비밀을 밝혀내지 못한다고 하더라도, 스토니가 타고 온 포털을 분석해서 그간의 숙원 사업이었던 다른 행성으로 이동할 수 있는 포털 개발의 실마리를 찾아낼 수는 있을 것이다. 루카는 실망스러운 마음을 애써 쫓아내고 다시 마음을 굳게 다잡았다.

루카는 잰시스의 사무실에서 곧장 스토니가 타고 온 포털로 이동했다. 뤼벤 컴퍼니의 수석 연구원들이 루카를 맞이했다. 그들도 외계에서 온 포털의 발견에 잠을 이루지 못한 채 연구에 몰두하고 있었다. 어떻게 정상 작동한 것인지 믿을 수 없을 정도로 낡고 원시적인 방법으로 만들어진 포털을 다시 한번 마주한 루카는, 새삼 이 포털이 3천 년 전에 만들어졌다는 사실이 놀라웠다. 그 옛날에 이렇게 획기적인 포털을 개발했던 과거의 인물들에게 경이로움마저 들었다.

"어떻게 되어가고 있어요?"

루카가 자못 심각한 표정을 하고 있는 연구원들에게 물었다. 그들의 표정은 심각해 보였지만, 꽤 들뜬 듯했다.

"루카, 이 흔적들 좀 봐요."

연구원이 그림 몇 장을 내밀었다. 포르탈과 지구를 잇는 기나긴 포털 터널 여기저기를 그린 그림이었다. 원래는 일직선으로 뻗어있어야 할 터널이 어떤 구간은 곧 부러질 듯 구부러져 있었고, 어떤 곳은 누군가가 큰 힘으로 눌러 이어 붙인 것 같은 모양새였다. 심각하게 균열이 가있는 곳도 있었다.

"흠……."

포털 개발 당시에 일부러 이런 모양새로 만들지는 않았을 것이다. 엄청난 충격에 의한 파손 흔적이 틀림없었다. 외계로 이동하는 어마어마한 포털이 이런 충격을 받을 만한 사건이 무엇이었을까?

"외계 행성에서 포털을 타고 이동하는 것은 보통 일이 아니었을 겁니다. 포르탈 내에서 이동하는 것과는 차원이 다르죠. 그 충격으로 생긴 흔적인 것 같아요."

"아니에요. 이건 분명 외부의 충격에 의한 흔적입니다. 무려 3천 년 전에 만들어진 포털이에요. 긴 세월 동안 수많은 우주의 유성과 충돌하는 사건 하나 없었을까요? 대형 우주 쓰레기나 유성과 부딪친 흔적으로 보여요."

연구원들이 갖가지 추측을 쏟아냈다. 듣고 보니 다 가능성 있는 말 같기도 하다. 3천 년 전 이곳에서 무슨 일이 있었던 걸까?

"일단 이 그림은 제가 가져가 볼게요. 수고가 많으세요!"

루카는 파이팅 넘치는 목소리로 인사하며 연구원들에게 힘을 실어주고는 곧장 뤼벤 컴퍼니의 VIP실로 이동했다. 그동안 루카와 잰시스가 차곡차곡 모아둔 포털과 관련된 양서들을 보관하는 곳이었다. 루카는 일단 거대 유성 충돌에 방점을 찍고 3천 년 전에 일어났던 사건들을 추적해 볼 심산이었다.

루카는 3천 년 전에 포르탈 행성 주변을 떠돌아다녔던 유성에 대한 기록을 찾기 시작했다. 그러나 너무 오래전 일이라 '유성이 떨어진 기록이 있다.' 정도의 빈약한 정보만 찾을 수 있었고 포르탈에 영향을 줄 만한 거대한 유성에 대한 기록은 전혀 찾을 수 없었다. 루카는 가야 할 방향을 잃어버리고 다시 처음으로 되돌아가는 기분이었다.

루카가 기운이 빠져 축 늘어져 있는데, VIP실 창문 쪽에서 누군가 시끄럽게 소란을 피우는 소리가 들렸다.

"내 말이 맞다니까! 이 바보 같으니……. 루카에게 직접 확인해 보자고!"

토비아스 요정 두 마리가 투덕거리며 날아오는 소리였다. 그들은 이미 한바탕 다툰 듯, 얼굴이 벌건 채로 서로를 바라보며 씩씩거리고 있었다.

"요정님들! 한동안 제 사무실에는 놀러 오지 않더니, 오랜만에 찾아와서는 이게 무슨 일이에요? 둘이 싸운 거예요?"

루카가 짤막한 팔로 서로를 꼬집으려고 버둥대고 있는 토비아스 요정들을 향해 물었다.

"루카! 그게 말이야, 얼마 전에 TW047 구역에 있는 포털 입구가 망가졌던 거 기억나지? 그래서 루카도 오고 토비아스들도 같이 가서 고치고 그랬잖아."

루카의 머릿속에 며칠 전에 진행했던 포털 수리 작업이 떠올랐다. 워낙 오래된 구역의 포털이라 지반이 약해져서 땅이 약간 내려앉으며 입구가 망가졌던 것으로 기억한다.

"아아…… 그랬죠! 큰일은 아니어서 금방 해결됐었어요. 근데 그게 왜요?"

"그 일이 있기 전날 밤에 실은 내가 실수로 미아미아 나무에다가 성장 가루를 쏟아버렸거든……. 이 녀석이 그러는데 그 바람에 미아미아 나무뿌리가 갑자기 커져서 땅이 흔들리는 바람에 포털 입구가 망가졌다고 하잖아! 허 참, 어이가 없어서. 성장 가루 한 통 쏟았다고 미아미아 나무뿌리가 그렇게 빨리 자랄 수 있어? 게다가 뿌리 때문에 지진이 나다니! 나한테 모든 잘못을 뒤집어씌우려는 게 분명해!"

토비아스 요정 하나가 여전히 분이 풀리지 않는 듯 씩씩거리며 빠르게 말을 이어갔다. 자신이 한 실수 때문에 포털 입구가 망가진 게 아닌가 하고 전전긍긍하다가 다툼이 난 모양이었다. 루카는 그 모습이 너무 귀여워서 토비아스 요정들을 꼭 끌어안아 주고 싶은 마음이었다.

"하하, 걱정 말아요. 토비아스 요정님들 잘못이 아니에요. 물론 미아미아 나무는 성장 가루를 뿌리면 급속도로 자라긴 해요.

그렇지만 지진을 일으킬 만큼 그렇게 많이 자라지는 않는답니다. 그리고 그때 포털 입구가 망가졌던 건 미아미아 나무뿌리 때문이 아니라 그쪽 땅이 약해져서 입구가 살짝 내려앉는 바람에 그랬던 거예요. 걱정 말아요."

"거봐 거봐! 내 말이 맞지? 내 잘못 아니라니깐!"

루카의 대답을 듣고 성장 가루를 잘못 뿌린 토비아스 요정이 의기양양하게 소리를 빽 질렀다. 그를 몰아붙이던 다른 요정이 머쓱해져 "쳇!" 하고는 루카에게 대충 손을 흔들고 먼저 날아가 버렸다.

"루카! 내 억울함을 풀어줘서 정말 고마워. 난 정말 나 땜에 지진이 생겨서 포털이 망가진 줄 알고 고민했거든……. 너무 생각을 많이 하다가 하마터면 잠을 잘 뻔했다고."

잠을 자지 않는 토비아스 요정들에게 '잠을 잘 뻔했다'는 표현은 포르탈 사람으로 치면 '밤을 꼴딱 새울 뻔했다.' 정도의 표현이었다. 루카는 걱정이 많았을 토비아스 요정의 머리를 손가락으로 쓰다듬어 주었다. 그때, 어떤 생각 하나가 루카의 머릿속에 빠르게 스쳤다.

'잠깐, 지진……. 지진이라고?'

토비아스 요정의 입에서 나온 '지진'이라는 단어가 루카의 머리를 번개처럼 치고 지나간 것이다.

'포르탈 대지진……. 그게 언제쯤이었지?'

루카는 훌쩍거리는 토비아스 요정을 뒤로하고 책꽂이로 달려갔다. 그녀는 "포르탈 대지진, 포르탈 대지진……."이라고 중얼거리며 뭔가에 쫓기듯 마구 책을 찾았다.

'여기 있다! 포르탈 대지진 기록.'

루카가 《포르탈 행성 지형의 변화》라는 두꺼운 책을 꺼내 들고 빠른 속도로 책장을 넘겼다. 루카의 눈길이 멈춘 곳에는 다음과 같은 문단이 적혀있었다.

포르탈 대지진은 포르탈이 크게 발전하고 있던 포르탈력 5만 3천 년 경에 발생했던 것으로 추정된다. 당시 대지진으로 인해 그전에 건설되었던 수많은 포털들이 붕괴되었다.

포르탈력 5만3천 년. 지금이 56,010년이니 약 3천 년 전으로, 스토니가 타고 왔던 포털의 개발 추정 시기와 거의 일치한다. 루카의 온몸에 소름이 타고 올랐다.

대지진 이후 한동안 특정 구역에서만 자라는 식물들이 전혀 생태 환경이 다른 구역에서 발견되기도 했고, 길을 잃은 사람들이 발견되기도 했다. 이는 붕괴되는 포털을 타고 사람과 물건들이 의도치 않은 곳으로 뒤죽박죽 이동한 결과로 추정된다.

'포르탈 대지진! 왜 이 사건을 생각하지 못했을까.'

루카가 가지런히 빗어 넘긴 머리카락을 흐트러뜨리며 생각했다.

만약에, 만약에…… 포르탈 대지진 이전에 다른 행성으로 나가는 포털이 이미 완성되었는데, 대지진으로 인해 포털이 대부분 파괴되고 그중 일부가 남아있었던 거라면? 당시에 파손되었던 전설의 책이 뒤죽박죽 되어버린 포털을 통해 지구로 흘러 들어갔던 거라면?

"충분히 가능한 일이야!"

루카가 책을 탁 덮으며 머릿속으로 생각한 것을 입 밖으로 외쳤다. 그 바람에 루카 주변을 맴돌던 토비아스 요정이 깜짝 놀라 책꽂이에 꽈당 부딪쳐 바닥으로 떨어지고 말았다. 루카는 떨어진 요정을 얼른 들어서 손바닥으로 꼭 안아주었다. 모두 토비아스 요정들 덕분이다. 루카는 너무 고마워서 토비아스 요정에게 비스킷 하나를 통째로 주고 싶은 마음이었다.

3천 년의 세월을 거슬러, 전설의 책의 비밀을 밝혀낼 첫 번째 실마리가 풀리는 순간이었다.

Chapter 8

이 상 한 취 미

은비가 포르탈에 온 지 일주일째. 지구로 돌아가는 포털은 원래는 이삼 일이면 정비가 완료된다고 했었는데, 은비와 한솔이 연달아 타고 오는 바람에 포털에 무리가 갔는지 일정이 지연되고 있었다.

한솔은 자꾸만 늘어지는 일정에 초조했지만, 은비는 오히려 일정이 늦어지는 것을 은근히 반기는 듯했다. 그녀는 어느새 포르탈에 완벽하게 적응하여 호텔 로비에서 다른 행성 사람들, 그리고 호텔 직원들과 각 행성에서 일어나는 재미있는 일들에 대해 와자지껄 떠들고 있었다.

"아이고 이런…… 배가 왜 이리지……."

늘 얼굴에 푸근한 미소를 띠고 있는 에밋이 오늘따라 얼굴을 찌푸린 채 한 손으로 배를 살살 만지며 호텔 로비를 정리하고 있었다.

"앗, 에밋! 안색이 많이 안 좋아 보여요! 어디 아프세요?"

몹시 힘들어 보이는 에밋을 발견한 은비가 얼른 뛰어가 그녀를 부축하며 말했다.

"아…… 아무래도 어제 주문해서 먹은 음식이 뭔가 잘못된 것 같아요……. 은비 양이랑 다른 분들은 괜찮은 거예요?"

에밋은 땀을 뻘뻘 흘리면서도 같은 음식을 먹었던 은비와 호텔 사람들을 먼저 걱정하며 말했다.

"네, 저희는 괜찮아요. 에밋, 많이 힘들어 보이시는데요? 호텔 정리는 저희가 할 테니 얼른 들어가 쉬세요!"

"그래도 될까요……? 아이코, 제가 이런 적이 없는데…… 정말 미안해요. 아무래도 호텔 일을 돌보기 힘들 것 같아요. 제가 오늘은 다른 곳에서 음식을 주문해 놓고 좀 쉴게요."

"에이! 에밋 그런 말씀 마세요. 여기 있는 사람들 이미 포르탈 생활에 완벽 적응했다고요! 음식은 저희가 알아서 할 테니 얼른 들어가세요. 빨리빨리!"

은비는 행여나 에밋이 뭔가 더 일할까 싶어 그녀를 침실로 끌었다. 에밋은 축 처져서 힘없이 은비의 손에 이끌려 갔다. 은비의 손에 잡힌 에밋의 손목이 불이 날 듯 뜨거웠다.

"헉, 에밋! 열이 이렇게 나는데 계속 참았던 거예요? 얼른 병원에 가요!"

"아니에요. 아니에요! 나는 병원에 가는 게 더 불편해요. 배탈이 난 것뿐이니 침대에 조금만 누워있을게요. 이게 더 편해요. 부탁할게요."

에밋이 기운 없는 목소리로 말하자, 은비는 어쩔 수 없이 에밋에게 깃털 담요를 덮어주고는 조심스레 밖으로 나왔다.

'엄마가 아플 때는 버섯 수프가 좋다고 꼭 해주셨는데…….
아하! 그렇지!'

은비는 곧 좋은 생각이 떠오른 듯 재빨리 호텔 로비로 달려갔다. 그녀는 평소 에밋을 도와 호텔 일을 함께 봐주고 있는 루핀을 호들갑스럽게 불러 뭔가 귓속말을 했다. 루핀은 잠시 난감한 표정을 짓더니 이내 무언가를 잔뜩 주문했다. 곧 포털을 통해 각종 식재료와 요리 도구들이 도착해 호텔 주방에 산더미처럼 쌓였다.

"에…… 신은비! 이게 다 뭐야?"

에밋이 아프다는 소식에 호텔 로비로 나와본 한솔이 주방을 가득 채운 물건들을 보고 깜짝 놀라 물었다. 분명 요리 재료와 도구들인 것 같은데 이것들이 왜 은비와 함께 있는지……. 한솔은 은비와 요리 재료들이 한 프레임에 있는 광경이 너무나 생소해서 머리만 긁적일 뿐이있다.

"거기서 멀뚱멀뚱 서있지 말고 얼른 와서 나 좀 도와줘!"

별안간 들이닥친 은비의 호통에 한솔의 몸이 자동으로 주방 쪽으로 튀어 나갔다. 주방에 쌓여있는 재료들은 지구에서 본 것들도 있고, 처음 보는 식재료들도 있었다. 한솔은 버섯처럼 생겼지만 버섯은 아닌 것 같은 식재료가 신기해 보여 하나를 들고 살짝 맛을 보았다. 생각보다 부드럽고 달콤한 맛에 묘한 기분이 들었다.

"우리 엄마가 그러는데 아플 때는 정성껏 끓인 버섯 수프를 먹으면 금방 낫는대. 포르탈엔 뭐가 있는지 몰라서 루핀에게 이것저것 주문해 달라고 했는데, 생각보다 훨씬 뭐가 많이 왔네? 하하……"

은비가 멋쩍은 웃음을 지으며 재료를 손질하기 시작했다. 은비는 손질한 재료를 종류별로 그릇에 착착 담더니 신중한 손길로 냄비에 하나씩 넣어 끓였다. 그 모습이 생각보다 너무 능숙해서 한솔은 또 한 번 깜짝 놀라고 말았다.

"이런 건 다 어디에서 배운 거야?"

"음…… 딱히 어디에서 배운 건 아닌데, 엄마가 일하러 나가셔서 내가 알아서 밥 해 먹어야 할 때가 많았거든. 혼자서 이것저것 해보다 보니까 잘하게 된 거지 뭐. 왜? 이 누나가 좀 달라 보이냐?"

은비가 장난스러운 표정으로 한솔을 향해 턱 끝을 들어 보이더니 다시 요리에 집중하기 시작했다. 한솔이 천방지축인 줄만 알았던 은비의 또 다른 모습을 발견하는 순간이었다. 수프가 끓는 열기에 은비의 이마에 땀방울이 송골송골 맺히더니 그녀의 곱슬곱슬한 앞머리를 타고 툭 떨어졌다. 한솔은 얼른 수건을 들어 땀방울을 닦아주려다 괜히 머쓱해져 등 뒤로 수건을 감추었다.

"은비! 먹을 걸로 장난치면 못써!"

그때, 토비아스 요정 하나가 쌩하고 날아와 은비에게 말을 걸었다. 주방이 시끌벅적해 보이자 로비에 모여있던 사람들도 하나둘 기웃거렸다. 그들은 주방에서 식재료를 가지고 뭔가를 하고 있는 한솔과 은비를 휘둥그레 뜬 눈으로 바라보았다.

"설마, 먹을 것을 직접 만들려는 거야?"

"주문해서 먹으면 되는데, 왜?"

"우리 행성에선 이런 식재료는 그냥 먹는데, 왜 자꾸 자르고 익히고 하는 거야?"

"이런 귀찮은 일을 왜 하는 거지?"

"시간이 너무 아까워!"

모두 신기하다는 반응이었다. 그들의 반응에 은비가 어이없다는 듯 외쳤다.

"원래 음식은 맛보단 정성이라구요. 이게 지구에서 주변 사람들을 돌보는 방식이랍니다. 아픈 사람에게는 정성껏 몸에 좋은 음식을 해주고, 소중한 사람들을 집에 초대해서 맛있는 요리를 대접하기도 하고요. 이렇게 정성을 가득 담은 요리를 먹으면 에밋도 금방 괜찮아질 거예요."

뤼벤 호텔에서는 좀체 들릴 리 없는 낯선 칼질 소리가 주방을 가득 채웠고, 맛있는 냄새가 호텔 구석구석으로 흘러 들어갔다. 은비는 콧노래를 부르며 능숙하게 척척 요리해 내더니 접시에 음식을 가득 담아 에밋의 방으로 올라갔다. 맛있는 음식 냄새를 참는 것이 곤혹스러웠던 호텔 사람들은 은비가 잠시 주방을 비운 사이 몰래 음식을 맛보기 시작했다. 음식을 먹은 사람들은 입을 떡 벌리다가 감탄한 듯, 고개를 절레절레 흔들며 연신 손뼉을 쳤다.

"에밋, 잠깐 일어나서 이것 좀 먹어봐요."

은비가 누워있는 에밋에게 조심스레 말을 걸었다.

"은비 양…… 이게 다 무슨……."

에밋은 아직도 몸이 좋지 않은지 겨우 몸을 일으켜 침대에 걸터앉았다. 그녀는 은비가 차려온 식사에 깜짝 놀라, 말을 끝까지 잇지 못했다. 은비가 말없이 수프를 한 수저 떠서 에밋의 입에 넣어주었다. 맛을 본 에밋의 눈시울이 금세 붉어졌다.

"내가 아주아주 어렸을 때…… 이렇게 포털로 음식을 주문할 수 없던 시절에 우리 엄마가 직접 해줬던 것 같은 음식이네요……. 지구 사람들은 정말…… 정이 많아요."

은비는 훌쩍이며 음식을 먹고 있는 에밋을 짠한 눈빛으로 한동안 바라보다가 그녀를 꼭 안아주고는 침실을 빠져나왔다. 에밋을 안아준 것은 은비였지만 오히려 에밋에게 위로받은 느낌이었다. 은비는 갑자기 지구에 있는 엄마가 보고 싶어졌다.

은비가 감상에 젖어있을 틈도 없이, 그녀는 난장판이 된 호텔 주방을 보고 순간 뒤로 넘어갈 뻔했다. 호텔 사람들뿐만 아니라 마을 사람들까지 죄다 몰려와서 음식을 먹고 또 서툴게 요리하고 있는 것이 아닌가. 그 가운데에서 한솔은 어쩔 수 없었다는 듯, 두 팔을 벌려 어깨를 으쓱할 뿐이었다. 그러나 이런 소동에 당황할 은비가 아니다.

"아이고 여러분! 잠깐잠깐! 제가 가르쳐드릴게요!"

은비는 금세 그들 틈에 섞여 상황을 정리한 뒤 사람들에게 요리하는 방법을 알려주기 시작했다. 사람들은 생전 처음, 또는 정말 오랜만에 사람이 직접 요리하는 모습을 보는 듯 신기한 눈빛으로 바라보았다. 은비의 음식은 주문한 것과는 비교할 수 없는 맛이었다. 호텔에는 한동안 음식이 끓는 소리와 사람들의 대화 소리가 울려 퍼졌다.

"자, 이제 배도 채웠으니 나가서 산책이나 좀 할까요?"

난장판이었던 주방까지 말끔히 정리한 은비가 아직도 체력이 남았는지 손을 탁탁 털며 사람들에게 밀했다.

"산책? 산책을…… 하자고?"

"그거 그냥 길거리 돌아다니는 거?"

"어차피 되돌아올 텐데 굳이 왜 가는 거야?"

"에이, 다리 아파. 난 그냥 포털로 갈래."

이번에도 역시 사람들은 심드렁한 반응이었다. 은비는 포르탈 사람들은 너무 여유 없이 바쁘게만 산다며 혀를 끌끌 차더니 사람들을 끌고 밖으로 나왔다. 물론 은비의 산책을 뛸 듯이 반기는 이도 있었다. 바로 토비아스 요정들이었다.

"은비! 난 너무 좋아! 우린 밤에 잠을 안 자니까 미아미아 나무들을 돌보고 나면 할 일이 없거든. 이렇게 천천히 하늘을 날아다니면서 구경하는 게 얼마나 재밌는데, 포르탈 사람들은 이 즐거움을 모른단 말이지."

토비아스 요정이 툴툴대더니 은비의 옷자락을 잡아끌며 재촉했다. 한솔도 엉겁결에 은비의 뒤를 쫓았다. 포르탈 사람들도 어색한 걸음으로 따라오더니 이내 주변으로 시선을 돌리기 시작했다.

포털을 타고 어디로든 눈 깜짝할 새에 이동하는 것이 일상인 포르탈 사람들에게 시간을 들여 목적도 없이 그저 걸어 다니는 일은 생소한 경험이 아닐 수 없었다. 천천히 바라보는 포르탈의 풍경은 재미있고 아름다운 것 천지였다. 평소에 무심코 지나쳤던 꽃들과 무성하게 자라있는 미아미아 나무들, 포털 출구를 통해 나오는 각양각색의 사람들, 장난치며 날아다니는 토비아스 요정들까지. 포르탈 사람들은 여전히 "지구 사람들은 정말 특이하단 말이지."라고 이야기하면서도 괜스레 좋아지는 기분에 굳이 발걸음을 돌리지는 않았다. 오랜만에 포르탈의 거리가 시끌벅적한 하루였다.

Chapter 9

비밀금고

한솔이 포르탈에 도착한 지 벌써 6일째, 은비는 8일째에 접어들었다. '포털 역사박물관' 견학 이후 예정되었던, 그들을 부른 뤼벤 컴퍼니 사람들과의 만남은 그쪽 사정으로 갑작스럽게 두 번씩이나 연기되었다. 한솔과 은비가 가져온 전설의 책의 낱장은 아직 가져가지도 않았다. 박물관에서 클로네가 들려주었던 이야기에 따르면 전설의 책에는 포털 개발에 관한 어마어마한 비밀이 쓰여있다고 했는데⋯⋯. 어찌 된 일인지 한솔과 은비가 이곳에 도착하자마자 만나려 하기는커녕 몇 번씩이나 일정을 미루고 종이도 가져가지 않자, 한솔은 이상하다는 생각이 들었다.

그때, 토비아스 요정 하나가 한솔의 방문 앞에서 붕붕거리고 있는 것이 보였다.

"한솔! 오늘은 벌써 다섯 명이나 모였어! 얼른 내려와!"

한솔이 방문을 열자 기다렸다는 듯 토비아스 요정이 다급히 말했다. 한솔에게 편지 쓰는 것을 부탁하려고 사람들이 모인 모양이다.

지난 6일간, 한솔은 포르탈 사람들과 꽤 친해졌다. 그들은 정말 친화력이 좋았다. 지구에서 한솔은 누구의 관심도 받지 못한채, 있는 듯 없는 듯 지내는 것이 익숙한 열여섯 살의 아이였다. 그러나 포르탈에서의 한솔은 '무려 손으로 직접 편지를 써주는' 아주 로맨틱하고 멋진 소년으로 인기 폭발 중이다.

한솔은 안 그래도 소심한 성격이라 외계 행성 사람과 함께 지내려니 처음에는 영 마음이 불편했다. 그래서 에밋이 정성스럽게 준비해 준 음식을 먹고도 고맙다는 인사 하나 제대로 하지 못한 채 고개만 끄덕하고 지나가 버렸던 적이 많았다.

그러나 아무런 대가 없이 한솔과 은비를 정성껏 보살펴주는 사람들의 마음이 점점 따뜻하게 다가왔고 이렇게 아무 인사도 하지 않고 지내는 것은 너무 무례한 일이라는 생각이 들었다. 어떻게 고마운 마음을 표현해야 할지 한참을 고민하던 한솔은 긴 편지를 써서 다 먹고 난 그릇 아래에 살며시 남겨두었다.

잠시 후, 편지를 발견한 에밋이 넘치는 감동을 주체하지 못한 채 울먹이며 한솔의 방에 찾아와 그를 으스러지게 안았다.

"오, 한솔! 흑흑…… 살아생전 이런 건 처음 받아봐요……. 소중한 시간을 들여 정성스럽게 손으로 쓴 메시지라니……. 지구 사람들은 정말 로맨틱해요! 흑흑."

에밋이 애써 눈물을 훔치며 한솔에게 말했다. 한솔은 에밋의 격한 반응에 어쩔 줄을 몰랐다. 그도 그럴 것이, 시간 단축을 언제나 첫 번째로 생각하며 살아가는 포르탈에서는 편지를 주고받는 아날로그 문화가 전혀 없었다.

한솔도 얼마 전에야 알았지만, 포털은 사람, 물건만 보낼 수 있는 것이 아니라 메시지도 전달하는 수단이었다. 포르탈에서는 직접 만나 대화하는 것을 제외하고 가장 빠르게 다른 사람에게 메시지를 전달할 수 있는 방법이 바로 포털 메신저를 통해 보내는 것이었다. 그런 곳에서 긴 시간을 들여 쓴 편지라니……. 별것 아닌 것 같았지만 펜을 쥐고 글을 쓰는 것조차 어색한 포르탈 사람들에게는 아주 새로운 일이었다.

에밋이 자랑삼아 마을 사람들에게 이 편지를 포털 메신저로 뿌렸는데, 이것이 계기가 되었다. 마을 사람들이 너도나도 한솔을 찾아와 편지를 써달라고 부탁하기 시작했던 것이다. 특히, 좋아하는 사람이 있는데 좀 더 멋진 방법으로 메시지를 보내고 싶다며 도와달라는 부탁이 가장 많았다. 한솔은 난처했지만, 별일 아니라는 생각에 도와주기 시작했는데 어느새 한솔에게 편지를 부탁하는 사람들로 호텔 앞이 문전성시를 이루게 됐다.

'편지 한 장 쓸 여유도 없이 이렇게 짧은 하루를 아등바등 바쁘게 살아가야 하다니…….'

한솔은 포르탈 사람들이 재밌다고 생각했지만, 한편으로는 안쓰러운 마음도 들었다.

"한솔 군! 저예요. 아벨린!"

한솔이 이런저런 생각을 하며 호텔 로비 쪽으로 가고 있는데, 며칠 전 한솔에게 연애편지를 부탁했던 아벨린이 다시 찾아와 한솔을 큰 소리로 불렀다. 아벨린은 한솔 또래의 여자아이였는데, 한솔이 써준 연애편지를 보고 아주 흡족해하며 돌아갔었다.

"아벨린! 편지는 잘 전달해 줬어요?"

한솔이 밝게 웃으며 아벨린에게 대답했다. 아벨린이 한솔에게 쪼르르 달려와 수다를 늘어놓기 시작했다.

"저 그 친구랑 사귀기로 했어요! 꺄아! 편지를 전해준 날 그 친구가 너무 감동해서 펑펑 울었다니까요? 알고 보니 그 친구도 저를 좋아하고 있었더라고요. 전망이 정말 멋진 곳에서 데이트도 했어요! 하늘에 있는 포털들이 한눈에 들어오는 거 있죠! 다 한솔 군 덕분이에요."

아벨린이 쑥스러운 듯 몸을 배배 꼬며 한솔에게 말했다. 한솔은 괜히 뿌듯한 마음이 들었다. 숫기 하나 없던 그가 연애편지 전문가가 되다니……. 지구에 있는 한솔을 아는 이들은 아무도 믿지 못할 것이다. 사실은 뭐, 이런 곳에 왔다는 사실 자체가 믿을 수 없는 일이니까.

"그래서 말인데요, 어떻게 들릴지 모르겠지만…… 한솔 군에게 꼭 보답하고 싶어서요."

아벨린이 침을 꼴깍 삼키며 말을 이어갔다.

"혹시…… 제 시간을 조금 나눠드려도 될까요?"

아벨린이 큰 결심을 한 듯 결연하게 말하자, 호텔에 모인 사람들이 깜짝 놀란 눈으로 모두 아벨린을 휙 돌아보았다. 한솔은 자신이 잘못 들은 것인지, 제대로 들었다면 시간을 나눠준다는 말이 무슨 뜻인지 이해되지 않았다.

"시간이요? 제가 알고 있는 그 시간? 그걸 어떻게……."

그때 그들의 대화를 말없이 지켜보고 있던 에밋이 '어쩔 수 없지.'라는 표정으로 한솔에게 다가왔다.

"한솔 군, 아직 여러 가지로 머리가 복잡할 것 같아서 나중에 기회가 되면 말해주려고 했는데, 이왕 이렇게 된 거 그냥 지금 이야기해야겠네요."

에밋의 말에 아벨린이 "아이쿠!" 하고 입을 막은 채 호텔에 모인 사람들을 돌아보았고, 사람들은 그저 절레절레 고개를 저을 뿐이었다.

"한솔 군, 포르탈에서 지내면서 사람들이 어떻게 물건을 사고파는지 궁금한 적 없었나요?"

에밋이 푸근한 미소를 지으며 한솔에게 물었다. 그러고 보니 한솔은 이곳 사람들이 물건을 살 때 뭔가 지불하는 모습을 본 기억이 없었다. 하긴, 클로네가 포털에 관해 설명해 줄 때도 다른 행성에서 온 우리는 무료지만 이곳 사람들은 비용을 지불하고 이용한다고 했었다. 너무 당연한 일인데 이곳에서 모든 것을 무료로 누리고 있다 보니 별로 궁금해한 적이 없었던 것 같다.

한솔이 말없이 고개를 좌우로 젓자 에밋이 고개를 끄덕이며 말을 이어갔다.

"우리들은 시간으로 거래한답니다."

"네? 시간……이요?"

에밋의 예상대로 한솔의 머릿속이 복잡해졌다. 지구의 상식으로는 도저히 이해되지 않는 말이다. 눈에 보이지도, 만질 수도 없는 시간을 어떻게 거래 수단으로 사용한다는 것일까?

"포르탈 사람들은 서로 시간을 주고받을 수 있는 능력을 갖추고 태어나요. 그냥 이렇게 서로 대화하는 것처럼 매우 자연스러운 일이죠. 아, 정확히 이야기하면 우리는 '깨어있는 시간'을 주고받아요. 그러니까 오늘 아벨린이 한솔 군에게 시간을 나눠 준다면 아벨린은 나눠준 시간만큼 다른 사람에게 시간을 더 달라고 하거나, 잠으로 시간을 충전해야 하는 거예요."

에밋은 최대한 한솔이 이해하기 쉽도록 차근차근 설명해 주었다. 한솔의 눈앞에 늘 빠르게 말하고 바쁘게 움직이던 포르탈 사람들이 모습이 하나둘 스쳐 지나갔다. 시간이 가장 빠르게 흘러가는 행성에서 살고 있다는 이유뿐만 아니라, 시간이 거래 단위였기 때문에 더욱 본능적으로 깨어있는 시간을 아끼는 방향으로 삶을 지속해 왔던 것 같다. 그런 귀중한 시간을 나눠주려고 하다니……. 한솔은 한참을 고민했을 아벨린의 마음이 더욱 고맙게 여겨졌다.

"저…… 괜찮아요, 아벨린. 저는 지구 사람이라 시간을 주고받는 능력도 없고, 시간이 많이 필요하지도 않아요. 마음만 받을게요. 내 편지가 도움이 된 것만으로도 다 보답 받았어요!"

한솔은 아벨린이 상처받지 않도록 최대한 조심스레 거절했다. 아벨린에게 대답하면서도 머리 한쪽 구석에는 깨어있는 시간으로 거래하는 포르탈 사람들의 모습이 자꾸 떠올라 살짝 낯설게 느껴졌다.

"아벨린, 한솔 군의 말이 맞아. 이곳의 깨어있는 시간은 지구 사람인 한솔 군에게는 그다지 필요하지 않단다. 그 대신 재미있는 구경을 시켜주면 어떻겠니?"

에밋이 시무룩해진 아벨린에게 말하자, 아벨린이 어리둥절한 표정을 지었다.

"시간 캡슐 은행 말이야."

에밋의 말이 끝나기가 무섭게 토비아스 요정들이 "야호! 저요! 우리도 같이 가요!"를 외치며 날아들었다. 한솔은 슬슬 포르탈의 새로운 공간들을 구경하는 일이 기대되기 시작했다.

•••

한솔과 은비 그리고 아벨린은 '시간 캡슐 은행'으로 이동했다. 토비아스 요정들 몇 마리도 포털을 이용하지 않고 있는 힘껏 날아서 따라오고 있었다. 생각보다 시간 캡슐 은행은 뤼벤 호텔 1호점 가까이에 있었다. 아니, 정확히 말하면 마을 곳곳에 크고 작은 시간 캡슐 은행이 아주 많았다. 사람들이 언제든 시간 캡슐을 맡기고, 찾아갈 수 있도록 배려해 둔 모양이다.

시간 캡슐 은행 안쪽은 매우 많은 사람으로 붐볐다. 일하는 사람들도 혼이 쏙 빠진 것처럼 정신없어 보였다. 다만 은행 업무는 매우 빠르게 진행되는 것 같았다. 창구에 다가간 사람들은 순식간에 어디론가 사라졌고, 한쪽 구석에서는 사람들이 차례로 우르르 나타났다.

한솔과 은비가 넋이 나가있는 사이, 아벨린이 한솔과 은비를 데리고 창구 앞으로 다가갔다.

"안녕하세요! 시간 캡슐 찾으러 왔어요."

"네, 이쪽에 국민 일련번호 입력하거나 손바닥 올려놓아 주세요."

창구 직원의 안내에 아벨린이 한솔과 은비의 팔짱을 꽉 끼고는 손바닥 모양이 음각으로 새겨진 커다란 돌멩이에 손바닥을 갖다 댔다. 그리고 한솔과 은비는 또 한 번 낯선 곳에서 눈을 떴다. 전혀 예상치 못한 사이 포털이 작동한 듯싶었다.

그들이 눈 깜짝할 사이에 도착한 곳은 어두컴컴한 동굴 같은 곳이었다. 오랫동안 빛이 차단되었던 것인지 습한 기운이 감돌았다. 견고하고 묵직해 보이는 커다란 돌멩이로 만들어진 천장과 벽면이 그 공간을 견고히 지키고 있었다. 벽면을 따라 한쪽에 큰 글씨로 '샹고르 가문의 금고'라고 쓰여있었고 그 가문 사람들로 보이는 이름들이 쭉 나열되어 있었다. 그중 아벨린의 이름도 보였다. 다른 한쪽 벽에는 손바닥만 한 크기의 원통 같은 것들이 선반 위에 쭉 나열되어 있었고, 원통에는 사람들의 이름이 적혀있었다.

"여기가 바로 시간 캡슐 은행의 금고예요. 보통 집집마다 이런 금고를 하나씩 가지고 있어요. 여기에 남는 시간 캡슐을 보관하기도 하고, 부족할 땐 찾아서 나가기도 하고요."

아벨린이 본인 이름이 적힌 원통을 열어 한솔과 은비에게 보여주며 말했다. 그 원통 보관함에는 작고 길쭉한 알약처럼 생긴 반짝이는 물건들이 가득 쌓여있었다. 이게 바로 시간 캡슐이라는 건가? 한솔과 은비는 그 물건에서 시선을 뗄 줄 몰랐다.

"이거…… 한번 만져봐도 돼요?"

호기심이 발동한 은비가 눈을 반짝이며 아벨린에게 물었다. 아벨린이 고개를 끄덕이는 것을 보고 은비가 조심스럽게 물건을 만졌다. 아벨린과 한솔이 그 모습을 긴장된 표정으로 지켜보았다.

"우와…… 생각보다 말랑말랑……!"

펑!

그때, 갑자기 무언가 터지는 소리와 함께 은비가 말을 끝까지 마무리하지 못하고 쓰러졌다.

"은비야!"

손쓸 새도 없이 쓰러져 버린 은비에게 한솔과 아벨린이 달려가 그녀를 흔들어 깨웠다. 한솔의 머릿속이 하얘졌다. 쓰러진 은비는 아무리 흔들어도 일어날 줄을 몰랐다.

"어떡해요……. 왜 갑자기 이게 터진 거지……. 내가 괜히 만져보라고 줘서…… 으앙!"

당황한 아벨린이 은비를 흔들어 깨우며 울음을 터뜨렸다. 아벨린은 얼굴이 하얗게 질려 손을 벌벌 떨고 있었다. 은비가 손에 쥐고 있던 시간 캡슐은 흔적도 없이 사라져 버렸다.

"이, 일단 호텔로 돌아가요! 에밋에게 도움을 청해야 할 것 같아요!"

한솔이 패닉 상태인 아벨린의 양어깨를 꽉 붙잡으며 말했다. 그제야 아벨린도 정신을 차리고 한솔과 함께 의식 없는 은비를 부축했다. 한시가 급했지만, 보안이 걸린 금고에서 나가려면 은행 입구를 거쳐 이동해야만 했다. 그들은 "시간 캡슐 은행!"과 "뤼벤 호텔 1호점!"을 연달아 외쳐 호텔로 돌아왔다.

쓰러진 은비를 부축하고 호텔에 나타난 한솔과 아벨린을 보고 에밋이 쏜살같이 뛰어왔다. 에밋이 이렇게나 빠른 속도로 뛰어오는 것은 처음 보는 것 같았다.

"시간 캡슐을 만진 거군요!"

에밋이 은비의 상태를 보자마자 소리쳤다.

"내가 미리 주의를 줬어야 했는데……. 아주 예전에도 한 번 이런 사고가 있었는데 너무 오래전 일이라 저도 깜빡하고 말았어요. 시간 캡슐이 외계의 시간으로 살아가는 사람에게 반응해서 갑자기 터진 거예요. 다 내 잘못이에요. 정말 미안해요……."

에밋이 로비 소파에 은비를 조심스럽게 눕히며 말했다. 그러나 지금 한솔은 에밋의 말이 귀에 들어오지 않았다.

"은비…… 깨어날 수 있는 건가요? 어떻게 해야 하죠?"

한솔이 에밋을 재촉하며 말했다.

"괜찮아요, 한솔 군. 은비 양은 지금 잠시 잠든 것뿐이랍니다."

에밋이 한솔과 아벨린을 안심시키며 말했다. 에밋은 은비의 이마를 부드럽게 쓰다듬어 주었다. 그 말에 한솔과 아벨린이 눈을 크게 뜨고 에밋을 바라보았다.

"아마 한두 시간쯤 지나면 스스로 깨어날 테니 너무 걱정하지 말아요. 지금은 방해하지 않고 자도록 내버려 두는 게 은비 양을 도와주는 거랍니다. 두 사람 많이 놀랐겠군요……. 이리 와서 따뜻한 수프 좀 마셔요."

에밋은 은비에게 새의 깃털로 만들었다는 담요를 덮어주고는 서둘러 주방으로 가며 이야기했다.

그 말에 한솔과 아벨린이 동시에 "휴우." 하고 안도의 숨을 내쉬었다. 한솔은 이런 상황이 발생해도 그저 호텔로 돌아와 에밋에게 도움을 청하는 것밖에 할 수 없었던 자신이 너무 무력하게 느껴졌다. 그동안 포르탈에 익숙해져 이곳이 지구가 아니라는 사실조차 잊고 긴장감을 놓고 있었던 게 한심했다.

한솔은 에밋이 준비해 준 수프를 한 스푼 먹었다. 긴장했던 몸이 서서히 풀리며 식은땀이 쭉 흘러내렸다. 그저 잠이 든 거라니 천만다행이다.

"드르렁…… 푸후…… 드르렁……."

잠을 자던 은비가 몸을 살짝 뒤척이며 코를 골기 시작했다. 그 모습에 한솔의 긴장이 완전히 풀렸다. 정말 은비는 언제 어떤 상황에서나 예상을 뛰어넘는다.

"오오 은비 양! 어떻게 된 거예요, 은비 양!"

그때 클로네가 호들갑을 떨며 호텔로 들어왔다. 그 모습을 본 에밋이 얼른 손가락을 입에 갖다 대며 "쉿!" 소리를 냈다.

"아아…… 네, 잘 자고 있군요. 시간 캡슐 은행에 가셨을 줄은 상상도 못 했어요. 미리 주의 주지 못해서 미안합니다……."

에밋이 클로네에게 메시지를 보낸 모양이었다. 클로네가 목소리를 낮춘 채 연신 미안해하며 말했다. 한솔은 오히려 이제 괜찮다며 클로네 잘못이 아니라며 미안해하는 그를 달래주었다.

"한솔 군, 경황이 없겠지만 지금 꼭 같이 가야 할 곳이 있어요."

클로네가 한솔의 눈치를 살피며 조심스레 이야기했다.

"네? 가야 할 곳이요?"

한솔이 가야 할 곳이라면 그를 포르탈로 부른 뤼벤 컴퍼니밖에 없다.

'설마…… 나 혼자서 뤼벤 컴퍼니 사람들을 만나러 가야 하는 건가?'

소심한 한솔의 가슴이 방망이질 치기 시작했다. 그러나 이어진 건 전혀 뜻밖의 제안이었다.

"오늘이 바로 포털 경진 대회 결승전이 열리는 날이라고요. 오늘 놓치면 앞으로 2년이나 더 기다려야 해요! 같이 보러 가지 않을래요? 호텔 사람들도 다 같이 갈 거예요!"

"오, 맞다! 오늘이 바로 결승전이로군요!"

클로네의 말에 에밋이 자리에서 벌떡 일어나며 말했다.

"아…… 저는 그냥 은비 옆을 지키고 있을게요. 별로 가고 싶지 않아요."

한솔은 포털 경진 대회인지 뭔지, 가고 싶은 생각이 전혀 없었다. 뤼벤 컴퍼니라면 어쩔 수 없이 따라갔겠지만, 방금 낯선 곳에서 예상치 못한 일을 겪고 나니 어딘가 가고 싶은 마음이 싹 사라졌다.

"한솔, 한솔! 우리랑 같이 가자, 응응? 은비는 지금 아주 행복하게 잘 자고 있다구. 코 골면서 자는 거 보이지?"

어디선가 나타난 토비아스 요정이 자그마한 손으로 한솔의 손가락을 잡아끌며 졸라댔다. 은비는 어느새 에밋이 덮어주었던 담요도 발로 차버리고 세상 모르고 자고 있었다.

"그래도 난…… 그냥 안 가고 싶은……."

한솔이 은비를 바라보던 시선을 떼고 뒤돌아보았다. 순식간에 나갈 채비를 갖추고 초롱초롱한 눈으로 한솔을 바라보고 있는 호텔 식구들을 보며 그는 말을 끝맺을 수 없었다.

결국 머리를 긁적이며 어쩔 수 없이 자리에서 일어나자, 사람들이 환호하며 한솔을 벽난로 앞으로 잡아끌었다. 그리고 모두 평소보다 두 배는 높은 톤으로 다 함께 외쳤다.

"포털 경진 대회 결승전 광장!"

Chapter 10

경진 대회 결승전

거대한 광장에 어마어마한 인파가 발 디딜 틈 없이 모였다. 정말이지 모든 포르탈 사람들이 이곳에 다 모인 것만 같았다. 언뜻 봐도 '포털 역사박물관'이 최소한 세 개 정도는 들어갈 만한 규모였다. 광장 주변으로 한솔 키의 열 배는 넘을 것 같은 미아미아 나무들이 울창하게 자라있었다. 그 모습이 마치 광장을 수호하는 거대한 요새처럼 보여서 위용마저 느껴질 정도였다. 하늘 높은 곳에는 포털 터널에 걸려 늘어져 있는 수많은 플래카드와 장식들이 보였다. 누가 봐도 엄청나게 중요하고 큰 행사가 열리는 것 같았다.

　광장 가운데에는 똑같이 옷을 맞춰 입은 사람들이 긴장된 표정으로 무언가를 바삐 준비하고 있었고, 그들 주변에는 기자들이 몰려들어 열띤 취재 경쟁을 펼쳤다.

그들은 바로 2년에 한 번 열리는 포르탈에서 가장 큰 행사인 '포털 경진 대회'의 최종 우승 후보들이었다. 포털 경진 대회는 포털 개발을 꿈꾸는 젊은 청년들부터, 뤼벤 컴퍼니 같은 대형 회사들까지 모두 참여해서 2년간 준비한 새로운 포털을 소개하고 겨루는 대회이다. 뤼벤 컴퍼니를 일군 잰시스와 루카도 바로 이 대회 출신이었다. 이 포털 경진 대회에서 일등을 한 팀에게는 엄청난 양의 시간 캡슐이 제공되고, 언론의 스포트라이트를 단번에 받기 때문에 포털 개발을 하는 사람들에게는 꿈의 무대라고 할 수 있다.

"우와…… 이번 우승 후보들도 정말 모두 대단하네요! 2년 전에 못 봤던 새로운 팀들도 많이 올라온 것 같아요!"

에밋이 우승 후보들의 소개가 나오고 있는 대형 전광판을 보며 소리쳤다. 에밋은 구경 온 호텔 사람들 중 가장 기대에 부풀어 있었다.

"많이 기다리셨습니다. 여러분! 지금부터 한 시간 동안 우승 후보들의 포털을 맘껏 체험할 수 있습니다. 가장 멋지고 놀라운 포털에 투표해 주시면 심사위원단 점수와 합산해서 최종 우승자를 발표하겠습니다!"

푸근한 인상에 퉁퉁한 몸매를 가진 사회자가 광장 정중앙에 서서 큰 소리로 선포했다. 그 말에 광장에 모인 사람들이 "와아아아!" 하며 일제히 우레와 같은 함성을 질렀다. 함성이 광장을 넘어 포르탈 전역을 채울 것처럼 우렁찼다. 광장을 둘러싼 미아미아 나무 덕분인지 함성이 메아리가 되어 하늘 끝까지 끝도 없이 울려 퍼졌다.

한꺼번에 어마어마한 인파가 우승 후보들의 포털로 몰려드는 바람에 광장은 더욱 정신없는 상태가 되었다. 한솔은 호텔 사람들을 놓치지 않기 위해 클로네의 옷자락을 꽉 부여잡은 채 사람들 틈을 비집고 겨우겨우 이동했다. 혼이 나갈 것처럼 정신없는 상황에 '역시 그냥 호텔에나 있을걸……' 하는 후회가 밀려왔다.

"한솔 군, 이것 좀 봐요. 정말이지 너무 귀여운 아이디어 상품이에요! 한번 체험해 봐요."

클로네가 첫 번째 우승 후보를 구경하며 말했다. 그곳에는 유독 어린아이와 그들의 부모님들이 많이 몰려있었다.

"인형 포털 체험해 보실 분 있으시나요?"

포털 개발자로 보이는 사람이 작은 티켓을 하나 들고 외치자 이때다 싶었던 아이들이 여기저기에서 손을 들었다.

"네! 저기 손 들고 있는 제일 키 큰 어린이 나와볼까요?"

개발자가 가리킨 사람은 바로 한솔이었다. 멀뚱멀뚱 서있는 한솔 뒤로, 그의 팔을 대신 치켜들고 있는 클로네가 보였다. 한솔은 황급히 두 손을 내저었지만, 그를 바라보는 아이들의 초롱

초롱한 눈빛에 어쩔 수 없이 머뭇거리며 앞으로 나갔다.

그 포털은 일종의 장난감 같은 미니어처였다. 이 포털 개발자로 보이는 사람이 작은 인형에게 인형 손바닥만 한 티켓을 쥐여주고는 문을 바라보도록 세워 뒀다. 그러고는 한솔에게 또 다른 티켓을 쥐여준 후, 인형을 문 안쪽으로 살짝 밀었다. 그러자 한솔의 머리 위로 인형이 순식간에 나타났다. 그 모습에 아이들이 환호성을 지르며 연신 손뼉을 쳐댔다. 한솔은 아무래도 마술 같은 이 포털이 아이들과 그 부모님들의 전폭적인 지지로 우승을 할 것 같다는 생각이 들었다.

두 번째 우승 후보는 자신의 방에 손쉽게 포털을 설치할 수 있는 일종의 개인용 포털이었다. 개인용 포털은 꽤 큰 비용이 든다고 들었는데, 개량을 거쳐 너무 멀지 않은 곳까지 이동할 수 있는 보급형 버전이 나온 것 같았다. 개인용 포털을 보는 십 대 아이들의 눈이 반짝였다. 부모님의 눈을 피해 저걸 꼭 내 방에 설치해서 맘껏 놀러 다니리라 하고 생각하는 게 틀림없었다.

"오오! 이게 출시된다면 저도 꼭 사고 말 거예요. 예전부터 제 방에서 화장실로 바로 이동할 수 있는 포털을 꼭 설치하고 싶었거든요!"

클로네가 기대에 가득 찬 말투로 말했다. 한솔은 툭 튀어나온 클로네의 배를 보며 '화장실까지는 그냥 걸어 다니는 게 나을 텐데……'라고 생각했다.

세 번째 우승 후보는 생각만 하면 목적지로 이동할 수 있는 상상 포털이었다. 지금까지는 꼭 포털 앞에서 목적지를 말해야 했기 때문에, 비밀리에 어디론가 이동하고 싶은 사람들은 사생활 침해 소지가 있다며 불만을 표하고 있던 참이었다. 그런데 말하지 않고 생각만 하면 이동할 수 있는 상상 포털이 개발된 것이다. 한솔은 정말 기발하다는 생각이 들면서 포르탈 사람들의 기술력에 새삼 감탄했다.

"오호, 한솔 군! 우리 이거 한번 체험해 보자구요! 티켓 잘 가지고 있죠?"

클로네가 한솔을 잡아끌며 말했다. 한솔은 마지못해 끌려가는 듯했지만, 내심 기대가 되어 머릿속으로는 어디를 갈지 생각했다.

'포털 역사박물관에 다시 가볼까? 아님 그냥 호텔로 돌아갈까?'

"어이쿠, 이런 실례! 한솔 군 고민할 동안 저 먼저 출발해도 될까요? 예전부터 비밀리에 꼭 가보고 싶은 곳이 있었거든요."

함께 포털을 구경하고 있던 에밋이 한솔에게 귓속말로 속삭이며 말하고는 잠시 생각에 잠기더니 금세 사라져 버렸다. 한솔은 아직도 어디를 가야 할지 고민 중이었다. 생각보다 알고 있는 장소가 많이 없었다.

"자, 그럼 저도 출발하겠습니다아아아!"

이어서 클로네가 마치 신나는 놀이기구를 타러 가는 것처럼 들뜬 말투로 말하며 포털 쪽으로 걸음을 옮겼다.

"아차차! 한솔 군! 몇 군데 가서는 안 되는 곳에 대해 말해줄게요. 아까 '시간 캡슐' 사건을 겪고 나니 미리미리 이야기해 두는 게 좋겠어요."

클로네가 포털로 가다 말고 아직 생각 중인 한솔에게 다급히 되돌아오며 말했다.

"우선 외계 행성으로 갈 수는 없어요. 지구를 생각하려고 했었죠? 아쉽게도 외계 행성으로 가는 포털은 출발지가 정해져 있어요. 아무 데서나 출발할 수 없답니다. 지구를 생각하다간 어딘가 이상한 곳으로 가게 될지도 모르니 주의하는 게 좋을 거 같아요."

한솔은 자기 생각을 들킨 것처럼 뜨끔했다.

"그리고 미아미아 나무숲도 안 돼요. 보시다시피 미아미아 나무는 엄청나게 키가 크고 다 비슷비슷하게 생겼어요. 미아미아 나무숲에 갔다가는 포털 입구도 찾지 못한 채 길을 잃고 말 거예요. 음…… 그리고…… 아 맞다! 뤼벤 컴퍼니 지하실도 안 돼요. 거기는 새로운 포털을 테스트하는 곳이라서 일반인들은 출입 금지거든요. 그리고 또……."

클로네는 가시는 안 될 곳에 대한 설명을 한참 동안 늘어놓았다. 한솔은 클로네가 열세 번째 가서는 안 될 곳에 대해 설명하는 것을 들으며 그 설명을 다 듣다가는 포털에 들어가 보지도 못하고 체험 시간이 끝날지도 모른다고 생각했다.

"네네! 알겠어요, 클로네! 방금 클로네가 이야기한 곳들은 전부 제가 전혀 모르는 곳들이니 너무 걱정하지 마세요."

클로네가 한솔의 말에 이마를 탁 치며 "아, 그렇지! 이 바보……."라고 외쳤다. 한솔은 클로네의 이런 모습이 이제 익숙했다.

"크흠…… 그래도 한솔 군 잘 출발하는 거 보고 제가 뒤따라가는 게 낫겠어요. 이따 이곳에서 다시 만나요!"

클로네가 영 안심이 안 됐는지 한솔을 먼저 상상 포털 입구에 앞세웠다. 한솔은 어디를 갈까 생각하다가 순간 어떤 장소 하나가 머리를 스치고 지나갔다.

'그래, 뤼벤 컴퍼니에 가보자.'

한솔과 은비를 여기로 부른 뤼벤 컴퍼니 사람들. 몇 번이나 만나는 일정이 잡혔다가 취소된 터라 그곳이 어떤 곳인지, 도대체 그들을 부른 사람은 누구인지 궁금증이 폭발할 참이었다. 한솔은 손에 든 티켓이 구겨질 정도로 주먹을 꽉 쥐고 포털 앞에서서 목적지를 떠올렸다.

'뤼벤 컴퍼…….'

순간, 한솔의 머릿속에 다른 생각 하나가 떠올랐다.

'뤼벤 컴퍼니의 어디로 가야 하지? 아무데나 갈 수는 없잖아!'

한솔은 혼란스러워하다가 결국 이렇게 생각을 집중했다.

'뤼벤 컴퍼니에서…… 가장 안전한 곳!'

그리고 곧 한솔이 포털 입구에서 사라졌다.

● ● ●

찰나의 순간이 지나고, 한솔은 어떤 화장실 변기 위에 앉아 있었다. 뤼벤 컴퍼니에서 가장 안전한 곳이 화장실 변기 위라니. 한솔은 어이가 없었지만 따지고 보면 누구의 방해도 받지 않는 유일한 장소이니 그럴 수도 있겠다는 생각이 들었다. 한솔은 갑자기 클로네가 방에서 화장실로 곧장 이동하는 개인용 포털이 갖고 싶다고 한 이야기가 떠올라서 큭 웃음이 새어 나왔다. 클로네를 다시 만나면 화장실에 설치된 포털을 이용해 봤다고 꼭 자랑해야지 생각했다.

"그만…… 제발 그만하라고 잰시스!"

한솔이 화장실 문을 열고 밖으로 나가려는 순간, 화가 폭발한 듯한 여자가 아주 흥분한 목소리로 외치는 소리가 들렸다. 한솔은 그 바람에 밖으로 나가지 못하고 멈칫하고 말았다. 하필 아주 곤란한 상황에 화장실로 이동한 것 같다.

"루카, 넌 기술자라 이해하기 어렵겠지만, 뤼벤이 더 크려면 꼭 필요한 일이라고! 게다가 외계 사람들한테는 별 영향도 없는 미미한 시간일 뿐이야."

곧이어 차갑지만 매서운 말투의 남자 목소리가 들렸다. 여자와는 다르게 그의 목소리에는 감정이 담겨있지 않았다. 여자를 타이르듯 냉정한 말투였다. 그 남자가 내뱉은 '외계 사람들'이라는 말이 귀에 바늘처럼 꽂혔다. 한솔의 가슴이 터질 듯 두근거렸다. 빨리 이곳에서 나가고 싶었지만, 뒤이어 나오는 말에 그는 그대로 굳어버리고 말았다.

"잰시스, 날 바보로 아는 거야? 그 사람들 계속 이렇게 가둬두면 시간을 모두 빼앗겨서 그대로 영원히 잠들어버릴지도 몰라. 못 깨어나고 죽을 수도 있다고! 전설의 책이든 뭐든 이제 그만 하자고! 나 몰래 이게 무슨 미친 짓이야!"

여자가 미친 듯이 흥분하며 고래고래 소리를 질렀다.

'전설의 책? 외계 행성 사람들이 못 깨어나고 죽어……?'

한솔은 지금 화장실 문 밖에서 다투고 있는 두 사람이 한솔과 은비를 포르탈로 부른 장본인임을 직감했다. 그는 두근거리는 심장을 부여잡고 조심스레 화장실 문틈으로 밖을 내다보았다. 그는 자기도 모르게 비명이 터져 나오지 않을까 싶어 두 손으로 입을 세게 틀어막았다.

잘 보이지는 않지만 문틈 사이로 약간씩 보이는 공간은 화장실이 아니었다. 고급스러운 자재로 마감된 바닥과 높은 건물들이 훤히 보이는 통유리를 보니 이곳은 공용 화장실이 아닌 어떤 고급스러운 방에 딸려있는 화장실인 것 같았다.

"루카! 더 이상 선을 넘으면 나도 어쩔 수 없어. 봐주는 건 여기까지야!"

남자가 더욱 차가운 목소리로 단호하게 말했다.

찰싹!

그때, 흥분한 여자가 남자에게 달려들어 그의 뺨을 세차게 치고 말았다. 어찌나 세게 쳤는지, 남자는 중심을 잃고 살짝 비틀거렸다. 남자가 한동안 말없이 있더니 갑작스레 여자에게 달려들었다. 그가 순식간에 여자의 목을 한 손으로 움켜쥐었다.

"루카…… 내가 봐주는 건 여기 까지라고 했지……. 그만 끼어들라고 했지……!"

"컥…… 커컥……."

남자가 여자의 목을 더욱 세게 움켜쥐었다. 목을 조르고 있는 그의 손등에 핏줄이 올라올 정도로 온 힘을 다하고 있었고, 여자는 숨이 막혀오는 듯 괴로운 신음 소리를 뱉어냈다.

남자가 여자의 반응에 아랑곳하지 않고 목을 움켜쥔 채 여자를 더욱 몰아붙였다. 남자가 손에 준 힘을 풀지 않은 채 여자를 벽 쪽으로 몰아갔다. 여자는 애써 다리에 힘을 줘 버티려고 했지만 분노한 남자의 힘을 감당할 수는 없었다. 여자의 발이 바닥에 끌리며, 남자의 움직임에 따라 뒷걸음질 치고 말았다.

퍽!

벽에 다다른 남자가 여자를 세게 밀쳤다. 여자는 더 이상 물러설 곳을 잃은 채 자신의 목을 조르고 있는 남자의 손을 뿌리치려 안간힘을 썼다.

그 광경을 지켜보고 있던 한솔은 소변이 나올 것만 같았다.

'어떡하지……? 지금 내가 나가서 도와줘야 할까……?'

한솔이 안절부절못하며 생각했다. 아무래도 이대로 놔뒀다간 여자가 죽을지도 모른다는 데 생각이 미치자, 그는 마침내 화장실 문을 열고 뛰쳐나가리라 마음먹었다. 그러나 한솔이 뛰쳐나가려는 찰나, 여자가 온 힘을 다해 한쪽 발로 남자의 배를 차버렸다.

"아악!"

남자가 힘을 잃고 여자의 목에서 잠시 손이 떨어지자, 여자는 벽에 몸을 겨우 기댄 채 손바닥을 벽에 대고 알아들을 수 없는 말을 몇 마디 중얼댔다. 그리고 곧 그녀는 사라졌다. 벽에 숨겨져 있던 포털이 있는 듯했다.

'들키기 전에 빨리 이곳을 빠져나가야 해……!'

여자가 사라지는 것을 확인한 한솔은 자신도 이곳을 빠져나가야겠다고 생각했다. 어서 클로네와 에밋에게 이 사실을 알려야 한다. 한솔은 클로네와 만나기로 했던 '포털 경진 대회' 광장으로 되돌아가려다가 멈칫했다.

'설마……'

순간 한솔의 머릿속에 호텔에서 혼자 잠들어있는 은비가 불현듯 떠올랐다. 방금 한솔이 들은 말에 따르면, 외계 행성에서 온 사람들에게 뭔가 위험한 일이 닥친 것이 분명했다. 한솔은 은비에게도 위험한 일이 생길지 모른다는 불길한 예감에 사로잡혔다.

"뤼벤 호텔 1호점."

한솔은 바깥의 남자에게 말소리가 들리지 않도록 작은 목소리로 속삭여 호텔로 이동했다. 그리고 잠시 후, 한솔은 자신의 불길한 예감보다 더욱 끔찍한 일이 일어난 것을 목격하고 말았다.

●●●

"흑흑……."

"일어나요……. 흑흑."

"엉엉엉."

한솔이 뤼벤 호텔 1호점에 도착했을 때, 족히 서른 마리는 되어 보이는 토비아스 요정들과 '포털 경진 대회' 결승전에 다녀온 호텔 사람들이 한데 모여 흐느끼고 있었다. 순간 한솔은 입이 바싹 마르는 느낌이었다. 그는 불길한 예감이 빗나가길 간절히 바랐다.

'안 돼…… 제발…….'

한솔은 떨어지지 않는 발걸음을 애써 옮겨 요정들과 호텔 사람들이 모여있는 곳으로 다가갔다. 토비아스 요정들이 에워싸고 있는 사람은 에밋이었다. 에밋은 한솔을 처음 반겨주던 그 푸근한 미소를 얼굴에 띄우고는 편안히 잠들어있었다.

"에, 에밋……? 에밋이 어떻게 된 거예요……!"

분명 방금 전까지만 해도 에밋은 '포털 경진 대회' 결승전 광장에서 우승 후보들의 포털을 체험하며 즐거워하고 있었는데……. 에밋은 편안히 자고 있는 것처럼 보였지만, 한솔은 뭔가 잘못되어 가고 있다는 사실을 본능적으로 느낄 수 있었다.

"포털 경진 대회 결승전 광장에서…… 에밋이 생각하는 곳으로 데려다 주는 상상 포털에 들어갔다 나왔는데 갑자기 푹 쓰러졌어……."

호텔 사람 중 한 명이 돌아보고는 눈물을 가득 머금은 채 한솔에게 대답했다.

"한솔, 에밋은…… 에밋은 자고 있어……. 에밋은 영원히 일어나지 않을 거야……. 흑흑."

요정 하나가 말을 제대로 잇지 못한 채 흐느끼며 대답했다. 그는 '에밋'이라고 새겨진 손바닥만 한 보관함을 끌어안고 울고 있었다. 시간 캡슐 은행 금고에서 봤던 아벨린의 보관함과 똑같은 모양이다. 보관함은 텅 비어있었다.

한솔은 다리에 힘이 풀려 털썩 주저앉고 말았다. 뜨거운 돌 덩이 같은 것이 목구멍에 걸려 내려가지 않는 느낌이었다. 한솔은 에밋이 왜 일어나지 못한다는 것인지 이해가 되지도 않았고, 영원히 일어나지 않을 거라는 말을 받아들일 수도 없었다.

에밋은 한솔이 포르탈에서 가장 마음을 주고 의지한, 포르탈에서의 엄마 같은 사람이었다. 에밋은 갑자기 낯선 곳에 떨어져 당황스러워하고 있는 한솔과 은비를 따뜻하게 대해주었다. 그것이 정말 진심이라는 것을 온 마음으로 느낄 수 있을 정도였다. 덕분에 한솔은 가끔 이곳이 지구가 아니라는 사실을 잊을 정도로 포르탈에 적응할 수 있었다.

한솔의 감사 편지를 보고 고맙다며 아이처럼 눈물을 훔치던 모습, 언제나 지구에서 먹던 것 같은 따뜻한 음식을 대접해 주기 위해 고민하던 모습, 밤늦게까지 담요를 들고 호텔을 돌아다니며 사람들을 살뜰하게 보살펴주던 에밋의 모습이 주마등처럼 지나갔다.

'고맙다는 말 한번 직접 해드리지 못했는데…….'

한솔은 눈물이 차오르는 것을 어찌할 수 없었다. 그는 흐르는 눈물을 닦지도 못한 채, 그저 내버려 두었다.

"흑…… 한솔아……. 그런데 은비는? 같이 있는 거 아니었어……?"

펑펑 울고 있던 다른 행성에서 온 사람 하나가 울음을 참으며 간신히 말했다.

그렇다. 은비가 보이지 않는다. 한솔은 그제야 정신이 들어 은비가 자고 있던 소파가 텅 비어있는 것을 발견했다.

"은비…… 다들 은비 못 본 거예요?"

"은비는 우리가 여기에 도착했을 때부터 이미 없었어. 안 그래도 분명 자고 있는 걸 보고 나갔는데 와보니 없길래 한솔이랑 같이 나간 줄 알았거든……."

토비아스 요정이 여전히 울먹이는 목소리로 말했다.

"아마 뤼벤 컴퍼니에 갔겠지……. 전설의 책 종이를 주러 말이야. 이제 거의 다 한 번씩 다녀왔으니까."

외계 행성 사람 하나가 눈물을 훔치며 뭔가 생각났다는 듯 말했다. 그 말에 이미 뤼벤 컴퍼니에 다녀온 사람들이 서로를 마주 보며 고개를 끄덕였다.

'정말 뤼벤 컴퍼니에 간 걸까……? 나에게 아무 말도 없이?'

한솔은 조금 전 뤼벤 컴퍼니에서 들었던 말이 떠오르면서 자꾸 무서운 상상이 떠올라 눈을 질끈 감고 머리를 가로저었다. 한솔은 아무래도 뤼벤 컴퍼니든 어디든, 은비를 찾으러 가야겠다고 생각했다. 그러나 아무 정보도 없는 상태에서 위험할지도 모르는 낯선 곳으로 혼자 움직인들 아무 승산도 없을 것이 뻔했다.

'지금 나 혼자 힘으로 할 수 있는 건 아무것도 없어. 도대체

어디서부터 풀어나가야 하는 거지?'

"한솔, 괜찮아?"

한솔이 심각한 얼굴을 한 채 안절부절못하고 있자, 요정 하나가 한솔 곁으로 파르르 날아오며 말을 걸었다. 그 말에 호텔 사람들의 시선이 모두 한솔에게 쏠렸다. 그를 겹겹이 둘러싼 시선들에 한솔은 순간 몸이 움츠러드는 듯했다.

'은비만 생각하자. 지금은 내가 할 수 있는 건 이것뿐이야.'

한솔은 다시 한번 마른침을 꿀꺽 삼켰다.

"여러……분!"

긴장에 말라버린 한솔의 입에서 쉰소리가 겨우 비집고 나왔다. 한솔은 숨 막히는 부담감을 애써 걷어내며, 온 힘을 다해 호텔에 모인 사람들에게 다시 한번 외쳤다.

"저 좀 도와주세요!"

Chapter 11

서
신

5개월 전, 뤼벤 컴퍼니

경축! 백 번째 행성과 포털 건설 계약 체결! - 뤼벤 컴퍼니

잰시스는 포르탈 전역에 걸려있는 축하 플래카드를 가만히 응시했다. 플래카드는 하늘 높은 곳에 설치된 포털 터널에 걸려 아래로 길게 늘어뜨려져 있었다. 언론에서도 이 경사스러운 일을 연일 보도했고 포르탈은 한바탕 축제 분위기였다. 벌써 백 번째 행성과 계약이라니……. 잰시스는 지난 세월이 느껴져 더욱 감회가 새로웠다.

스토니가 포르탈에 우연히 나타난 후 10년이라는 세월이 흘렀다. 그 덕에 뤼벤 컴퍼니는 외계 행성으로 이동하는 포털 개발에 대한 비밀을 풀 수 있었다. 잰시스와 루카는 스토니가 타고 온 포털 재건부터 시작해서 다른 행성으로 이동할 수 있는 포털 개발을 본격적으로 추진했고 결국 성공했다. 행성 간 이동을 갈망했지만 불가능한 꿈이라고 체념했던 많은 행성에서 앞다퉈 뤼벤 컴퍼니와 포털 개발 계약을 체결했다. 그 후 이따금 외계 행성 사람들이 포르탈을 방문하는 것은 보편적인 일이 되었고, 포르탈 사람들은 그들을 따뜻하게 맞이해 주었다.

"벌써 백 번째 행성과 계약이네. 그동안 정말 고생 많았어, 루카."

잰시스가 루카의 어깨를 툭 치며 말했다.

"네가 고생 많았지. 내가 뭐 한 게 있나, 연구실에 틀어 박혀서 개발이나 하고 있었지. 온갖 행성 사람들 설득하고 계약 따내고 한 건 다 너였어. 진짜 고생했어, 잰시스."

루카가 몸을 한껏 낮추며 잰시스에게 공을 돌렸다. 사실 그랬다. 포털이라는 개념 자체가 생소하던 외계 행성에 포털을 무작정 하나하나 설치해 가며, 포털을 소개하고 계약까지 해내느라, 지난 10년간 잰시스는 자신을 돌볼 틈도 없이 바쁘게 지냈다. 다른 행성과의 계약이 하나씩 늘어날수록 잰시스의 꿈도 더욱 커졌다. 지칠 때마다 우주 전역에 뤼벤 컴퍼니가 개발한 포털이 가득 세워지는 상상을 하며 잰시스는 매일을 견뎌 왔다.

"루카, 이제 책은 몇 장이나 모은 거지?"

"지금까지 정확히 97장. 최소한 300장이 넘는 것 같은데, 아직 한참 남았지 뭐."

잰시스와 루카는 스토니가 최초로 발견해서 포르탈로 우연히 들고 온 전설의 책에 대한 이야기를 나누었다. 스토니 이후로 벌써 97장이나 모았다.

"와, 진짜 머리털이 쭈뼛 서는 느낌이었는데. 스토니 다음으로 책장을 가진 사람을 부르는 데 성공했을 때 말이야."

잰시스가 10년 전, 전설의 책 나머지 페이지를 모으기 시작했던 때를 회상하며 이야기했다.

● ● ●

10년 전, 뤼벤 컴퍼니

잰시스와 루카는 다른 행성으로 이동할 수 있는 포털 개발과 동시에 전설의 책 나머지 책장을 모을 방도를 찾기 위해 몇 날 며칠 머리를 싸매고 고민했지만, 이렇다 할 좋은 방법이 떠오르지 않았다.

스토니가 포르탈로 온 것은 우연에 우연이 겹쳐 일어난 엄청난 사건이었다. 심지어 전설의 책이 없어진 시점으로부터 3천 년이 지나서야 첫 번째 우연이 발생한 것이다. 그때와 같은 우연을 기대하다가는 또 한 번 3천 년의 시간이 흘러야 할지도 모른다.

"불러 모아야 해."

잰시스가 긴 침묵을 깨고 말했다.

"방법이 없어…… 외계로 이동할 수 있는 포털을 건설한다고 해도, 이 책들이 어떤 행성에 흩어져 있는지 모르잖아. 그렇다고 무작정 어마어마한 비용을 들여서 모든 행성에 포털을 설치할 수도 없고……. 그리고 생각보다 전설의 책에 담긴 내용이 별거 아닐 수도 있어."

루카는 그동안 책장을 모을 수 있는 다양한 방도를 고심해 보았지만, 실현 가능성이 있는 방법은 없었다. 게다가 전설의 책에 담긴 내용이 뭔지도 모르는 상황에서 무턱대고 일을 진행하는 것은 무모하다는 생각이 들었다. 루카는 슬슬 전설의 책 모으는 건 포기해야 하지 않을까…… 하고 생각하고 있던 참이었다.

"잰시스, 스토니 덕분에 우리가 그토록 고대하던 다른 행성으로 가는 포털 개발도 가능해졌어. 진짜 상용화가 코앞이야. 우리 욕심 내려놓고 그냥 여기에만 집중하자."

루카가 조심스레 잰시스에게 말했다. 잰시스는 전설의 책 한 장이 발견된 이후 줄곧 흥분 상태였다. 기대감이 하늘을 찌르는 것을 누구나 느낄 수 있을 정도였다. 잰시스는 전설의 책에 엄청난 비밀이 숨겨져 있으리라는 것을 확신했다. 그간 억눌러 왔던 욕망을 한꺼번에 분출하는 듯한 그에게 이쯤에서 그만 포기하자는 말을 건네는 것은 그와 오랜 기간 동고동락한 루카에게도 쉬운 일이 아니었다.

"루카, 우리 그동안 숱한 위기들도 함께 많이 견뎌냈어. 다들 안 된다고 했던 것도 결국 모두 다 해냈고. 전설의 책의 비밀을 밝혀내는 일, 이게 바로 우리 둘이 뤼벤에서 할 마지막 과업이 될 거야. 포르탈 사람들에게 엄청난 선물이 될 거라는 거, 너도 이미 느끼고 있잖아."

잰시스가 루카의 말은 들은 척도 하지 않고 말했다. 잰시스는 아주 확고했다. 루카는 한번 꽂히면 앞만 보고 달려가는 잰시스의 불같은 성미를 아는 터라, 더 이상 그를 설득할 수 없다는 걸 알았다.

"그래, 잰시스. 나도 네 맘 알아……. 좋아, 일단 뭐가 됐든 할 수 있는 것부터 해보자."

루카는 어쩔 수 없이 잰시스의 말에 따르기로 했다.

"루카, 스토니가 타고 온 포털 통해서 메시지를 보내보자."

"흠……."

루카가 골똘히 생각했다. 사실 루키도 그 생각을 하지 않은 것은 아니었다. 다만, 성공 가능성이 전혀 없으리라 생각했기 때문에 잰시스에게 말할 생각을 하지는 못했던 것이다. 하지만, 당장 그들이 해볼 수 있는 것은 그것뿐이었다.

"좋아, 해보자. 하지만 큰 기대는 말자고. 기대가 크면 실망도 큰 법이니까."

루카는 다시 의욕을 내서 스토니가 타고 온 포털을 통해 메시지를 보내보기로 했다. 다행히 스토니가 타고 온 포털은 각고의 노력 끝에 거의 수리가 완료된 상황이라, 시도해볼 수 있는 일이었다. 외부 행성에 있는 사람들은 메시지를 수신할 수 있는 포털 메신저와 같은 매개체가 없겠지만, 이것저것 따지다가는 아무것도 못 할 것이다. 루카는 수석 연구원들과 다시 팀을 꾸려 메시지 발송을 준비했다.

• • •

수차례의 시도와 실패 끝에 드디어 첫 번째 메시지 발송에 성공했다. 루카는 "후……." 하고 한숨을 푹 쉬었다. 보내는 걸 성공하는 데만 해도 꽤 오래 걸렸다. 외계 행성에서 응답을 보낼 수 있는지 없는지조차 알 수 없던 터라 그저 메시지를 보내고 기다리는 것이 그들이 할 수 있는 최선이었다.

첫 번째 메시지를 발송한 이후, 1년의 시간이 흘렀다. 물론 그동안 어떤 일도 일어나지 않았다. 지루한 기다림이었다. 그러나 뤼벤 컴퍼니 사람들은 포기하지 않고, 끊임없이 메시지를 발송했다. 그사이 뤼벤 컴퍼니는 스토니가 타고 온 포털 외에, 오로지 자신들의 손으로 외계 행성으로 이동하는 포털 개발에 성공했다. 포털 개발 역사에 한 획을 그을 엄청난 성과를 모두가 축하하며 기쁨을 만끽하고 있을 때도 루카는 메시지를 보내는 데에만 집중했다.

그렇게 외계 행성으로 이동하는 포털 몇 개를 건설한 후, 여느 때와 다름없이 모든 외계 포털로 끊임없이 메시지를 발송하고 있던 어느 날이었다.

"꺄아아아아아악!"

공기를 가로지르는 듯한 날카로운 비명이 뤼벤 컴퍼니 건물을 뒤흔들었다. 며칠 동안 제대로 잠을 자지 못해 머리를 맞대고 꾸벅꾸벅 졸고 있던 잰시스와 루카의 눈이 번쩍 떠졌다. 그들은 서로의 눈을 잠시 빤히 바라보다가 누가 먼저랄 것도 없이 포털 입구로 달려가 외쳤다.

"뤼벤 컴퍼니 12층 1번 방!"

뤼벤 컴퍼니 12층 1번 방. 그곳에는 검정색 긴 머리에 하얀색 가운을 입은 한 여자가 하얗게 질린 채 바닥에 주저앉아 덜덜 떨고 있었다. 여자의 하얀색 가운에는 〈Dr. Roha〉라고 쓰여

있었고, 바닥에는 눈에 익은 낡은 종이 두 장이 나뒹굴고 있었다. 드디어 스토니에 이어, 전설의 책 다음 장을 든 두 번째 외계 행성 사람이 포르탈에 나타났다.

Chapter 12

전설의 책

로하를 시작으로 전설의 책을 모으는 일이 탄력을 받기 시작했
다. 정신건강의학과 의사였던 그녀는 꿈속으로 던지는 메시지
내용에 대해 조언까지 해주면서 전설의 책장 모으는 일에 큰
도움을 주고 떠났다. 그렇게 약 9년의 시간이 흘렀고, 모인 책
은 어느새 107장이 되었다. 그러나 잰시스는 아직까지 97장만
모은 것으로 알고 있다. 루카가 거짓말을 했기 때문이다. 루카
는 늦은 밤, 책을 읽다가 지끈거리는 머리를 꾹꾹 누르며 눈을
감았다.

 '내용은 거의 다 파악되었어. 하지만…….'

 루카는 지난 9년간 하나둘 모인 책의 각 페이지를 분석해 왔
다. 여기저기 흩어진 내용들이었지만, 전설의 책의 서술 목적은

의심할 여지없이 파악할 수 있었다. 분명히 엄청난 포털 제작에 대한 내용임이 틀림없었다. 각 페이지의 내용들을 조합해서 비밀이 조금씩 드러날 때마다 루카는 마치 도둑질을 하다가 걸린 사람처럼 점점 마음이 조마조마해졌다.

상상조차 할 수 없는 어마어마한 크기의 대형 포털. 한 나라, 아니 심지어 작은 행성 하나 정도는 말끔히 이동시켜 버릴 수 있는 두렵도록 굉장한 힘을 가진 포털. 루카는 책을 읽다 말고 하늘을 올려다보았다. 밤을 찬란하게 비추고 있는 별들을 보니 마음이 더욱 심란했다.

우주의 각 행성에 있는 천체물리학자들이 붙인 이름은 저마다 다르지만, 지구에서는 그것을 이렇게 불렀다. '블랙홀'. 전설의 책은 바로 '블랙홀 포털' 제작 비밀에 대한 책이었다. 기록에 따르면 지금으로부터 포르탈력 약 2만3천 년 전에, 고대의 포르탈 사람들은 현대에는 사용하지 않는 원료와 고대의 물질, 수천 년의 시간을 투자해서 블랙홀 포털 제작에 성공했었다. 그렇게 오래전에 작성된 내용이라는 것이 믿기지 않을 정도의 내용이었다. 어떻게 보면 실현 가능성도 낮고 허무맹랑한 이야기라며 덮어버릴 수도 있을 만한 내용이었지만, 루카가 이렇게 잰시스에게 말도 못하고 고민하는 이유는 따로 있었다.

••••

벌써 5년 전의 일이다. 외계 행성으로 이동하는 포털 개발에 성공한 후 여러 행성에서 뤼벤 컴퍼니로 포털 제작 의뢰가 들어왔다.

"잰시스, 왜 그러시죠? 혹시…… 불가능한 일입니까?"

"네……? 아닙니다, 아닙니다! 가능합니다. 그 포털, 만들 수 있습니다!"

잰시스가 다른 행성의 의뢰인과 포털 제작에 대해 상의하다가 전에 없이 당황한 모습을 보였다. 의뢰인의 요청 사항에 대해 한동안 고심하느라 대답을 망설이자 의뢰인이 불가능한 일이냐며 물었고, 잰시스가 앞뒤 따져보지도 않고 가능하다고 대답부터 한 상황이었다.

의뢰인과의 미팅 후 한참동안 골똘히 생각에 잠겼던 잰시스가 루카에게 다가갔다.

"루카, 그 포털…… 제작할 수 있겠지?"

잰시스가 잔뜩 뜸을 들이며 루카에게 물었다.

"기술적으로야 당연히 가능하지. 문제는 윤리적으로 맞는 일인가 하는 거야. 난 절대 안 될 일이라고 생각해."

루카가 전에 없이 단호한 말투로 대답했다.

"하지만 그 행성엔 어떤 생명체도 살고 있지 않잖아. 즉, 주인 없는 행성이라고. 쓰레기로 뒤덮여도 누구도 뭐라 할 사람이 없어. 게다가 대부분의 행성은 자체적으로 정화할 수 있는 능력을 가지……"

"잰시스, 그 이야기 계속할 거면 나 나간다. 난 절대 반대야. 우주의 질서를 어지럽히는 일이라고!"

"우리는 포털만 잘 건설해 주면 되는 거야. 그 포털을 어떻게 이용할지는 각 행성 사람들이 판단할 문제라고!"

"그 행성에서 포털을 통해 쓰레기를 다른 행성으로 보내버렸는데, 그곳에 만약 밝혀지지 않은 어떤 생명체가 살고 있었다면? 그 쓰레기들 속에 우주에 치명적인 물질들이 포함되어 있다면? 혹은 그 쓰레기들로 인해 예상치 못한 다른 문제들이 발생한다면?"

"루카, 그렇게 하나하나 따지다가는 우린 아무 일도 못 해!"

"잰시스, 저번에 기억 안 나? 아라베인지 아가베인지 행성에서 자기들 행성에 없는 물질을 발굴한답시고 다른 행성 하나를 난개발해서 초토화했었어. 아무리 주인 없는 행성이라지만 어느 누구도 허락 없이 다른 행성을 망가뜨릴 수는 없어. 설사 그게 신이라고 해도!"

루카와 잰시스가 한 치의 양보도 없이 서로의 주장을 내세우나가, 결국 화가 폭발한 루카가 자리를 박차고 일어나 버렸다.

그간 행성 간 포털을 건설하면서 좋은 일만 있지는 않았다.

포털로 인해 행성 간에 불미스러운 일들도 왕왕 생겼다. 그때마다 루카는 잰시스의 설득에 넘어가서 일을 진행했지만, 그렇게 포털 개발에 성공한 뒤에는 늘 후회만 남았다. 이번에도 자신들의 행성에 쓰레기가 넘쳐서 다른 행성으로 보내고 싶으니 포털을 만들어달라는 요청이었다. 루카는 그런 일에 가담하고 싶은 마음이 추호도 없었다.

그러나 잰시스의 생각은 정반대였다. 이 모든 것들이 더 큰 성장을 위해 어쩔 수 없이 거쳐야 하는 과정들이라고 생각했다. 모두 뤼벤 컴퍼니와 더 나아가서 포르탈 유니버스를 위한 일이라는 확신이 있었다.

그런데 그것을 개인적인 욕심으로 무리하게 일을 벌인다고 생각하는 루카의 반응이 못내 서운했다. 그때부터 잰시스와 루카 사이에 조금씩 균열이 생기기 시작했다.

잰시스는 결국 루카 모르게 비밀리에 팀을 꾸려 단독으로 포털 개발을 추진했다. 개발 완료 직전에서야 이 사실을 알게 된 루카는 배신감에 치를 떨었다. 모든 걸 그만두고 뤼벤 컴퍼니도 나오고 싶었지만, 자식처럼 키워온 뤼벤 컴퍼니를 그렇게 놔둘 수는 없었다. 루카는 끓어오르는 분노를 뒤로하고 다시 잰시스를 설득해 가며 위태위태한 관계를 유지해 나갔다.

'그 뒤로 한동안 잠잠했는데……. 잰시스가 전설의 책 내용을 알게 된다면 수단과 방법을 가리지 않고 블랙홀을 만들려고

하겠지…….'

사실, 잰시스는 전설의 책 모으는 속도가 생각보다 너무 느린 데다가, 지금까지 루카에게 들은 바로는 담겨있는 내용도 크게 놀랄 만한 일은 아니라는 사실에 상당히 마음이 조급해지고 있던 참이었다. 이 일에 10년이라는 시간을 투자했는데…….각 언론사에도 뤼벤 컴퍼니가 전설의 책의 비밀을 밝힐 것이라고 자신만만하게 공언했는데, 이렇다 할 성과가 나온 것이 없으니, 그간 성공만 하고 살아왔던 잰시스가 초조해하는 것은 어쩌면 당연한 일이었다.

루카는 복잡한 머리도 식힐 겸, 몰래 숨겨놓은 블랙홀 제작의 핵심 내용이 담긴 열 장의 책장들이 잘 있는지 확인도 할 겸, 자리에서 일어나 벽으로 향했다.

"미아미아 나무숲 2,307번 나무."

루카가 포털 앞에 손바닥을 올리고 소곤대며 말했다.

루카가 도착한 곳은 미아미아 나무숲이었다. 미아미아 나무가 울창하게 자라고 있는 엄청난 규모의 이 숲은 어딜 가나 비슷비슷하게 생겼기 때문에, 잠깐만 길을 착각해도 숲을 빠져나올 수 없어 매우 위험하다. 그래서 이곳은 일반 사람들은 들어길 수 없는 금지 구역으로 지정되어 있다. 대신 도비아스 요정들이 잠을 자지 않고 밤마다 미아미아 나무에 성장 가루를 뿌려 이 숲을 관리한다.

전설의 책을 어디에 숨겨야 할지 고민하던 루카는 아무도 찾지 않는 이곳이 뭔가를 비밀리에 숨기기에는 제격이라는 생각이 들어 길을 파악할 수 있도록 몇몇 나무에 번호를 새기고, 몰래 포털을 설치해 두었다.

2,307번 나무에 도착한 루카는 주변을 살폈다. 주변은 으스스할 정도로 고요했다. 빼곡하게 자라있는 나무들 덕분에 바람 소리조차 들리지 않았다. 단지 무성한 미아미아 나무의 잎새 소리와 나무 위를 지나가며 성장 가루를 뿌리는 토비아스 요정들의 날갯짓 소리만 가끔 들려올 뿐이었다. 루카는 망설임 없이 2,307번 나무 아래를 파헤치기 시작했다.

얼마나 파헤쳤을까? 땅속에서 딱딱한 물건이 턱 하고 걸렸다. 잰시스는 모르는 열 장의 책장들과 그 내용을 해석해 둔 문서가 담겨있는 상자였다.

루카는 상자를 꺼내 다시 한번 전설의 책 내용을 살피기 시작했다. 그녀는 내용을 한 번 읽고, 반복해서 처음부터 또 읽었다. 읽어볼수록 이 엄청난 내용을 세상에 공개해서는 안 된다는 생각이 더욱 확고해졌다. 다시 한번 결심을 굳힌 루카는 오히려 지끈거렸던 머리가 조금 나아지는 것 같았다.

"하암."

루카는 자기도 모르게 길게 하품했다. 너무 늦은 시간이었다. 여분의 시간 캡슐도 가져오지 않았는데……. 곧 잠을 충전하지 않으면 이곳에서 잠들어버릴지도 모른다. 루카는 서둘러 전설의 책 종이들과 해석 문서를 상자에 다시 넣고 나무 아래 대충 묻어둔 채 집으로 사라졌다.

그런데, 그런 루카의 모습을 처음부터 끝까지 지켜보던 이가 있었다.

● ● ●

토비아스 요정 하나가 자신에게 버거운 무게의 성장 가루 통을 양손에 쥐고 낑낑대며 미아미아 나무숲에서 한창 성장 가루를 뿌리고 있었다.

그때 어디선가 사람의 인기척이 들렸다.

"엥? 여기는 사람들이 오면 안 되는 곳인데?"

요정은 영문을 모른 채 인기척이 들리는 곳으로 재빨리 날아갔다. 그곳에는 다름 아닌 루카가 있었다.

"엇! 루……."

요정이 루카를 부르다 말고 얼른 날개를 접어 몸을 숨겼다. 루카의 행동이 뭔가 수상해 보였기 때문이다. 루카가 주변을 두리번거리더니 갑자기 땅을 파헤치기 시작한다.

'아니 루카가 왜……? 왜 우리 숲을 망가뜨리고 있는 거지?'

요정은 루카가 숲을 망가뜨리고 있다는 생각에 금방 심통이 났지만 일단 루카의 행동을 끝까지 지켜보기로 했다. 루카는 땅에서 뭔가를 꺼내 한참을 읽다가 다시 땅에 묻어놓고는 금세 포털로 사라져 버렸다.

'세상에! 여기에 포털까지 설치해 두다니!"

루카가 토비아스 요정들의 허락도 받지 않고 미아미아 나무 숲에 포털을 설치한 것을 알고 씩씩거리던 요정은, 루카가 사라지자 그녀가 파헤쳤던 나무쪽으로 조심스레 날아갔다.

'도대체 이게 뭐길래 이렇게 꽁꽁 숨겨놓은 거야?'

요정은 궁금증을 참을 수 없어 몸을 배배 꼬며 주변을 붕붕 맴돌았다. 그러나 몸집이 너무 작은 요정이 땅을 혼자서 파는 것은 무리였다.

'흠...... 너무 궁금한데, 이걸 어떻게 한담....... 아하! 그렇지!'

한참을 골똘히 고민하던 요정이 갑자기 좋은 생각이 떠오른 듯, 날개를 반짝이며 파닥거렸다.

요정은 곧, 한 손에 들고 있던 성장 가루 한 통을 2,307번 나무에 모두 부어버렸다. 투명한 가루가 서서히 땅속으로 스며들자 미아미아 나무가 갑자기 쑤욱하고 자라났다. 그와 동시에 땅속에 박혀있던 나무뿌리가 커지면서 땅이 서서히 들리기 시작했다. 조금만 더 있으면 루카가 숨겨놨던 상자가 밖으로 모습을 드러낼 것이다!

그런데 나무가 어느 정도 크더니 성장을 멈춰버렸다.

'조금만 더 자라면 되는데……. 에라 모르겠다!'

토비아스 요정은 다른 손에 들고 있던 나머지 성장 가루 한 통을 더 부어버렸다. 그러자 줄기와 뿌리가 더욱 크게 자라더니 땅속의 상자가 밀려 올라와 드디어 모습을 드러냈다. 요정은 자기 아이디어가 성공하자 키득키득 나오는 웃음을 참을 수 없었다. 요정은 냉큼 상자를 열어 안에 있는 것들을 살피기 시작했다.

'뭐야, 전설의 책이잖아! 이거 뤼벤 컴퍼니에 보관 중이라고 들었는데?'

전설의 책을 모으고 있다는 내용이 늘 뉴스에 나오기 때문에 토비아스 요정도 이 종이들이 전설의 책의 일부라는 것을 바로 알아차릴 수 있었다. 요정은 의아한 표정으로 한참 책장을 들여다보다가 이내 음흉한 미소를 지었다.

'킥킥……. 이걸 잰시스에게 갖다주면 분명 나에게 비스킷을 왕창 주겠지?'

요정은 성장 가루를 쏟아버린 빈 통에 전설의 책 열 장과 해석 문서를 한 아름 담고 날아올랐다.

요정이 떠난 자리, 넓고 울창한 미아미아 나무숲에는 한 그루의 나무만 유독 높이 솟아있었다.

●●●

콩콩!

"잰시스! 일어나 봐, 잰시스!"

모두가 한창 자고 있을 시간. 누군가 잰시스 집의 창문을 마구 두드렸다. 토비아스 요정이었다. 요정은 양손에 성장 가루 통을 들고는 낑낑거리고 있었다. 이마가 빨개진 것을 보니 창문을 두드릴 손이 없어서 머리로 창문을 두드린 모양이다.

"으음…… 토비아스 요정님……? 이 시간에 여기는 웬일이에요?"

잰시스가 잠에서 덜 깬 부스스한 목소리로 대답했다.

"창문 좀 빨리 열어줘! 나 무겁다고! 빨리빨리!"

토비아스 요정이 재촉하자 잰시스는 무거운 몸을 일으켜 창문을 열었다. 창문을 열자마자 토비아스 요정은 성장 가루 통을 방 안에 냅다 던져버리고는 헉헉거리며 바닥에 널브러졌다. 그 바람에 통에 담겨있던 종이가 방바닥에 사방으로 흩어졌다.

"이게…… 다 뭐예요?"

잰시스가 갑작스레 일어난 상황에 어리둥절하며 토비아스 요정에게 물었다. 그가 방안에 흩어진 종이를 한 장 집어 들려는 순간, 토비아스 요정이 날아올라 그의 손을 '탁' 쳤다.

"잠깐잠깐! 잰시스, 이거 내가 잰시스 주려고 진짜 힘들게 가져온 건데, 내가 준 게 맘에 들면 비스킷 한 통 다 줄 수 있어?"

토비아스 요정이 날개를 반짝이며 물었다. 잰시스는 뭔진 모르겠지만 그러마 하고 흩어진 종이 한 장을 집어 들었다.

'아니…… 이건……?'

잰시스가 집어 든 종이는 전설의 책 낱장이었다.

'뤼벤 컴퍼니 VIP실에 있어야 할 전설의 책을 왜 토비아스 요정님이…….'

잰시스는 뭔가 상황이 심상치 않음을 느끼고 방바닥에 흩어진 다른 종이들도 빠르게 모으기 시작했다. 잰시스는 그중에 전설의 책이 아닌 다른 종류의 문서도 섞여있음을 발견했다.

고대 포르탈 사람들은 블랙홀 포털 제작에 성공했다. 주요 원료는 포르탈 행성의 극지방에서 1만 년 이상 성장한 미아미아 나무의 껍질과 5천 년 이상의 순수한 시간이다. 실험 결과, 5천 년의 시간은 포털의 크기를 무한대로 팽창시킬 수 있는 임계점이 되는 시간이며, 그 이하의 시간으로는 포털의 크기를 극대화할 수 없다. 고대 포르탈 사람들은 현재는 이미 고갈된 광물인 마노누르를 녹여 틀을 만든 후 여러 사람들의 시간을 응축하여 저장하였고, 이를 블랙홀 포털 제작 시 원료로 사용했다. 또한, 포르탈 행성 북쪽 지방 푸타강에서만 흘렀던 (현재 푸타강은 사막화된 상태이다.) 끈적끈적한 강물을 미아미아 나무껍질과 배합함으

로써 블랙홀 포털이 유연하게 팽창할 수 있도록 하였다. 그 배합 비율은 다음과 같다……

침대에 걸쳐 앉아 전설의 책 내용을 해석한 문서를 읽던 잰시스의 눈이 휘둥그레졌다. 블랙홀이라는 낯선 단어가 그의 눈길을 사로잡았다. 심지어 자세히 보니 토비아스 요정이 가져온 전설의 책 낱장들은 그전에 잰시스가 봤던 것과는 사뭇 다른 그림과 글들이 적혀있는 것 같았다.

"하나, 둘, 셋, 넷……."

그는 빠르게 전설의 책 낱장의 숫자를 세었다. 열 장이었다. 잰시스는 손에 힘이 빠져 자기도 모르게 손에 든 종이 열 장을 침대에 털썩 내려놓고 말았다.

'전설의 책이 이렇게 갑자기 나타나다니……. 그것도 한꺼번에 열 장씩이나. 내가 모르는 무슨 일이 일어나고 있는 거지?'

"요, 요정님, 이것들 도대체 어디에서 난 거예요?"

잰시스가 떨리는 목소리를 진정시키지 못한 채, 토비아스 요정에게 커다란 비스킷을 주며 물었다.

"루카가 숨겨놓은 걸 내가 찾아왔지!"

"루카요? 거기가…… 어딘데요?"

"미아미아 나무숲! 가보고 싶다면 내가 나중에 길을 안내해 줄게."

요정이 비스킷을 와그작와그작 씹으며 잰시스에게 대답했다.

"루카…… 루카……! 도대체 왜!"

여태 침착했던 잰시스가 분노를 참지 못하고 폭발하고 말았다. 그는 끓어오르는 화를 주체하지 못하고 자신의 침대를 주먹으로 쾅쾅 내리쳤다. 고요한 밤, 잰시스의 크고 넓은 방에 한동안 쾅쾅 소리가 울려 퍼졌다.

Chapter 13

지
하
실
의
비
밀
공
간

토비아스 요정 덕분에 숨겨져 있던 전설의 책 열 장과 그 해석 문서를 손에 넣게 된 잰시스는 날이 밝자마자 루카에게 가서 따져야겠다고 생각했다.

그러나 다음 날 아침, 그는 다시 원래의 냉철한 잰시스로 돌아왔다. 그는 차가워진 머리로 골똘히 생각했다.

'지금 루카에게 이걸 들고 따지러 가봤자 내가 얻을 수 있는 건 아무것도 없어.'

잰시스는 루카에게 가려던 발걸음을 멈추고 다시 뤼벤 컴퍼니 사무실로 향했다. 그는 루카의 말을 듣는 척하면서 의심을 피하고, 혼자서 이 전설의 책 속 포털을 만드리라 결심했다.

잰시스는 서둘러 요정에게 받은 문서들의 사본을 만들어두었다. 그리고 밤이 되면, 토비아스 요정을 따라 미아미아 나무 숲에 가서 루카가 숨겨놓았던 그 자리에 문서를 묻어두고, 갑작스레 성장해 버린 나무 때문에 엉망이 됐을 현장도 말끔히 정리하기로 계획을 세웠다.

잰시스는 혼자서 블랙홀 제작 프로세스를 정리하기 시작했다. 실로 어마어마한 내용이었다. 이 내용이 사실이라면 우주에 존재하는 무엇이든 단숨에 옮길 수 있게 된다. 만약 이 포털 제작에 성공한다면 포르탈 내에서뿐만 아니라, 우주적으로도 뤼벤 컴퍼니는 엄청난 영향력을 가지게 될 것이다.

실제로 뤼벤 컴퍼니에는 대형 사이즈의 물건이나 다수의 사람을 옮기기 위한 포털 제작 의뢰가 종종 들어왔다. 몇 년 전, 급격한 기후 변화로 한순간에 폐허가 되어버린 한 행성에서 다른 행성으로 이주하기 위해 포털 제작을 의뢰했던 적도 있었다. 수억 명의 사람들과 주요한 물자들을 이동시키는 대형 프로젝트였고 막대한 수익을 올릴 수 있는 건이었지만, 당시 그만큼 옮길 수 있는 포털 제작에 실패해 눈물을 머금고 프로젝트를 접었던 쓰라린 기억이 있다.

'흠…… 시간……. 시간이라…….'

전설의 책 내용에 몰두하던 잰시스가 고개를 들고 눈을 감으며 생각에 빠졌다. 이 블랙홀 포털 제작을 위해서 가장 문제가 되는 것은 바로 '시간'이었다.

해석 문서에 따르면 블랙홀 포털 제작을 위해서는 수천 년의 시간 투자가 필요하다. 현재 시간 캡슐 은행 내에 보관된 뤼벤 컴퍼니의 시간 캡슐을 몽땅 쏟아부어도 턱없이 부족한 양이다. 지금 개발에 착수하더라도 잰시스가 살아생전, 아니 그 후손에 후손도 결과물을 보지 못할 것이다. 잰시스는 이렇다 할 뾰족한 수를 찾지 못하고 이마에 손을 얹은 채 사무실을 빙글빙글 돌다가 소파에 털썩 앉았다.

'루카에게 사실대로 말하고 같이 방법을 찾아보자고 해야 하나?'

잰시스는 곧 좌우로 고개를 저었다. 루카는 분명 우주의 질서 어쩌고저쩌고 하면서 잔소리를 늘어놓으며 반대할 것이 뻔하다. 잰시스는 문제가 잘 풀리지 않자 머리를 식히기 위해 포털 메신저를 열어 뉴스를 봤다.

"몇 년 전부터 외계 행성에서 온 사람들이 시간 캡슐을 만지다가 폭발하는 사고가 이따금 발생했었는데요, 그동안 폭발의 원인을 확실히 밝혀내지 못하고 추정만 했을 뿐이었는데, 오랜 연구 끝에, 드디어 그 명확한 이유가 밝혀졌습니다."

잰시스도 과거에 외계 행성 사람을 만나면서 한 번 겪었던 사고였는데 드디어 원인이 밝혀졌나 보다. 잰시스는 무심코 다른 채널로 변경하려다가 그다음 이어지는 내용에 멈칫하며 포털 메신저의 볼륨을 크게 높였다.

"포르탈보다 훨씬 느린 속도로 살아가는 외계 행성 사람들이 시간 캡슐을 만지자, 캡슐이 감당할 수 없을 정도로 많은 양의 시간이 한꺼번에 채워지면서 발생한 사고였습니다. 외계 행성 사람들의 안전을 위해 꼭 주의가 필요합니다. 지금 보시는 것처럼 시간 캡슐은 일정량의 시간만 채울 수 있는데……."

보도 내용을 듣는 순간, 잰시스는 머리에 벼락을 맞은 것 같았다. 그의 머릿속에 수천 년의 시간을 급속도로 모을 기발한, 아니 기발하고도 위험한 아이디어 하나가 떠올랐다.

얼마 후, 잰시스는 루카의 눈을 피해 그를 믿고 따르는 뤼벤 컴퍼니 연구원들을 모아 별도로 팀을 구성했다. 그들은 앞으로 뤼벤 컴퍼니 지하실에서 잰시스의 위험한 아이디어를 실현시킬 실험을 시작할 것이다.

"위험……하지 않을까요?"

잰시스의 계획을 들은 한 연구원이 말했다. 이론적으로는 가능하나 실제로는 어떻게 될지 모르는 데다가, 위험할 수도 있겠다는 걱정 때문이었다.

"괜찮을 겁니다. 외계 행성 사람들과 우리 포르탈 사람들의 시간은 서로 다르게 흘러가요. 우리에게는 아주 긴 시간이 그들에게는 잠시 누워서 간식을 먹는 정도의 짧은 시간일 뿐입니다. 어차피 그들도 의미 없이 허비하는 시간, 대의를 위해 사용되면 좋지 않겠어요?"

 잰시스가 연구원의 눈을 똑바로 바라보며 냉정한 말투로 말했다. 그의 눈빛은 매섭기까지 했다.

 잰시스의 계획은 이러했다. 겉으로 봤을 때는 그냥 평범한 방처럼 보이지만 실제로는 어디로도 이동하지 않는 정체된 포털을 개발하는 것. 잰시스는 그 포털에 사람이 들어가면 그의 시간을 무한대로 추출할 수 있을 것이라는 가정을 세웠다. 만약 포르탈과 시간차가 큰 행성에서 온 사람이 들어간다면 포르탈 시간으로 환산했을 때 엄청난 시간을 얻을 수 있을 것이다. 잰시스의 계획이 꺼림칙한 연구원들도 있었지만, 대다수는 새로운 시도를 성공시켜 보자며 힘을 내는 분위기였다.

 잰시스의 불도저 같은 추진력 덕분에 포털은 빠르게 완성되었다. 이제 테스트만이 남았다.

● ● ●

3일전

 '루카, 오늘 저 좀 만나요. 뤼벤 컴퍼니 말고 밖에서. 중요한 일이니 오늘 꼭 만나아 해요.'

 루카는 이른 아침부터 풀란에게 메시지를 하나 받았다. 풀란은 뤼벤 컴퍼니의 수석 연구원 중 한 명이다. 이렇게 직접 연락하는 경우는 잘 없는데, 루카는 그의 메시지에서 뭔가 중요한 일이 생겼음을 직감했다. 그녀는 서둘러 준비를 한 후 약속 장소로 이동했다.

"풀란! 이렇게 만나는 건 정말 오랜만이네요! 그동안 잘 지냈어요?"

풀란은 루카, 잰시스와 함께 뤼벤 컴퍼니 초창기부터 일을 해왔던 동료였다. 뤼벤 컴퍼니가 점점 성장하면서 서로 만나 간단한 이야기 나누는 일조차 거의 없어졌지만 루카는 늘 똑똑하고 성실한 풀란이 마음에 들었다.

"루카…… 난 잘 지냈어요. 루카도…… 잘 지내고 있죠?"

그런데 루카에게 인사를 건네는 풀란의 모습이 약간 이상해 보였다. 그는 식은땀을 흘리며, 루카와 눈도 제대로 마주치지 못한 채 테이블 아래에서 다리를 덜덜 떨고 있었다.

"풀란…… 무슨 일 있어요? 어디 아픈 거예요?"

풀란의 안색이 좋지 않자 루카가 걱정스레 물었다.

"루카, 시간이 없으니 바로 본론부터 말할게요. 지금부터 내가 하는 이야기 잘 들어요."

풀란은 루카의 걱정스러운 눈빛을 뒤로하고 굳은 결심을 한 듯 이야기를 시작했다. 여전히 루카와 눈도 마주치지 못한 채.

풀란이 늘어놓은 이야기는 실로 충격적인 내용이었다. 잰시스가 공식적으로 공개된 적 없는 전설의 책장을 열 장이나 가지고 있었고 그것이 블랙홀 포털 제작에 대한 내용이었다는 것, 그리고 그것을 바탕으로 블랙홀 제작에 사용할 수천 년의 시간을 모으기 위해 외계 행성 사람들의 시간을 빼앗으려 한다는 것. 그리고 그 도구로 '어디로도 이동하지 않는 정체된 포털'을 뤼벤 컴퍼니 지하실에 만들었다는 것.

풀란도 처음에는 외계 행성 사람들에게 가져오는 시간이 아주 미미하기 때문에 큰 문제가 없을 것으로 생각했고, 블랙홀 포털을 만드는 일은 역사에 길이 남을 대단한 일이라고 생각했기 때문에 그 일에 가담했다.

그러나 실제로 정체된 포털이 완성되고 그 안에 들어갔다가 비틀거리며 나오는 외계 행성 사람들을 보면서 이건 안 될 일이라는 생각이 들어, 용기를 내 루카에게 양심 고백을 하러 왔다는 것이다.

풀란의 말을 들은 루카는 한참 동안 두 손바닥으로 얼굴을 가리고 말없이 앉아있었다. 분명 얼마 전에 전설의 책 열 장이 미아미아 나무숲에 잘 있는 것을 확인했는데……. 그것이 어떻게 잰시스의 손에 들어가 있는지 이해할 수 없었다. 게다가 루카 몰래 블랙홀 제작을 위해 다른 행성 사람들의 시간을 빼앗는 포털까지 만들었다니…….

'이렇게까지 최악은 아닐 거라고 생각했는데…….'

185

루카는 손바닥으로 얼굴을 가린 채, 엉엉 울고 말았다. 주변 사람들이 그런 루카를 힐긋힐긋 쳐다보았지만, 루카는 울음을 주체할 수가 없었다.

어디서부터 잘못된 걸까? 루카는 대학생 시절 언제나 열정이 넘치고 밝았던 잰시스의 얼굴을 떠올리며 더욱 서럽게 울었다. 그녀는 잰시스가 더 이상 돌아올 수 없는 강을 건넜다고 생각했다.

"루카……. 내가 정말 미쳤었어요. 잘못했어요……."

풀란이 울고 있는 루카를 달래다가 그도 복받쳤는지 함께 울며 말했다. 루카는 그의 말이 들리지 않는 듯 계속 서럽게 울기만 했다.

"지금 이거…… 전부 범죄예요. 당장 잰시스에게 가야겠어요……. 풀란, 나랑 같이 갈 수 있겠어요?"

루카가 겨우 울음을 멈추고 얼굴을 가렸던 손바닥을 내리며 풀란에게 말했다. 그녀의 얼굴은 눈물로 범벅이 된 채 빨갛게 달아올라 있었다.

"루카, 많이 화나고 혼란스럽겠지만, 잰시스에게 가서 뭘 어떻게 하려고요……. 지금의 잰시스는 우리가 알던 과거의 잰시스가 아니에요. 실은, 정체된 포털을 만들기 시작하면서 양심의 가책을 느낀 연구원들이 하나둘 생겨났어요. 그런데 잰시스가 반대 의사를 던진 직원들을 가차 없이 해고하더라고요. 그 모습

을 본 저도 잰시스 앞에서는 그동안 입을 다물 수밖에 없었고
요……. 그는 지금 약간 미쳐있는 것 같아요. 루카까지 위험에
빠뜨리려고 할지도 몰라요."

맞는 말이다. 대책도 없이 무작정 잰시스에게 찾아가서 해결
될 일이 아니었다. 풀란의 말에 루카는 겨우 흥분을 가라앉혔
다. 그녀는 일단 그 정체된 포털인지 뭔지를 두 눈으로 확인해
봐야겠다고 생각했다.

"풀란, 그 정체된 포털로 저 좀 데려가 줘요."

루카의 말에 풀란이 마음을 먹은 듯, 굳건한 표정으로 고개
를 끄덕였다.

● ● ●

풀란과 루카가 도착한 곳은 여태껏 루카가 몰랐던 공간이었
다. 그도 그럴 것이, 지하실은 뤼벤 컴퍼니의 모든 층 중에 가장
넓고 가장 많은 방이 있는 데다가 길도 미로처럼 아주 복잡했
다. 게다가 각 방마다 다양한 실험이 진행되고 있기 때문에 자
세히 눈여겨보지 않으면 어디에서 어떤 일이 일어나고 있는지
잘 눈에 띄지 않는 구조였다.

심지어 정체 포털이 있는 곳은 눈에 띄지 않도록, 벽처럼 보
이는 비밀 포털을 통과한 후 반드시 특정한 방의 입구를 차례

로 거쳐야만 도착할 수 있도록 복잡하게 길을 설계해 두었다. 루카는 잰시스의 치밀함에 혀를 내둘렀다.

"이쪽으로 따라오세요."

풀란이 루카를 앞장서며 조심스레 걸어갔다. 워낙 복잡한 방식이라 그도 길을 완벽하게 숙지하지 못한 듯했다.

"여기예요, 루카."

풀란이 커다란 돌문 하나를 가리켰다. 저곳에서 외계 행성 사람들의 시간을 빼앗고 있었다니. 루카는 다시금 분노가 끓어올랐다. 루카는 안쪽을 확인해야겠다고 결심하고 돌문 앞에 섰다. 문은 열리지 않았다. 루카가 혹시나 하는 마음에 직원 카드를 갖다 대보았지만 역시나 무거워 보이는 돌문은 요지부동이었다.

"잰시스가 이미 루카의 카드는 막아두었어요. 정해진 인원만 직원 카드로 문을 열 수 있도록 조치해 뒀죠."

풀란이 자기 직원 카드를 문 앞에 대며 말했다. 그러자 곧 돌문이 위잉 소리를 내며 열리기 시작했다. 루카가 안쪽으로 들어가기 위해 한 걸음 발을 떼려던 순간이었다.

"안 돼요! 루카!"

그때, 풀란이 다급히 루카를 막았다. 그 소리에 안으로 들어가려던 루카가 발을 멈칫하고 풀란을 쳐다보았다.

"말했다시피 이곳은 이동을 위해 만든 포털이 아니라, 시간을 빼앗기 위한 용도로 만든 정체된 포털이에요. 포르탈 사람들보다 시간이 천천히 흘러가는 외계 행성 사람들은 크게 문제없지만, 우리들이 이곳에 들어가면 엄청난 양의 시간을 한 번에 빼앗기게 돼요. 그럼…… 우린 이 안에서 영원히 잠들어버릴지도 몰라요."

그 말에 루카의 등줄기를 타고 소름이 돋아났다. 그렇지, 여기에 포르탈 사람이 들어갔다가는 영원히 빠져나올 수 없을 것이다.

"풀란, 이 포털 멈추려면 어떻게 해야 하죠?"

"중단시키는 장치는 잰시스가 가지고 있는데, 그게 어디에 있는지, 어떻게 작동시키는지는 아무도 몰라요. 연구원들에게도 알려주지 않았어요. 그게 아니면…… 포르탈 전역에 설치된 뤼벤 컴퍼니의 모든 포털을 관리하는 시스템 전원을 내려버리는 방법이 있는데, 불가능한 일이죠. 포르탈에 가장 많이 설치된 우리 회사 포털들이 일시에 멈춘다면 대혼란이 발생할 테니까요. 사실상 잰시스가 아니면 포털을 멈출 방법은 없다고 봐야 해요……."

풀란이 머리가 지끈거리는지 한 손으로 이마를 짚으며 대답했다. 풀란의 대답을 듣는 루카도 눈에 보이지 않는 막다른 벽에 다다른 느낌이었다. 루카는 시선을 바닥으로 떨군 채 천천히 빙빙 돌며 생각을 정리해 보았지만, 마땅히 뾰족한 수가 떠오르지 않았다.

"……풀란, 내가 이런 말을 하는 게 어이없게 들리겠지만, 뤼벤 컴퍼니를 경찰에 신고하는 수밖에 없겠어요……."

한참을 고민하던 루카가 결심한 듯, 입술을 꽉 깨물며 말했다. 뤼벤 컴퍼니의 공동 대표로서 너무나 하기 어려운 말이었지만, 그녀는 모든 일은 결국 순리대로 처리할 수밖에 없다고 생각했다.

루카의 말에 풀란이 그녀를 한동안 빤히 바라보았다. 루카가 얼마나 애정을 가지고 뤼벤을 이끌어왔는지 초창기부터 지켜본 그였기에, 그녀가 이 말을 뱉으면서 얼마나 억장이 무너졌을지…… 풀란은 짐작이 되고도 남았다.

"루카, 사실 나도 그 생각을 안 한 건 아니에요. 하지만 아무런 증거도 없는 상태에서 경찰이 움직이지는 않을 거예요. 어떻게 보면 너무 터무니없게 들리는 이야기잖아요. 저 포털은 그냥 겉으로 봐서는 VIP 손님 접대를 위한 고급스러운 공간처럼 꾸며져 있는 데다가, 경찰들이 이 안으로 들어가면 엄청난 양의 시간을 빼앗겨 버릴 테니, 들어가서 뭔가를 확인해 보라고 할 수도 없죠……. 일단 오늘은 여기까지만 확인하고, 되돌아가서 고민해 보는 게 좋을 것 같아요."

풀란이 안타까운 눈빛으로 루카를 바라보며 말했다. 풀란의 말에 루카의 머리가 다시 차가워졌다. 섣불리 움직여서 될 일이 아니다. 잰시스의 범죄에 대한 증거들을 먼저 모아 대응할 준비를 해야 한다.

"알았어요, 풀란. 일단 여기까지 오는 방법은 확인했으니, 이 안에 있는 사람들을 어떻게 데리고 나올지, 이 포털을 어떻게 없애버릴지 고민해 봐야겠어요. 앞으로 날 좀 도와주세요."

루카는 풀란에게 신신당부하고 다시 사무실로 무거운 발걸음을 옮겼다.

● ● ●

현재, 포털 경진 대회 결승전

"루카! 루카!"

풀란이 루카의 사무실에 예고도 없이 나타났다. 포털 경진 대회 결승전이 개최되는 날이었지만, 루카는 지하실에 설치된 포털 때문에 골치가 아파서 사무실에만 틀어박혀 있던 참이었다. 이제 풀란을 보면 잰시스가 또 무슨 일을 꾸민 건가 싶어서 불안한 마음이 먼저 들었다.

"풀란, 갑자기 연락도 없이……. 이번엔 무슨 일이에요?"

루가기 불안한 말투로 풀란에게 물었다.

"루카, 지금 당장 포털 경진 대회에서 우승 후보들 출품작 체험하는 거, 멈춰야 해요!"

풀란이 가쁜 숨을 몰아쉬며 말했다.

"지금 우승 후보 중 하나로 올라가 있는 〈상상 포털〉, 그거 잰시스의 비밀 팀이 만든 거였어요!"

더 이상 놀랄 일이 없을 거로 생각했는데, 이건 또 무슨 소리인지 루카의 머리가 다시 지끈거렸다.

"그 포털은 뤼벤 컴퍼니에서 출품한 게 아니에요. 어떤 청년 포털 개발자들이 출품한 것으로 알고 있는데……?"

루카가 놀란 마음을 애써 가다듬으며 풀란에게 다시 물었다. 루카의 말에 풀란이 말없이 고개를 가로저었다.

"그 포털…… 실은 포르탈 사람들의 시간까지 모으려고 잰시스가 만든 거예요……."

풀란이 기어 들어가는 목소리로 말했다. 믿을 수 없는 이야기였다.

"알아듣게…… 알아듣게 설명해 봐요!"

루카가 답답한 마음에 테이블을 쾅쾅 치며 풀란을 몰아붙였다.

"지하실에 정체된 포털을 만들어놓고 외계 사람들을 들어가게 했는데, 외계 사람들이 그렇게 많은 것도 아니고……. 포르탈 행성과 시간차가 별로 안 나는 행성에서 온 사람들도 있어서 생각보다 빠르게 시간이 모이지 않았어요. 그렇다고 그 안에서 너무 오랜 시간을 보내게 하면 의심을 살 수도 있으니…….
잰시스가 외계 행성은 물론이고 포르탈 사람들의 시간도 조금
씩 모으자고…… 생각했던 것 같아요. 그리고 가장 자연스럽게
수많은 사람들이 포털에 접근할 수 있는 경진 대회를 이용하자
고……. 저는 그 상상 포털을 만드는 팀이 아니라서 정확한 진
행 상황은 몰랐어요. 이후에 무산되었다고 들어서 루카에게 따
로 말하지 않았는데 결국…… 완성했나 봐요."

풀란의 말에 루카가 다시 한번 손바닥으로 얼굴을 감쌌다.
잰시스는 그녀가 상상했던 최악보다 더 최악이었다.

"그 포털은 일반 포털보다 훨씬 더 많은 시간이 추출되도록
설계되어 있어요. 물론 사람들이 크게 인지할 정도는 아니라서
어디에다 시간 캡슐을 몇 개 떨어뜨렸겠거니…… 하고 생각하
겠죠. 하지만, 수명이 얼마 남지 않은 사람들에게는 치명타예
요. 만약 그들이 포털에 들어갔다가는 잠에서 깨어나지 못한 채
그대로 죽을 수도 있어요. 지금 우승 후보 포털을 체험해 보는
이 한 시간 동안 엄청나게 많은 시간이 모이게 될 거예요!"

풀란이 고해성사하듯 고개를 푹 숙인 채 말을 이어갔다. 루
카는 이제 눈물도 나오지 않았다. 잰시스가 너무 무섭다는 생각
까지 들었다. 루카는 잰시스, 이 끔찍한 인간이 당장 법의 심판
을 받도록 해야겠다고 결심했다. 그녀는 아무 말 없이 벽으로
걸어가 손바닥을 올리고 외쳤다.

"뤼벤 컴퍼니 VIP실!"

• • •

뤼벤 컴퍼니 VIP실

잰시스는 뤼벤 컴퍼니에서 가장 전망이 좋은 VIP실에서 포털 경진 대회 결승전을 바라보고 있었다. 결승전을 바라보는 그의 표정은 기대에 차거나 즐거워 보이지 않았다. 그저 아무런 감정 동요도 없이 무심히 그 현장을 바라보고 있을 뿐이었다.

"잰시스……."

소리 없이 나타난 루카가 잰시스를 나지막이 불렀다. 요즘 루카와 한동안 서먹했던 터라, 그녀와 일대일로 만난 것은 정말 오랜만이었다.

"루카, 포털 경진 대회 결승전 보러 온 거야? 이쪽으로 와. 여기가 제일 잘 보이네."

잰시스는 루카를 쳐다보지도 않고 통유리를 통해 바깥을 쳐다보며 말했다.

"잰시스, 나 다 알고 왔어. 상상 포털 체험, 지금 당장 멈춰."

그 말에 잰시스가 루카를 획 하고 돌아보았다. 루카는 차분히 말했지만, 부글부글 끓어오르는 분노를 애써 참고 있는 것이 느껴졌다. 루카가 다 알아버렸다. 잰시스는 이제 와서 모른 척 해봤자 아무 소용 없다고 생각했다.

"이미 늦었어. 체험 시간 이제 몇 분 안 남았어."

잰시스가 얼음장처럼 차가운 말투로 대답했다. 못 본 사이에 잰시스는 더욱 차가워졌다. 돌아올 수 없는 구렁텅이에 빠진 것만 같았다.

"잰시스, 너 정말 왜 이래. 너 이런 사람 아니었잖아……. 상상 포털도 멈추고, 지하실에 있는 외계 사람들, 당장 풀어줘. 제발……."

루카가 간절한 눈빛으로 애원했다. 한동안 평정심을 잃지 않던 잰시스가 지하실 이야기가 나오자 결국 흥분을 감추지 못하고 루카에게 소리를 질렀다.

"아니? 그렇게는 못 하겠어. 너야말로 무슨 짓이야? 전설의 책을 나 몰래 열 장이나 모아서 숨겨둬? 왜? 진짜 없애버리기라도 할 생각이었어? 네가 못 만들겠다면 그 블랙홀, 나 혼자라도 만들겠어!"

"그만…… 제발 그만하라고 잰시스!"

"루카, 넌 기술자라 이해하기 어렵겠지만, 뤼벤이 더 크려면 꼭 필요한 일이라고! 게다가 외계 사람들한테는 별 영향도 없는 미미한 시간일 뿐이야."

잰시스가 흥분을 가라앉히며 매섭게 이야기했다.

"잰시스, 날 바보로 아는 거야? 그 사람들 계속 이렇게 가둬 두면 시간을 모두 빼앗겨서 그대로 영원히 잠들어버릴지도 몰라. 못 깨어나고 죽을 수도 있다고! 전설의 책이든 뭐든 이제 그만하자고! 나 몰래 이게 무슨 미친 짓이야!"

"루카! 더 이상 선을 넘으면 나도 어쩔 수 없어. 봐주는 건 여기까지야!"

찰싹!

결국, 루카는 끓어오르는 화를 참지 못하고 자기도 모르게 잰시스의 뺨을 때리고 말았다. 루카는 스스로 저지른 일에 당황한 나머지 한동안 뺨을 때린 손을 공중에 든 채 그대로 멈춰버렸다. 루카에게 머리가 띵 할 정도로 세차게 맞은 잰시스도 상황 파악이 안 되어 그대로 굳어버렸다. VIP실의 공기가 일순간 차갑게 얼어붙었다. 곧이어 분노한 잰시스도 순간적으로 루카의 목을 한 손으로 움켜쥐었다.

"루카…… 내가 봐주는 건 여기까지라고 했지……. 그만 끼어들라고 했지……!"

"컥…… 커컥……."

이성을 잃은 잰시스가 루카의 목을 더욱더 세게 움켜쥐며 루카를 점점 벽으로 몰아붙였다. 잰시스의 힘에 밀려 루카는 점점 뒷걸음질 치다가 결국 막다른 벽에 부딪히고 말았다.

'안 돼……. 안 돼……. 잰시스가 정말 나를…….'

숨이 점점 막혀와 이러다 정말 목이 졸려 죽을지도 모른다는 공포감이 엄습해 왔다. 루카는 잰시스를 뿌리치기 위해 안간힘을 썼다. 그녀는 벽의 반동을 이용해서 죽을힘을 다해 한쪽 발로 잰시스의 배를 찼다. 동시에 벽에 있는 포털에 손을 얹고 잰시스가 알아들을 수 없는 말로 목적지를 말했다. 루카는 포털을 타고 만일의 상황을 대비해서 미리 만들어둔 그녀의 은신처로 사라졌다.

"루카…… 루카……!"

피가 거꾸로 솟은 잰시스가 짐승처럼 포효하며 이미 루카가 떠나버린 포털 입구를 미친 듯이 주먹으로 내리쳤다. 누군가 그들을 VIP실 화장실에서 지켜보고 있으리라는 것은 꿈에도 상상하지 못한 채.

Chapter 14

금지 구역

포털 경진 대회 결승전 당일, 뤼벤 호텔 1호점

"여러분! 저 좀 도와주세요!"

한솔이 큰 소리로 외치자 영원히 잠들어버린 에밋 주변에서 슬퍼하고 있던 사람들이 눈물범벅인 얼굴을 하고 한솔을 쳐다보았다.

한솔은 외계에서 온 아무 힘도 없는 아이일 뿐이었다. 그런 자기가 혼자서 어딘지도 모르는 곳에 들어가 은비를 찾는 것은 불가능하다고 생각했다. 그래서 이미 뤼벤 컴퍼니에 한번 다녀온 외계 행성 사람들과 호텔 직원들, 그리고 클로네에게 도움을 청하기로 한 것이다.

"은비가…… 지금 위험에 처했을지도 몰라요."

한솔은 그 말을 뱉으면서도 밀려오는 두려움에 습관처럼 입술을 잘근잘근 깨물었다.

"뭐? 한솔, 그게 무슨 소리야?"

깜짝 놀란 토비아스 요정 하나가 한솔 곁으로 재빨리 날아오며 물었다.

"제가…… 방금 뤼벤 컴퍼니에서 우연히 어떤 이야기를 들었어요……."

한솔은 뤼벤 컴퍼니에서 남자와 여자가 거칠게 싸우면서 외계 행성 사람들이 시간을 모두 빼앗겨 영원히 잠들어 깨어날 수 없을지도 모른다고 했던 말을 전했다. 이야기를 듣는 모두의 낯빛이 어두워졌다. 외계에서 온 사람들은 특히 더 심각했다.

"흠…… 그건 좀 이상한데?"

이야기를 가만히 듣고 있던 외계 사람 하나가 고개를 갸우뚱하더니 한솔의 말을 끊으며 말했다.

"여기에 있는 사람들 거의 다 뤼벤 컴퍼니에 다녀온 사람들이야. 다들 여기에 무사히 돌아왔잖아? 난 오히려 엄청나게 신기하고 재밌는 경험을 하고 왔는데?"

"그래 맞아, 나도."

"저도요!"

뤼벤 컴퍼니에 다녀온 사람들이 하나같이 고개를 끄덕이며 말했다.

"맞아. 뤼벤 컴퍼니의 엄청 높은 사람인 것 같았는데…… 잰시스라는 사람이 나에게 잊지 못할 체험을 시켜줬어. 어떤 방에 들어갔는데 엄청나게 푹신한 침대가 커다란 캡슐 안에 들어가 있는 거야! 거기에 누워서 미아미아 나무숲에 가는 상상을 했는데, 정말 진짜 같더라고! 실제로 내가 그곳에 가있는 느낌이었어."

"아아, 맞아요 거기! 저도 다녀왔어요! 엄청 복잡한 길을 따라갔었어요. 첨엔 약간 무섭기도 했는데, 막상 다녀오니 너무 좋더라고요."

"나도 기억난다! 그…… 지하실 같은 곳 말하는 거지? 첨엔 나도 좀 으스스한 곳으로 데려가길래 무서웠는데 기밀 사항이라서 그랬던 거 같더라고."

외계 행성 사람들이 입을 모아 말했다. '지하실'이라는 단어에 한솔의 귀가 번쩍 뜨였다. 그런데 뤼벤 컴퍼니에서 들은 바로는 분명 사람들을 '가둬둔다'라고 했었는데…… 호텔 사람들은 모두 무사하다. 이상한 일이다. 한솔은 뭔가 가려운 곳이 있는데 어딘지 찾지 못하는 찝찝한 느낌이었다.

그때 한솔은 불현듯, 그가 뤼벤 호텔 1호점의 마지막 손님이라는 사실이 떠올랐다.

"뤼벤 호텔…… 2호점이 있다고 했죠?"

한솔은 처음 그가 이곳을 방문했을 때 에밋이 했던 말을 떠올렸다. 분명 한솔이 1호점의 마지막 손님이고, 그다음 손님들은 2호점으로 간다고 했다. 2호점 음식이 좀 아쉽다고 했던 말도 어렴풋이 기억났다.

"당연하지! 여기서 엄청 가까워!"

한솔 주변을 빙빙 돌던 토비아스 요정 하나가 말했다. 그 말에 호텔 사람들 모두가 눈을 동그랗게 떴다가 이내 초조한 표정으로 서로를 바라보았다. 모두 같은 생각을 하고 있었다. 뤼벤 호텔 2호점에 가봐야 한다.

한솔과 호텔 사람들은 다 같이 손을 잡고 벽난로 앞에 서서 외쳤다.

"뤼벤 호텔 2호점!"

● ● ●

예상대로 뤼벤 호텔 2호점은 텅 비어있었다. 그렇다고 모두 자신들이 살던 행성으로 돌아간 것 같지는 않았다. 그들이 사용하던 짐들과 이부자리, 누군가 먹다 남긴 채 한참 시간이 지난 것 같은 삐쩍 마른 음식들, 각종 기념품이 여기저기 널브러져 있었다. 고요한 폭풍 하나가 휩쓸고 지나간 모습 같았다.

그 모습을 보고 나서야 1호점 사람들은 한솔의 말을 믿을 수 있었다. 그들도 자칫하면 그 지하실에 갇혀서 나오지 못했을 수도 있다고 생각하니 온몸에 소름이 돋았다. 한솔 또한 믿고 싶지 않았던 광경을 눈으로 목격하고 나니 등줄기가 서늘해졌다.

"모두 이리 모여보세요!"

한솔이 넋이 나가있는 1호점 사람들을 한데 불러 모으며 말했다. 직접 잰시스의 이야기를 엿들은 자신이 무엇이라도 해야 한다는 생각이었다.

"여러분이 방문했던 그곳, 어떻게 갔는지 기억할 수 있겠어요? 기억나는 건 뭐든 좋아요!"

한솔이 바닥에 널브러진 종이를 한 장 들고 테이블에 앉으며 물었다. 한솔은 지푸라기라도 잡는 심정으로 이미 그곳에 다녀왔던 사람들의 기억을 조합해서 지하실에 어떻게 몰래 들어갈지 작전을 세울 심산이었다.

"너무 복잡한 길이라 잘 기억이 나질 않는데……."

"그래도 해보자! 거기에 2호점 사람들, 그리고 은비까지 갇혀서 못 나오고 있는 상황인지도 모르잖아!"

호텔 사람들이 웅성웅성했다. 그들은 결국 여럿이 기억을 더듬으면 뭐라도 나올 거라는 희망으로 머리를 맞대고 당시의 기억을 떠올리기 시작했다.

"일단, 잰시스라는 사람이 한 번에 그곳으로 가지는 않았어. 굉장히 고급스러워 보이는 사무실에서 지하실로 갔다가 그 이

후에 포털을 통해서 어떤 방에 들어갔어. 그다음엔 엄청 복잡한 미로 같은 길을 통과해서 그곳에 도착했거든. 어디 보자…… 내 기억으론 최소 열다섯 번 이상은 옮긴 거 같아."

한 사람이 머리를 갸우뚱하며 손가락을 하나, 둘, 셋 접으면서 말했다.

"아냐, 열아홉 번이야. 그건 내가 확실히 기억해. 그렇게나 복잡하게 여러 개 입구를 통과해서 어디론가 데려가는 게 처음엔 약간 경계가 되기도 하고, 좀 무서운 기분이 들어서 어떻게 이동하는지 손가락으로 세어봤거든."

"열……아홉 번이라고요?"

열아홉 번 이동해야 한다는 말을 들은 한솔이 쉽지 않겠다고 생각하며, 종이에 '지하실 도착 후 포털 이동. 복잡하게 열아홉 개 입구 통과'라고 썼다.

"그 입구를 어떻게 통과했어요?"

한솔은 사람들이 열아홉 번의 이동을 최대한 기억하길 간절히 바라며 물었다.

"가만있자, 입구마다 무슨 그림이 있었는데 말이야……."

"맞아요. 그리고 처음에 그 방에 딱 도착했는데 사방이 거울로 되어있었어요. 손잡이로 열어야 하는 입구가 아니라 공간이 뚫려있어서 그냥 지나갈 수 있었는데, 거울로 되어 있다 보니 입구가 어디 있는지조차 바로 알기 어려웠어요. 처음엔 굉장히 당황스러웠죠. 그런데 그 남자가 입구 위쪽에 있는 무슨 표식을 확인하면서 길을 찾는 것 같더라고요. 숫자도 있었고 기호 같은 것도 있었고요."

"사실 너무 이리저리 이동해서 가는 바람에 뭘 봤는지, 어떤 길로 갔는지 전혀 기억이 안 나. 처음엔 신기해서 두리번거리다가 그 사람 뒤만 졸졸 따라다녔거든."

"근데 그 길, 잰시스도 엄청 익숙한 길은 아닌 것 같지 않았어요? 중간중간 지도 같은 것을 펼쳐서 확인하는 걸 봤어요."

"당연하지. 그런 복잡한 거울 방이라면 아무리 설계한 사람이라도 절대 쉽게 지나가지 못하겠던데. 그도 지도든 뭐든 필요했겠지."

"흐음……."

사람들의 설명을 들은 한솔은 짧은 한숨을 쉬며 골똘히 생각에 잠겼다. 이야기를 들을수록 점점 그곳에 몰래 들어가 갇혀 있는 사람들을 데리고 빠져나온다는 게 불가능한 일인 것 같았다. 정말 사람들의 말을 종합해서 얻은 정보로 해볼 만한 모험일까? 아니면 차라리 사람들을 더 많이 모아 뤼벤 컴퍼니에 무작정 쳐들어가는 게 나은 것일까? 한솔은 도통 판단이 서질 않았다.

"우리 이러지 말고 각자 종이에다가 뭐라도 기억나는 걸 적어볼까? 순서대로 적어보면 더 좋을 거 같고 말이야. 다른 사람이 말하는 거 들으면 괜히 헷갈린다고."

　그때 외계 사람 하나가 제안을 던졌다. 그 말에 모두 고개를 끄덕이며 일제히 종이를 들고 그림을 그리기 시작했다. 포르탈에서는 낯설기만 한 사각사각 글씨 쓰는 소리가 호텔 안을 가득 채웠다.

　"다 썼지?"

　글씨 쓰는 소리가 잦아들자 한 남자가 말했다. 다른 이들이 간절한 표정으로 고개를 끄덕였다.

　"하나, 둘, 셋!"

　예상대로 모두가 적어낸 그림은 제각각이었다. 그러나 다행스럽게도 얼추 비슷하게 기억하고 있는 듯했다. 똑같이 겹치는 그림과 숫자들도 있었다. 이것만으로 정확한 길을 찾기는 어렵겠지만, 한솔은 지푸라기라도 잡는 심정으로 사람들이 적어낸 그림을 종이에 옮겨 적었다.

　"또 기억나는 거 있으세요?"

　한동안 사람들이 말이 없자 한솔이 물었다. 이 정도면 충분한 걸까?

　"그렇지! 마지막에 돌문 앞에 도착했는데, 그 대표가 직원 카드 같은 걸 댔어. 그랬더니 문이 열렸어."

　"네네! 그리고 그 사람은 들어가지 않았어요. 그냥 저한테 자기는 질리게 체험해 봤으니 혼자 가보라고……. 맘에 드는 침대로 가면 된다고 했어요."

"헉, 그 대사 나한테 했던 말이랑 완전 똑같네!"

사람들은 속은 것이 분한 듯, 점점 열을 냈다.

"맞아! 나올 때는 어느 순간 상상 속 세상이 없어지길래 들어왔던 문으로 다시 걸어갔더니 자동으로 문이 열렸어. 그런데 그 앞에 그 사람이 떡하니 서있더라고!"

"아 그래? 나는 문 앞으로 갔더니 자동으로 문이 열리길래 밖으로 나가서 잰시스를 좀 기다렸어. 길을 몰라서 혼자 더 이상 가지는 못하고 한참 기다리고 있었는데 잰시스 말고 다른 직원 한 명이 헐레벌떡 뛰어오더라고."

"흠…… 들어갈 때는 직원 카드가 필요했고, 나올 때는 문이 자동으로 열렸다는 거죠?"

한솔이 사람들의 말을 되새기며 말했다. 다행히 나올 때는 문이 자동으로 열리는 것 같다. 직원 카드만 있으면 일단 들어가고 나오는 것은 가능하다. 한솔은 이 정도면 해볼 만하다는 쪽으로 생각이 기울었다. 그는 종이에 '직원 카드 필요'라고 쓴 후 펜으로 종이를 톡톡 치며 생각에 잠겼다.

'직원 카드라……. 뤼벤 컴퍼니 직원 카드를 어떻게 구하지?'

"한솔, 일단 직원 카드를 구하려면 클로네한테 연락해 봐야 하지 않을까?"

외계 사람의 말에 한솔도 고개를 끄덕였다. 그들이 아는 사람 중에서 직원 카드를 구할 만한 사람은 클로네밖에 없다. 그리고 클로네가 포털 경진 대회 결승전 광장에서 지하실에 대해 언급했던 것도 선명히 떠올랐다.

'……뤼벤 컴퍼니 지하실도 안 돼요. 거기는 새로운 포털을 테스트하는 곳이라서 일반인들은 출입 금지거든요…….'

'그래, 클로네라면 지하실에 대해서 뭔가 아는 게 있을 수도 있어.'

한솔은 서둘러 포털 메신저를 통해 클로네에게 메시지를 보냈지만, 한참을 기다려도 클로네와는 연결이 되지 않았다. 한동안 고요한 정적만이 호텔 안을 감쌌다. 한솔은 더 이상 클로네를 기다리느라 시간을 허비할 수는 없다고 생각했다. 지금 이 순간에도 은비가 점점 더 위험에 빠질지도 모르는 일이다.

"한솔, 일단 우리가 모을 수 있는 정보는 거의 다 모은 것 같아. 언제까지고 클로네를 기다리고 있을 수는 없어……. 다 같이 가서 문을 부수든 어쩌든, 구하러 가보자!"

마침 한 남자가 자리에서 벌떡 일어나더니 굳은 결심을 한 듯 결연하게 말했다. 다른 사람들도 고개를 끄덕였다. 그러나 그들을 바라보던 한솔은 이내 고개를 절레절레 저었다.

"아니에요, 저 혼자 다녀올게요. 이렇게 많은 인원이 한꺼번에 갔다가는 바로 들키고 말 거예요. 다들 위험에 처할 수도 있고요. 그리고 무엇보다 은비는 저의 가장 소중한 친구니까……

제가 찾으러 가는 게 맞아요. 다들, 너무 감사해요. 혹시나 제가 너무 늦게까지 오지 않는다면…… 그다음 일을 부탁드릴게요!"

한솔은 당차게 말해놓고도 그런 말을 내뱉은 자신이 어색하게 느껴졌다. 그는 지구에서 처음 전설의 책 낱장을 발견한 후 은비와 함께 캠핑장을 빠져나와 창고에서 잠을 자던 때를 떠올렸다. 그때만 해도 혹시나 지나가는 선생님께 들킬까 봐 전전긍긍하며 몇 번이나 가슴을 쓸어내리던 한솔이었다. 친구 하나 없던 소심한 그가 앞장서서 사람들을 모아놓고 홀로 출전 준비를 하다니. 지구에서는 상상도 못 했을 일이다.

한솔은 마음이 약해지기 전에 얼른 떠나야겠다고 생각하고 벽난로로 걸어갔다. 한솔이 벽난로에 티켓을 내밀고 이동하려는 순간, 토비아스 요정 하나가 날쌔게 달려와 그를 막았다.

"한솔, 은비를 찾아다니다가 혹시나 위험한 순간이 생기면 포털 앞에서 이 말을 외쳐. 뤼벤 호텔로 다시 돌아오는 건 위험할 수도 있어."

요정이 한솔에게 작은 종잇조각 하나를 건네주며 말했다. 의미를 알 수 없는 글자들이 적혀있었다.

"이게 무슨 말이에요?"

"우리 토비아스 요정들의 집 이름이야. 아무나 오지 못하도록 일부러 이름을 어렵게 지어놓았어. 미아미아 나무숲은 일반 사람들에겐 금지 구역이지만 우리들에게는 집이거든. 우리가 작은 일이라도 도울게! 그리고…… 이것도 가져가. 혹시 필요할지도 몰라."

요정이 그 작은 손으로 사람 손바닥만 한 상자 하나를 건넸다. 상자를 열어본 한솔이 가벼운 미소를 지었다. 한솔은 손가락으로 요정의 머리를 쓰다듬어 주었다. 어떻게든 도와주려는 이 작은 생명체들의 마음이 너무 고마웠다. 한솔은 혼자였지만 용기가 났다. 이 작은 요정들도, 그리고 잠들어있는 에밋도…… 한솔을 응원해 줄 것이다.

한솔은 직원 카드를 구할 수 있는 방법을 골똘히 생각했다. 그리고 곧, 방법은 하나뿐임을 알았다.

●●●

"저…… 잰시스……라는 분을 만나러 왔어요."

한솔이 도착한 곳은 뤼벤 컴퍼니 입구였다. 직원 카드를 어떻게 구할지 고민하던 한솔은, 다른 직원의 카드로는 지하실 문을 열 수 없을지도 모른다는 생각이 들어 정면 돌파를 결심했다. 잰시스를 직접 만나기로 한 것이다. 한솔은 너무 긴장되어 옷매무새를 가다듬고 가져왔던 전설의 책 낱장이 잘 있는지 확인하며 뤼벤 컴퍼니 직원에게 물었다.

"잠시만요, 성함이 어떻게 되시죠?"

뤼벤 컴퍼니 직원이 미소를 가득 띤 얼굴로 한솔에게 물었다.

"조한솔이라고 합니다. 전설의 책 종이를 전달하는 건으로 초대받아 왔어요⋯⋯."

한솔은 거짓말이 들키지 않도록 최대한 자연스럽게 이야기하고 싶었으나, 그의 말투에서 어쩔 수 없는 긴장감이 묻어났다. 캠프장 창고 안에서 선생님이 오나 안 오나 긴장했을 때처럼 손에 땀이 가득 찼다. 그렇다. 한솔은 잰시스를 만나서 제 발로 지하실에 따라갈 계획이었다.

"아, 그렇군요! 잠시만 기다리세요!"

전설의 책 이야기에 직원의 얼굴에 더욱 화색이 돌았다. 그는 곧바로 잰시스에게 메시지를 보냈다. 한솔은 초조하게 잰시스의 응답을 기다렸다. 잰시스가 약속한 적 없다고 할 텐데⋯⋯. 날 만나지 않겠다고 하면 어쩌지⋯⋯. 한솔의 머릿속에 자꾸 부정적인 상황들만 떠올랐다.

"음⋯⋯ 혹시 약속 시간을 착각한 거 아니세요? 오늘은 일정이 없다고 하는데요?"

역시, 걱정했던 답변이 되돌아왔다. 한솔은 이렇게 시도도 못 해보고 끝나는 건가⋯⋯ 하는 생각이 들었다. 뭐라고 둘러대야 하지⋯⋯. 한솔의 얼굴이 빨갛게 달아오르기 시작했다.

"분명히 초대받았는데⋯⋯. 아! 제 친구 은비가 이미 만나고 있는 걸로 알고 있어요! 제가 조금 늦어서⋯⋯."

"아하! 네, 잠시만요. ······잰시스, 그러니까 이분 친구분이 은비 님라고······. 네네, 원래 같이 초대를 받으신 것 같은데요? 네, 그렇게 하겠습니다! 조한솔 님, 잰시스가 올라오라고 하네요. 여기 앞에 서주시면 이동시켜 드리겠습니다."

직원이 발바닥 모양이 음각으로 새겨져 있는 네모난 돌 위로 한솔을 안내했다. 다행인지 불행인지 잰시스가 한솔을 만나려는 모양이다. 돌 위에 올라서자 한솔은 순식간에 어떤 낯익은 방에 도착했다. 한솔이 화장실에 몰래 숨어서 남자와 여자의 다툼을 지켜봤던 바로 그 방이었다.

한솔의 눈앞에 한 남자가 서있었다. 여자의 목을 졸랐던 그 남자 잰시스였다. 한솔은 순간 자신이 목격했던 남자의 잔인한 모습이 떠올라 주먹을 꽉 쥐고 말았다.

"어서 오세요, 조한솔 군! 먼 길 오느라 정말 수고 많으셨습니다. 잰시스라고 합니다."

잰시스가 더 없이 사람 좋은 미소를 지으며 한솔에게 손을 내밀었다. 루카의 목을 졸르던 모습과는 180도 다른 친절하고 부드러운 모습에 한솔은 소름이 돋았다. 게다가 일말의 죄책감도 비추지 않고 이렇게 태연하게 외계 행성 사람을 맞이하다니.

잰시스의 두 얼굴을 마주한 한솔은 들어오기 직전까지도 떨리고 망설이던 마음이 순간 호수처럼 잠잠해지는 것을 느꼈다. 잰시스의 뒤를 따라가서 은비와 사람들을 반드시 구하리라. 혹시나 중간에 들키게 되면 그를 때려눕히든 어쩌든 무슨 수를 써서라도 사람들을 데리고 나오겠다고 마음먹었다.

"아…… 안녕하세요? 저는 은비 친구 조한솔이라고 합니다. 잠깐 밖에 나가있었는데 저랑 은비를 같이 불렀다고 들어서요."

한솔은 잠시 머뭇거리다가 손에 가득 찬 땀을 바지에 쓱 닦고는, 어쩔 수 없이 잰시스의 악수를 받았다. 최대한 그럴싸한 말들을 조심스레 골라 둘러대며 잰시스에게 인사말도 건넸다.

"제가 요즘 너무 정신이 없어서……. 이렇게 귀한 손님을 초대한 것도 깜빡한 모양입니다. 정말 죄송합니다."

잰시스는 약속을 잊어서 미안하다는 듯 난처한 표정을 지으며 붙잡은 한솔의 손등을 몇 번 툭툭 다독였다.

"여기…… 책장 가져왔어요."

더 이상 잰시스의 손을 계속 잡고 싶지 않았던 한솔은 자기 손을 쓱 빼낸 후, 가방에서 전설의 책 낱장을 꺼내 잰시스에게 내밀었다.

"감사합니다! 한솔 군 덕분에 저희 포르탈이 한 단계 더 발전하게 되겠군요! 여기까지 오시게 해서 정말 죄송하고 또 감사합니다."

잰시스가 책장을 받아 들며 대답했다. 책장을 들여다보는 그의 표정에 여러 가지 생각이 스쳐 지나가는 듯했다.

"잠깐 여기 앉으시죠. 한솔 군, 그런데…… 좀 더우신가요?

얼굴이 상당히 빨간 것 같은데…….'

"네? 아, 아니에요! 괜찮습니다. 저희를 이곳으로 부른 분을 만난다고 해서…… 제가 너무 긴장했나 봐요!"

한솔이 테이블 위에 놓인 물을 꿀꺽꿀꺽 들이켜며 대답했다. 거짓말을 내연하게 하는 것에는 별 재수가 없는 한솔의 얼굴은 좀 전부터 계속 벌겋게 달아오른 상태였는데, 잰시스의 눈에 띌 정도로 티가 났던 것 같다. 잰시스의 말에 한솔의 얼굴은 더욱 달아오르고 말았다.

"하하, 다들 그렇게 말씀하십니다. 나쁜 사람은 아니니 너무 경계하지 않으셔도 돼요. 한솔 군을 이곳에 모신 이유는…….' 잰시스는 한솔이 우연히 발견한 그 종이가 포르탈에서 아주 중요한 전설의 책의 일부분이라는 설명과 함께 포르탈에 있는 동안 최고로 모시겠다고 이야기했다. 그는 한솔이 사는 행성에서는 할 수 없는 다양한 경험을 하며 즐거운 여행을 하고 되돌아가도 몇 시간밖에 안 지났을 것이니 너무 걱정하지 말라는 말도 덧붙였다.

"여기까지 오셨는데, 제가 직접 회사 구경 좀 시켜드리겠습니다.'

드디어, 때가 왔다. 잰시스가 한솔을 은비가 갇혀있는 그 지하실로 데려갈 것이다. 긴장한 탓에 한솔의 이마와 콧등에 땀방울이 송골송골 맺혔다. 한솔은 잰시스가 눈치채지 못하도록 머리를 만지는 척하며 땀방울을 쓱 문질러 닦았다. 잰시스는 다른 사람들에게 이야기한 것과 똑같이 뤼벤 컴퍼니의 신기술이 개발되고 있는 가장 중요한 곳을 구경시켜 주겠다고 했다. 포르탈 사람들에게는 비공개이나 특별히 다른 행성에서 온 사람들에게만 보여드리고 있다는 말도 잊지 않았다.

"그럼, 지금 바로 구경하러 가실까요? 은비 양은 좀 전에 와서 이미 구경하고 계십니다."

한솔이 이렇다 할 반응이 없자 잰시스가 다시 한번 한솔에게 말했다. 아닌 척하고 있었지만 잰시스의 다급함이 느껴졌다. 한 사람이라도 빨리 그곳에 가둬버리고 싶은 마음일 것이다. 특히 포르탈과 시간차가 많이 나는 지구에서 온 한솔이라면 더더욱.

"네! 좋습니다. 너무 궁금하네요!"

한솔이 힘차게 대답하자 잰시스가 만족스러운 표정으로 한솔의 손을 끌어 문 앞으로 데려갔다.

"뤼벤 컴퍼니 지하실."

곧이어 잰시스가 외쳤고, 한솔과 잰시스는 뤼벤 컴퍼니 지하실 입구에 도착했다. 어두컴컴한 지하실의 바닥은 울퉁불퉁한 돌로 만들어져 있었는데, 꽤 오랜 기간 동안 사람들이 밟고 다녔는지 군데군데 표면이 바래 반질반질했다.

괜히 이색한 공기에 한솔이 "큼큼!" 하고 헛기침하자 공명이 일었다. 사람 키의 세 배 정도로, 지하실치고는 상당히 층고

높았는데, 이 공간을 몇 개의 조명이 가까스로 빛을 밝히고 있었다. 환기가 잘 안 되는지, 기분 나쁜 축축한 곰팡내 같은 것이 한솔의 코끝에 맴돌았다.

기다란 복도 옆으로 여러 개의 문이 보였다. 아무래도 신규 포털들을 테스트하는 연구실인 것 같았다. 안쪽에는 사람들이 없는지 말소리 하나 들리지 않았다. 복도 끝으로 벽이 하나 보이는 것 외에 주변에는 아무도, 아무것도 없었다.

한솔은 사람들을 구한 후 되돌아올 것을 대비하여 지하실부터 사람들이 갇혀있는 방까지 이동하는 시간을 가늠해 보기로 했다. 잰시스가 완전히 사무실에 도착했을 만한 시점에 사람들을 몰래 빼내어 왔던 길을 되돌아갈 계획이었다. 한솔은 무심코 자신의 왼쪽 손에 차고 있는 손목시계를 내려다보았다.

'이런 멍청이! 포르탈의 시계를 가져왔어야지!'

지구에서 가져온 한솔의 손목시계는 움직임이 미미해, 한솔이 포르탈에 도착한 이후 지금까지 겨우 시침이 세 칸 움직였을 뿐이었다. 지구에서 가져온 손목시계는 하루에 30분밖에 움직이지 않을 것이라고 했던 클로네의 말이 한솔의 머릿속에 떠올랐다.

'어쩔 수 없지. 최대한 눈으로 익히고 마음속으로 시간을 재보는 수밖에……'

한솔은 시작부터 바보 같은 실수를 한 자기 머리를 쥐어박고 싶은 심정이었지만, 이미 엎질러진 물이었다.

'이다음엔 거울의 방을 열아홉 번 이동하겠지.'

한솔은 주변을 빠르게 둘러보며 지하실의 모습을 눈에 새겼다. 어디에 어떤 그림의 문이 있는지도 확실히 기억해 둬야 한다.

"워낙 기밀 사항이라서 일부러 가는 길을 좀 복잡하게 만들어뒀습니다. 제가 직접 모시고 갈 것이니 걱정은 마세요. 이 벽을 통과하면 굉장히 신기한 공간이 나오고 꽤 복잡한 길을 가게 될 겁니다. 겁먹지 마시고 제 뒤만 잘 따라오세요!"

잰시스가 한쪽 눈을 찡긋하고는 복도 끝에 있는 벽을 가리키면서 말했다.

"뤼벤 컴퍼니 지하실 거울 방 5번 입구."

잰시스가 벽에 손을 얹고 외치자마자 한솔의 눈앞에 또 다른 자신의 모습이 보였다. 그가 좌우로 고개를 돌리자 사방에 자신과 잰시스의 모습이 끝도 없이 펼쳐져 있었다. 사람들이 이야기했던 거울의 방이다. 이미 예상하였음에도 막상 거울의 방에 들어와 있으니 순식간에 공간감이 사라지면서 극도로 혼란스러웠다. 한솔은 간신히 정신을 집중하여 사람들이 말한 그림들을 찾기 시작했다. 그때, 한솔의 눈앞에 '5'라고 쓰인 입구가 보였다.

자세히 보니 놀랍게도 그곳에는 입구가 한 개만 있는 것이 아니었다. 잰시스와 한솔은 육가기둥 모양의 거울 방에 들어와 있었고, 여섯 개의 면에 똑같이 생긴 입구가 각각 뚫려있었다.

입구 위쪽에는 제각기 다른 숫자들이 쓰여있었다. 자칫 잘못된 곳으로 나가게 되면 이상한 공간으로 빠져버릴 수도 있는 구조였다. 한솔은 더욱 정신을 바짝 차리고 잰시스의 움직임을 주시했다.

잰시스는 '37'이라고 쓰여진 입구로 이동했다. 그들이 37번 입구를 통해 들어간 곳은 거울로 된 또 다른 육각기둥 방이었다. 지하실은 마치 벌집처럼 육각기둥 공간이 촘촘하게 엮인 구조였다. 잰시스는 호텔 사람들의 말과는 달리 지도도 보지 않고 망설임없이 다른 방으로 걸어갔다. 그는 이미 이 복잡한 길을 외워버릴 정도로 숱하게 외계 사람들을 데리고 갔던 것이다.

'37, 동그라미 다섯 개, 오른쪽 대각선 화살표……'

한솔은 머릿속으로 지나쳐온 방의 그림들을 복기했다. 이 그림들을 잘 기억해 둬야 나중에 다시 되돌아올 수 있다는 생각에 정신을 바짝 차렸다. 한솔은 잰시스가 눈치채지 못하도록 펜을 꺼내 뒷짐을 지고 손바닥에 그림을 그리기 시작했다.

"왜 그러시죠?"

앞장서서 가던 잰시스가 한솔의 인기척을 느끼고는 갑자기 획 돌아보며 말했다. 그 바람에 한솔은 깜짝 놀라 얼른 펜을 뒷주머니에 끼워 넣었다. 손도 주머니에 넣으려고 했지만, 미처 다 끼워 넣지 못한 채 어정쩡한 상태가 되고 말았다. 깜짝 놀란 한솔의 손이 덜덜 떨리고 마른침이 자꾸만 목구멍으로 넘어갔다.

"아아, 그게…… 저…… 뭔가 굉장히 복잡한 길을 잘 지나가시길래 신기해서요……."

한솔이 당황한 기색을 감추지 못하고 기어들어 가는 소리로 대답했다.

"아 네, 저야 종종 지나다니는 길이니까요. 한솔 군은 봐도 뭔지 잘 모르실 거예요."

잰시스가 대수롭지 않게 대답하며 다시 앞을 보고 지나갔다. 한솔은 소리 없이 안도의 한숨을 '휴' 하고 쉬었다. 한솔은 아직 문양들을 다 적지 못했는데 잰시스에게 들키는 바람에 자꾸만 조바심이 났다.

잰시스와 한솔은 총 열아홉 번의 입구를 거쳐 마지막 방까지 이동했다. 이동 시간은 다 합쳐봤자 15분 안팎의 짧은 시간이었지만 한솔은 길을 체크하랴, 손바닥에 메모하랴 긴장을 잔뜩 해서인지 영겁의 시간을 거친 것만 같은 기분이었다.

기억조차 할 수 없을 정도로 기나긴 미로 같은 길을 이동한 그들은 드디어 마지막 방에서 빠져나왔다.

"이쪽입니다."

한솔은 곧 거대한 돌문 앞에 섰다. 언뜻 보면 그냥 벽인 줄 알고 지나칠 정도로 주변 벽과 비슷하게 생긴 문이었다.

"여기예요. 뤼벤 컴퍼니에서 개발 중인 새로운 체험관입니다. VIP들을 위한 공간인데, 새의 깃털로 만든 아주 푹신한 침대 위에 누워있으면 상상 속의 공간을 체험할 수 있도록 해주죠. 저도 숱하게 이용해 봤는데 정말 환상적인 체험이었어요."

재시스가 자신만만한 얼굴로 말했다.

"한솔 군, 저는 지겹도록 체험해 봤으니 즐거운 시간 보내고 오세요. 들어가면 맛있는 음식도 준비되어 있으니 편히 즐기시다가 비어있는 침대 위에 잠시 누워서 쉬다 오시면 됩니다. 아! 체험 중인 다른 분들을 건드리면 그분들께 방해되니 조심해 주세요. 저는 체험이 끝나는 시간에 맞춰서 다시 모시러 오겠습니다. 그럼 좋은 시간 되세요."

호텔 사람들이 일러준 것과 똑같은 대사를 읊은 재시스가 주머니에서 직원 카드를 꺼내더니 서서히 문 앞으로 발걸음을 옮겼다. 한솔의 시선이 그 직원 카드에 꽂혔다. 재시스가 직원 카드를 갖다 댄 순간, 거대한 돌문이 위이잉 하고 큰 소리를 내며 열렸다.

"감사합니다."

한솔은 재시스에게 가볍게 인사하고 열려있는 문 앞에 섰다. 들어가서 어떤 일이 벌어질지 아직 알 수 없는 한솔은 쉽게 발걸음이 떨어지지 않았다. 다시 한번 주먹을 꽉 쥐고 머릿속으로 주의 사항을 되뇌며 어떻게 행동해야 할지를 계속해서 시뮬레이션했다.

'일단 들어가서 아무것도 만지지 말자. 음식을 먹지도 말고. 특히 침대는 주의해야 해. 들어가서 얼른 사람들을 모두 깨운 다음, 잰시스가 자기 방에 도착할 만큼 잠시 기다렸다가 때가 되면 다 같이 몰래 빠져나오는 거야.'

드디어 한솔이 문 안쪽으로 발걸음을 옮겼다. 곧이어 돌문이 다시 위잉 소리를 내며 닫혔다. 이제 돌이킬 수 없다.

안으로 들어간 한솔은 자신의 눈앞에 펼쳐진 광경을 믿을 수 없었다. 문 안으로 들어오니 밖에서는 상상할 수 없었던 엄청나게 거대한 공간이 펼쳐졌다. 공간의 맨 끝을 가늠할 수 없을 정도로 어마어마하게 넓은 곳이었다. 둘러보니 아주 커다란 바가지를 덮어놓은 듯한 반구형의 공간이 매우 고급스럽게 꾸며져 있었다. 높은 천장에는 바티칸 대성당에서나 볼 법한 정교한 천장화가 그려져 있었고, 아주 값비싸 보이는 영롱한 크리스털 조명이 가득 달려있었다. 드넓은 바닥에는 부드러운 카펫이 깔려 모든 소리를 흡수하는 듯했고, 공간 가운데에는 아주 긴 테이블이 군데군데 놓여있었는데 화려한 꽃들과 먹음직스러워 보이는 음식들, 고급스러운 식기들이 올려져 있었다. 누가 봐도 아주 귀한 사람들을 모시는 공간처럼 보였다.

그러나 한솔을 놀라게 한 것은 이런 것들이 아니었다. 바로 그 긴 테이블 주변으로 어림잡아 백 개는 넘어 보이는 캡슐 침대가 열을 맞춰 설치되어 있었다. 윤기가 흐르는 보라색 벨벳 천을 누벼서 만든 캡슐 침대는 당장 누워서 그 보드라운 느낌을 맛보고 싶을 정도로 안락하고 멋진 디자인이었다. 만약 그도 이 지하실의 비밀을 알지 못했다면 놀라운 규모와 기술력에 박수를 보내며 푹신한 캡슐 침대 이곳저곳에 신나게 앉아보고 구경했을 것이다. 그러나 이곳의 비밀을 알고 있는 지금, 외계 사람들을 그저 도구로 사용하고 어떻게 되든 상관하지 않는 잰시스의 잔인함이 더욱 뼈저리게 다가왔다.

한솔은 서둘러 캡슐 안을 살피기 시작했다. 예상대로 사람들이 캡슐 침대 안에서 자고 있었다! 사람들은 미동도 없이 옅은 미소를 띤 채 잠들어있었다. 군데군데 누워있어서 확인하는 데만 해도 꽤 많은 시간이 걸릴 듯했다. 한솔은 은비가 보이지 않자 점점 초조해졌다. 한참을 뒤져보던 한솔이 캡슐을 절반쯤 확인했을 무렵, 낯익은 얼굴 하나를 찾을 수 있었다. 은비였다.

"은비야, 일어나! 신은비!"

한솔이 캡슐을 쾅쾅 치며 큰 소리로 은비를 불렀다. 그러나 은비는 아무런 반응도 없다. 한솔은 어서 이 캡슐에서 은비를 꺼내야 한다고 생각하고는 캡슐 주변을 살폈다. 어디엔가 이 캡슐을 열 수 있는 장치가 있을 것이다.

그때, 한솔의 눈에 캡슐 가장 윗부분에 위치한 손잡이 하나가 눈에 들어왔다. 그는 양손으로 손잡이를 잡고 캡슐 뚜껑을 힘껏 끌어 내렸지만, 무거운 캡슐 뚜껑은 꿈쩍도 하지 않았다. 한솔은 한참을 끙끙대다가 뚜껑 옆에 있는 작은 개폐 장치 하나를 발견했다. 그 개폐 장치 옆에는 빨간색으로 크게 엑스자 표시가 되어있었다. 한솔은 망설임 없이 개폐 장치를 열고 온 힘을 다해 무거운 캡슐 뚜껑을 끌어 내렸다.

위잉위잉위잉!

한솔이 손잡이를 당겨 캡슐의 뚜껑을 여는 순간, 엄청난 경보음이 울렸다. 그 소리에 은비가 깜짝 놀라 잠에서 깨어났다. 은비는 숨을 헉헉대며 자신을 바라보는 한솔의 모습을 놀란 토끼 눈을 하고 쳐다보았다.

"빨리! 여기서 나가야 해!"

한솔이 아직 비몽사몽인 은비의 팔을 쥐고 캡슐 밖으로 잡아 끌어냈다. 캡슐 안에 있는 다른 사람들은 경보음 소리에도 아랑곳하지 않고 계속 편안히 잠들어있었다.

'어떡하지? 어떡하지? 이 사람들을 다 구해낼 시간이 없어!'

짧은 순간 망설이던 한솔은 이내 눈을 질끈 감은 채 은비의 손을 잡고 문 쪽으로 뛰쳐나갔다.

'미안해요……, 미안해요. 꼭…… 반드시 다시 구하러 올게요!'

한솔의 눈에 순식간에 눈물이 차올랐다. 한솔은 남아있는 사람들을 당장 구하지 못하는 것이 너무 안타까웠지만, 다른 사람들까지 모두 구하려다 한솔과 은비도 꼼짝없이 갇히게 될지도 몰랐다. 한솔은 어떻게든 여기를 빠져나가 다른 사람들에게 알린 후 다시 그들을 구하러 오리라 생각했다.

"한솔아, 무슨 일이야, 조한솔!"

한솔의 손에 이끌려 따라 나온 은비가 여러 차례 이름을 불렀지만, 한솔은 아무 대답도 없이 입구에 섰다. 아직 잰시스가 사무실에 도착하지 않았을 수도 있다는 생각에 한솔의 심장이 미친 듯이 뛰었다. 경보음은 생각지도 못했는데……. 너무나 빨리 급박한 상황이 찾아왔지만, 이제는 무슨 수를 써서라도 도망가는 것 외에는 방법이 없다. 돌문이 열리고, 다행히 잰시스의 모습은 보이지 않았다. 이제부터는 최대한 빠르게 이곳을 빠져나가는 것이 관건이다.

한솔은 땅바닥에 손톱만 한 물체 하나를 던지더니 곧이어 미로 같은 길을 쉬지 않고 뛰어갔다. 은비는 자신의 눈앞에 펼쳐진 광경이 믿기지 않아 쩍 벌린 입을 다물지 못한 채 한솔의 손에 이끌려 뛰어갈 뿐이었다.

한솔이 던진 손톱만 한 물체는 바로 미아미아 나무 씨앗이었다. 사실 한솔이 호텔에서 나오기 직전, 미로 같은 길이라는 이야기를 듣고 토비아스 요정이 상자에 미아미아 나무 씨앗과 성장 가루를 담아주었다. 한솔은 이 미로 같은 길을 기억을 더듬어 찾아 나오는 것이 쉽지 않을 것이라 예상하고, 만일을 대비해 잰시스가 눈치채지 못하도록 길에 성장 가루를 조금씩 뿌리면서 뒤따라왔던 것이다.

한솔이 미아미아 나무 씨앗 하나를 던지자 씨앗이 데구루루 굴러가 성장 가루를 만나더니 마법처럼 금세 뿌리와 줄기가 돋아나기 시작했다. 미아미아 나무는 성장 가루가 뿌려진 길을 따라 빠른 속도로 뿌리를 뻗어댔고, 한솔은 미아미아 나무뿌리가 뻗는 방향을 따라 쉴 새 없이 달려갔다.

한솔과 은비는 왔던 길을 되짚어 한솔이 처음 잰시스와 함께 도착했던 뤼벤 컴퍼니 지하실 입구에 도착했다. 긴장한 데다가 전속력으로 뛰어오느라 체력이 바닥난 한솔은 가쁜 숨을 끊임없이 몰아쉬었다. 그는 가방에서 토비아스 요정이 준 종이를 꺼내 글자를 확인하며 겨우겨우 외쳤다.

"헉헉…… 펠레데…… 오라누라…… 켄이로데움 44!"

Chapter 15

작
전

어느새 포르탈은 칠흑 같은 어둠에 휩싸였다. 한솔과 은비는 미아미아 나무숲에 도착하자마자 널브러졌다. 온몸이 땀범벅이었고, 헉헉거리는 호흡은 진정할 줄을 몰랐다. 두 사람은 한참을 흙바닥에 누워 호흡을 가다듬었다

　이제 뤼벤 컴퍼니에서 은비가 사라진 것을 알았을 것이다. 이 상태에서 호텔로 다시 돌아가는 것은 위험하다고 생각한 한솔은 토비아스 요정들이 이야기했던 은신처로 이동했다.

　요정들의 은신처는 미아미아 나무가 둥글게 둘러싸고 있는 공간이었다. 아마도 높은 곳에서 내려다보면 이 공간만 구멍 난 듯 둥글게 피여있을 것이다. 이곳에는 여기저기에 앉을 수 있는 바위들이 놓여있었고, 사람이 들어가 쉴 수 있을 정도의 작은

나무집도 보였다. 타닥타닥, 작은 나뭇더미가 타들어가는 소리도 들린다.

"한솔! 은비!"

토비아스 요정 몇 마리가 깃털 담요를 들고 날아오며 외쳤다. 그중 하나는 호텔에서 한솔에게 은신처를 알려준 그 요정이었다.

"무사히 와서 정말 다행이야!"

요정이 한솔과 은비에게 담요를 덮어주고는 한솔의 손가락 하나를 꼭 끌어안았다. 한솔은 말없이 쓰다듬어 주었다.

"조한솔, 이제 이야기 좀 해줘. 어떻게 된 일이야?"

이제야 겨우 정신을 차린 은비가 숨을 고르고 있는 한솔에게 물었다.

한솔은 그동안 있었던 일들을 이야기해 주었다. '포털 경진 대회' 결승전에서 뤼벤 컴퍼니의 화장실로 우연히 이동해 잰시스와 루카가 싸운 걸 목격한 이야기, 호텔 2호점 사람들이 사라진 것을 알고 다 같이 힘을 모아 지하실에 대한 정보를 모은 이야기, 잰시스를 직접 만나 지하실로 가서 은비를 구한 것까지. 은비는 이 모든 일이 오늘 하루 만에 일어난 사건이라는 걸 믿을 수 없었다. 한솔의 이야기를 듣고 있던 은비는 계속 입을 다물지 못한 채 얼이 빠진 표정을 짓고 있었다.

"잰시스가 전설의 책 때문에 부른 거 맞지? 멋진 체험시켜

준다며 지하실로 데리고 간 거고."

한솔의 말에 은비가 말없이 고개를 끄덕였다. 은비는 그 친절했던 잰시스가 그런 일을 벌였다는 사실도 충격적이었지만, 아무런 의심 없이 그를 따라 나가 제 발로 캡슐 침대에 누웠던 자신의 바보 같은 모습에 한동안 머리를 쥐어뜯으며 괴로워했다.

"저…… 은비야. 아직 못다 한 이야기가 있어……."

한솔이 한참을 망설이다가 말을 꺼냈다. 에밋에 대한 이야기였다. 한솔의 이야기를 듣던 은비가 계속해서 머리를 좌우로 저었다. 믿고 싶지 않은 이야기였다. 혼이 나간 듯한 은비의 두 눈에 눈물이 가득 차올랐다. 그녀는 눈도 깜빡이지 않은 채 폭포수 같은 눈물을 쏟아냈다. 에밋이…… 영영 깨어날 수 없을지도 모른다니……. 곧이어 은비는 자신도 하마터면 에밋과 같은 길을 갈 뻔했다는 생각에 더욱 서럽게 울었다. 에밋에 대한 슬픔, 잰시스에 대한 분노와 두려움이 뒤엉켜 은비는 한동안 눈물을 멈출 줄 몰랐고, 한솔은 조용히 그런 은비에게 시간을 주고 기다렸다.

"흑, 우리…… 빨리 지구로 돌아가자. 롤러코스터로 다시 가 보자……. 엉엉……."

은비가 여전히 엉엉 울며 한솔에게 말했다. 마치 어린아이가 엄마에게 투정을 부리는 것처럼 한솔의 팔을 마구 흔들면서 말이다. 한솔은 말없이 고개를 저었다.

"은비야……. 그 지하실에 있는 다른 사람들 아직 못 빠져나왔어. 너는 정신없어서 제대로 못 봤겠지만, 다른 침대에도 사람들이 모두 잠들어있었어…… 경보음이 울리는 바람에 모두를 구하지 못하고 너만 데리고 나온 거야. 다시 그 사람들 구하러 가야 돼!"

한솔이 은비의 양쪽 어깨를 꽉 붙잡고 그녀의 눈을 똑바로 바라보며 말했다. 은비가 한솔을 알게 된 이후 처음 보는 단호한 모습이다.

"다시…… 구하러 가자고?"

"그 사람들 그대로 놔두고 갈 수는 없잖아. 우리가 빨리 가서 구해줘야……"

"난 못 가."

한참을 흐느끼던 은비가 울음을 뚝 그치더니 그녀의 어깨를 붙잡고 있던 한솔의 손을 뿌리치며 한 걸음 뒤로 물러섰다.

"못 구할 거야. 지구도 아니고, 도와줄 사람 하나 없는 이곳에서 우리가 무슨 수로? 더 큰 일을 당하고 말 거야."

예상 밖의 반응이었다. 당장 사람들을 구해야 한다며 한솔보다 앞장서서 뤼벤 컴퍼니로 쳐들어갈 태세를 갖출 것이라 생각했는데, 오히려 은비는 한솔의 눈을 피하며 뒷걸음질 치고 있었다.

"너 진심이야? 단 며칠이지만 우리랑 같이 지냈던 사람들이야."

"무서워."

"뭐?"

"혹시나 내가 잘못되면 우리 엄마는?"

"은비야, 그게 무슨……."

"그동안 아빠 없이 나랑 엄마가 얼마나 힘들고 외로웠는데, 나까지 잘못되면 우리 엄마 어떡해!"

떨리는 목소리로 말을 이어가던 은비가 갑자기 악에 받친 듯 울음을 토해내며 바닥에 주저앉고 말았다. 한솔도 토비아스 요정들도 그런 은비에게 한 걸음도 다가갈 수 없었다. 고요한 미아미아 나무숲에 은비의 울음소리만 한동안 울려 퍼졌다.

얼마나 시간이 지났을까. 은비의 흐느낌이 점차 사그라들며 그녀의 입에서 뜻밖의 이야기가 흘러나왔다.

● ● ●

아른아른한 달무리가 유난히 환상적인, 부슬비가 내리는 축축한 가을밤이었다. 갑작스레 쌀쌀해진 날씨에 겉옷을 미처 챙기지 못한 사람들이 하루 일과를 마치고 뜨끈한 국물에 술 한 잔을 걸치기 위해 포장마차로 모여들었다. 강변과 도로 사이에 자리 잡은 포장마차 몇 채에 오랜만에 활기가 돌았다. 성준은 썰렁한 양손을 마구 문지르다가 주황색 천막을 열고 들어오는 지훈을 발견하고 자리에서 벌떡 일어났다.

"김지훈! 여기! 빨리 빨리 안 들어오냐?"

"야 신성준! 이게 얼마 만이야! 너 왜 이렇게 늦었어?"

만나자마자 툴툴대며 인사를 주고받은 두 남자는 이내 서로의 어깨를 툭 치고 자리에 앉았다. 대학생 시절 둘도 없는 친구 사이였지만 각자 가정을 꾸리고 살아가다 보니 이제는 잠깐 얼굴 한번 보기도 쉽지 않다. 그저 무소식이 희소식이라는 생각으로 서로의 안녕을 빌어줄 뿐이었다. 오늘은 오랜만에 두 사람이 누군가의 아빠나 남편, 어느 회사의 과장님도 아닌 신성준과 김지훈으로 만나는 날이었다.

"벌써 은비가 열 살이던가?"

"응. 너무 빨리 큰다. 우리 와이프 닮아서 아주 천방지축이야. 얼마나 말을 안 듣는지 몰라."

지훈이 성준의 잔에 소주를 가득 채우며 묻자, 성준은 잔 입구에서 찰랑거리고 있는 소주가 흐를 새라 단숨에 술을 입안에 털어 넣으며 말했다.

"널 닮았겠지, 제수씨 탓하기는……. 그때가 좋은 줄 알아라. 우리 큰 아드님은 벌써 사춘기가 오셔서 얼굴 한번 보기도 힘들어."

"벌써? 어휴, 이제 은비가 열 살이라 다 키웠다고 생각했는데 갈수록 어려운 것 같아. 도대체 육아는 언제 끝나는 거야?"

"아이구야, 손님들 아직 한참 멀었수. 내 큰아들이 올해 마흔 둘인데, 아직도 육아가 안 끝났다우. 아마도 손님들이 백 살이 다 되어서 병상에 누워있을 때쯤에나 끝나려나? 끝없는 걱정일랑 말고 어묵탕 뜨끈할 때 얼른 드시우."

지훈과 성준이 주문한 어묵탕을 들고 오던 포장마차 주인이 두 사람을 놀리듯 장난스러운 말투로 그들의 대화에 슬쩍 끼어들며 말했다.

"하…… 사장님! 무슨 그런 끔찍한 소리를 다 하십니까."

"그만큼 끝이 없다는 거지."

포장마차 주인의 말에 얼굴이 잿빛으로 변하며 손사래를 치는 성준이 가소롭다는 듯, 지훈이 이미 체념한 말투로 말했다.

"에휴…… 애들 뒷바라지하려면 더 열심히 살아야겠어. 맞다! 너 얼마 전에 승진했댔지? 축하 인사도 제대로 못했다야."

"축하 인사는 무슨. 지금 이렇게 술 한잔하는 게 축하지 뭐. 그래, 제수씨는 어떻……."

콰쾅! 쾅!

지훈이 말을 채 끝내기도 전에 갑작스러운 굉음과 함께 순식간에 성준의 시야에서 지훈이 사라졌다. 바닥에는 지훈이 들고 있던 소주잔이 유리 파편이 되어 흩뿌려졌고, 테이블에서 쏟아진 음식들이 널브러졌다. 쓰러진 지훈의 머리에서 붉은 액체가 흘러나와 바닥에 흥건한 어묵탕 국물과 뒤섞였다. 여전히 포장마차 안을 밝히고 있는 주황색 조명 탓인지, 마치 연극 무대처럼 비현실적인 분위기가 공간을 에워싸고 있었다.

졸음운전 차량이었다. 도로 위를 비틀거리며 달리던 화물 트럭이 순간 방향을 잃고 포장마차로 돌진했다. 비가 내려 젖어 있던 도로 탓에 트럭은 더욱 속도를 내며 미끄러져 포장마차를 덮친 후 지훈과 성준이 앉아있던 테이블까지 정확히 덮쳤다.

"부, 불이야! 빨리 나가요!"

아수라장이 된 곳에서 누군가가 소리쳤다. 사고의 충격으로 포장마차 조리대가 엎어지며 가스불이 테이블보에 옮겨붙은 것이다. 다행히 직격탄을 피한 몇몇 사람들이 비명을 지르며 현장을 빠져나갔지만, 쓰러진 사람들을 미처 데리고 나올 수는 없었다. 엉겁결에 밖으로 빠져나온 성준은 지훈이 아직 현장에 남아있는 것을 인지하고 다시 포장마차로 몸을 돌렸다.

"애기 아빠! 가면 안 돼! 위험해!"

겨우 밖으로 빠져나온 포장마차 주인이 혼이 나간 성준을 붙잡으며 말렸다. 매몰차게 포장마차 주인을 뿌리친 성준은 부상을 입은 다리를 이끌고 포장마차로 다시 들어갔다.

"지훈아! 김지훈! 정신 차려!"

쓰러진 지훈을 발견한 성준이 이름을 부르며 지훈에게 손을 뻗으려던 순간이었다.

'펑!'

땅이 꺼질 듯한 폭발음을 신호탄으로 PVC 소재로 된 천막에 불이 붙으며 포장마차는 손쓸 새도 없이 화염과 검은 연기로 뒤덮였다. 성준과 지훈은 끝내 빠져나오지 못했다.

사고 당시 열 살이었던 은비는 한동안 불 옆에는 가지도 못했고, 포장마차와 비슷한 모양새만 봐도 이따금 패닉이 찾아왔다. 은비와 엄마는 현장에 있던 사람들의 증언을 통해 성준이 지훈을 구하기 위해 다시 포장마차로 들어갔다가 변을 당한 것을 알게 되었다. 은비의 엄마는 한동안 '거길 다시 왜 들어가서…… 다시 들어가지만 않았더라면…….'이라는 말을 끊임없이 되뇌며 성준을 원망했다. 은비는 그런 엄마의 모습을 보며, 앞으로 무슨 일이 생기든 나를 먼저 구하리라 다짐했다. 결국 끝까지 살아남아 가족의 곁에 있어주는 것. 그것이 아빠와 남편을 잃은 두 모녀에게 가장 중요한 가치였다.

●●●

은비의 이야기를 들은 한솔은 한동안 아무 말도 할 수 없었다. 한솔의 머릿속에 엄마가 일하러 나가서 알아서 밥을 해 먹어야 했다던 은비의 말이 떠올랐다.

"나 혼자 다녀올게."

긴 침묵을 깨고 한솔이 말했다. 지하실에서 잠들어있던 사람들의 얼굴을 보지 않았더라면 생각이 달라졌을까? 깊은 잠에 빠져 누워있던 사람들의 편안한 얼굴을 도저히 떨쳐낼 수 없었다.

"한솔아……."

한솔의 결연한 표정을 본 은비는 그의 생각을 되돌릴 수 없다는 것을 깨달았다. 은비는 질끈 눈을 감았다. 은비의 머릿속에 호텔에서 같이 음식을 나눠 먹고 서로의 행성에 대해 신나게 이야기를 나누었던 사람들의 얼굴이 아른거렸다. 한솔이 아니었다면 그녀도 지금쯤 깊은 잠에 빠져 깨어나지 못한 채, 죽을 때까지 그저 좋은 꿈을 꾸는 줄로만 알았을 것이다.

사람들을 그대로 놔두고 갈 수는 없다는 생각, 더 큰일을 당할지도 모른다는 두려움이 은비의 머리를 복잡하게 만들었지만, 한솔의 굳은 의지에 은비는 간신히 몸을 일으켜 한솔의 손을 꼭 붙잡았다.

"한솔 군? 은비 양……?"

그때 익숙한 목소리 하나가 한솔과 은비를 불렀다. 클로네였다! 클로네는 한솔과 은비를 발견하고는 끌어안고 있던 커다란 종이봉투를 내팽개치고 한솔과 은비에게 달려와 그들을 끌어안았다. 클로네가 내팽개친 종이봉투 안에서 갖가지 음식들이 굴러 나왔다.

"엉엉⋯⋯. 한솔 군, 은비 양⋯⋯. 제가 정말 정말 미안해요. 뒤늦게 호텔에 갔다가 소식을 들었어요. 이런 위험한 일을 혼자 겪게 하다니요. 엉엉!"

클로네가 숲이 떠나갈 듯 울면서 말했다. 그 바람에 겨우 눈물을 멈춘 은비가 클로네보다 더 큰 소리로 다시 울기 시작했다. 세 사람은 한동안 서로를 부둥켜안고 눈물을 흘렸다.

"클로네, 연락이 안 돼서 걱정했어요. 제가 메시지를 보냈었거든요."

한솔이 호텔에서 보낸 메시지에 응답이 없던 클로네를 생각하며 말했다.

"아, 맞아요. 실은 제가 급한 일을 처리하느라⋯⋯. 메시지를 너무 뒤늦게 확인했답니다."

클로네가 여전히 흐느끼며 말했다.

"한솔 군, 은비 양, 두 분에게 소개해 줄 사람이 있어요!"

클로네가 한솔과 은비를 안았던 팔을 풀며 말했다. 요정의 은신처에 또 다른 사람이⋯⋯? 한솔과 은비는 의아해했다. 그때 나무집에서 누군가 나오는 인기척이 들렸다.

"여러분⋯⋯ 정말 미안합니다⋯⋯."

한 여자가 곧 울음이 터질 듯한 얼굴로 쭈뼛쭈뼛하며 걸어 나왔다. 한솔은 한 번에 그 여자의 얼굴을 알아볼 수 있었다. 뤼벤 컴퍼니에서 잰시스에게 목이 졸려, 이상한 말을 외친 후 사라진 루카라는 여자가 분명했다.

루카는 잰시스를 피해 일단 미아미아 나무숲에 있는 자신의 은신처로 몸을 숨겼다. 다행히 지나가던 토비아스 요정의 도움으로 요정들의 집으로 몸을 옮길 수 있었고, 클로네에게 급히 도움을 청한 후 잠시 숨을 고르고 있던 참이었다. 그런데 한솔과 은비가 이곳에 도착하는 소리를 듣고 깜짝 놀라 나무집 안에서 대화를 엿듣다가 그들이 지구에서 온 사람들이라는 것을 알게 되었고, 잠시 음식을 구하러 갔던 클로네까지 등장하자 겨우 밖으로 나왔던 것이다.

"제 이름은 조한솔이에요. 본의 아니게 잰시스와 루카의 이야기를 엿듣다가 여기까지 오게 되었네요."

한솔이 루카를 바라보며 말했다. 루카는 가엾게도 입술에 핏기가 사라져 새하얗게 변해있었고, 입 주변은 갈라져 피가 났다가 굳은 자국이 남아있었다. 며칠간 잠을 못 잔 사람처럼 눈 밑은 검었고, 가느다란 목 주변에는 아직도 잰시스의 손자국이 선명했다.

"루카, 아직 그 지하실에 사람들이 갇혀있어요. 그 사람들을 어서 빼내야 해요!"

한솔이 다급하게 말했다. 그 지하실에 갇혀있는 사람들을 구할 힘을 가진 사람은 루카뿐이다.

"한솔 군, 급한 마음은 알겠지만, 이대로 그냥 들어갈 순 없어요. 준비가 필요해요. 일단, 저와 클로네는 그 지하실에 들어 갈 수가 없어요……."

루카가 안타까운 표정을 지으며 대답했다. 한솔과 은비는 이 건 또 무슨 소리인가 싶어서 눈썹을 찡그리며 루카를 쳐다보 았다.

"은비 양이 갇혀있었던 그 지하실은 그냥 평범한 방처럼 보 였겠지만 실은 포털이에요."

"포털이라고요?"

그곳이 포털이라는 말에 한솔과 은비가 동시에 외쳤다.

"저흰 계속 그곳에 있었는데요……. 아무 데도 이동하지 않 았어요!"

"네, 맞아요. 그곳은 이동 목적으로 만들어진 포털이 아닙니 다. 어디로도 이동하지 않는 정체된 포털로, 순전히 잰시스가 사람들의 시간을 빼앗기 위해 만들어놓은 곳이에요. 포털을 이 용하면 시간을 자동으로 추출하는 기술은 이미 상용화된 상태 이기 때문에 이 기술을 활용했을 거예요."

루카는 다시금 잰시스의 얼굴이 떠올랐는지, 주먹을 부들부 들 떨며 말을 이어갔다.

"그래서 그 공간에 들어가는 것만으로도 엄청난 시간을 빼 앗기게 돼요. 지구에서 온 은비 양에게는 긴 잠을 자는 수준이 었겠지만, 여러분보다 시간이 훨씬 빠르게 흐르는 우리 포르탈 사람들에게는 치명적이죠. 잠시 발을 들이는 것만으로도 그곳에서 잠들어 영원히 깨어날 수 없을지도 몰라요."

루카의 말에 은비는 그 지하실에 처음 들어갔던 상황을 떠올렸다.

"아…… 맞아요. 처음 그곳에 들어갔을 때는 내부가 너무 화려하고 멋지게 꾸며져 있어서 그 모습에 정신이 팔렸거든요. 제가 처음 가보는 정말 고급스럽고 멋진 곳이었어요. 잠시 구경하다가 테이블 위에 맛있어 보이는 음식이 있어서 먹으려고 하는데, 갑자기 수면제를 먹은 것처럼 졸음이 쏟아지는 거예요. 그래서 그냥 테이블 위에 음식을 다시 내려놓고 비어있는 침대를 찾아 누워서 그대로 뻗어버렸어요……. 한솔아, 그 지하실에 들어왔을 때 졸음이 막 쏟아지지 않았어?

"어……? 아니야. 난 전혀…… 그 안에 들어가서 한참 동안 침대를 살피면서 네가 어디 있는지 찾았었거든."

한솔의 말에 모두가 의아해하며 한솔을 바라봤다. 한솔도 영문을 알 수가 없었다. 분명 한솔은 졸렸던 기억이 전혀 없다. 너무 긴장한 상태여서 그랬던 것일까?

"혹시 미아미아 나무 성장 가루가 뭔가 역할을 한 게 아닐까요? 제가 성장 가루를 조금 들고 있었거든요."

한솔이 무릎을 탁 치더니 가방에서 상자를 꺼내 열며 말했다. 성장 가루는 거의 바닥이 보이는 상태였다.

"음…… 그건 아닐 거예요. 성장 가루는 포털에 어떤 영향도 주지 못해요."

루카가 여전히 이해가 안 된다는 표정으로 고개를 가로저으며 대답했다.

'뭘까? 이 남자아이의 무엇이 포털 안에서 예외 상황을 만들어냈을까?'

루카는 한솔을 머리부터 발끝까지 자세히 훑어보기 시작했다. 특별한 것 없는 평범한 남자아이다. 혹시 은비와 뭔가 다른 점이 있나 싶어 두 사람을 번갈아 가면서 살펴보았지만, 남자와 여자라는 것 외에 특별히 다른 점은 보이지 않았다. 그때 바닥에 널브러진 한솔의 백 팩이 루카의 눈에 들어왔다.

'혹시…… 이 아이가 가져온 물건 때문에……?'

루카는 한솔에게 양해를 구하고 그가 메고 온 가방까지 싹싹 뒤져보았다. '뤼벤 호텔'이라는 각인이 새겨진 펜 몇 자루와 정체된 포털까지 가는 이동 경로를 메모해 둔 종이, 급할 때 먹기 위한 물과 약간의 간식뿐이었다. 루카는 고개를 저었다. 포털에 영향을 줄 만한 물건들은 아니었다.

가방을 뒤지던 루카가 고개를 돌려 한솔과 은비를 다시 바라보는데, 양손을 머리 위로 번쩍 들고 기지개를 쭉 켜는 한솔이 그녀의 시선을 사로잡았다. 기지개를 커느라 헐렁한 셔츠 소매가 흘러내리면서 그의 손목이 드러났고, 그곳에서 낯선 물건 하나가 반짝였다.

"어…… 이거 혹시 지구에서 가져온 거예요?"

루카가 한솔의 손목을 가리키며 물었다. 그녀가 가리킨 것은 한솔의 손목시계였다.

"아, 네. 맞아요. 클로네가 여기 시간이랑 다르게 흘러가니 필요 없다고 했었는데, 습관처럼 차고 있던 거라 없으면 허전해서 계속 차고 있었거든요."

한솔이 대답하며 루카를 빤히 쳐다보았다. 갑자기 이 시계는 왜 물어보는지 의아했다.

"확실한 건 아니지만…… 아무래도 이 손목시계가 한솔 군을 살려준 것 같은데요?"

루카가 처음으로 싱긋 웃는 표정으로 사람들에게 말했다.

루카의 설명에 따르면 들어온 사람의 시간을 추출하는 정체된 포털이, 갑자기 외계 시간으로 흘러가고 있는 물건인 시계 때문에 교란을 일으키면서 한솔이 잠들지 않게 된 것일 거라고 말했다. 그 말에 한솔이 손목에 차고 있는 시계를 빤히 바라보았다. 루카의 말이 100% 이해되지는 않았지만, 어쨌든 이 손목시계가 사람들을 구하러 그곳에 들어갈 때 작은 무기가 되어줄 것이라고 생각하니 조금은 위안이 되었다.

"루카, 이제 어떻게 해야 하죠?"

들어갈 방법을 찾아냈다고 생각한 클로네가 발을 동동 구르며 루카에게 물었다.

"다들 이리 모여보세요. 작전을 좀 세웁시다."

• • •

"경보음이 울렸다고 했으니 지금쯤 은비 양이 빠져나왔다는 걸 분명 잰시스가 알아냈을 거예요. 뤼벤 컴퍼니 내부에서 포털을 이용하는 기록은 모두 모니터링되고 있어요. 한솔 군이 화장실을 통해 왔다 갔다 했던 것도 이미 다 파악했겠죠. 아마 지금쯤 약이 바짝 올라있을 겁니다."

루카의 말에 한솔은 다시 한번 흠칫 놀라 몸이 탁 굳었다. 잰시스가 이미 그의 행적을 모두 파악했을 것이다. 말 그대로 도둑질하다가 걸린 사람의 표정이었다.

"보안도 더욱 강화됐을 거고, 포털을 통해 이동했다가는 바로 걸리고 말 거예요."

"저기…… 혹시 계단으로 이동할 순 없을까요?"

한동안 루카와 클로네, 한솔과 멀찍이 떨어져 세 사람을 바라만 보던 은비가 결심한 듯 조심스레 그들에게 다가와 대화에 합류했다. 한솔은 그런 은비의 손을 꼭 잡으며 말없이 손등을 토닥여주었다.

"뤼벤 컴퍼니에는 계단이 없어요."

클로네가 고개를 좌우로 저으며 대답했다. 그 큰 건물에 계단이 없다니 이게 무슨 말인가?

"네에? 계단이 없어요?"

"물론이죠. 뤼벤 컴퍼니는 촘촘한 포털로 설계되어 있어서 모든 층간 이동, 장소 간 이동을 포털로 해서 계단이 필요 없거든요."

한솔과 은비는 클로네의 말에 실망감을 감추지 못했다. 건물 내에 계단이 없을 거라는 옵션은 지구 사람인 두 사람에게는 생각지도 못한 일이었다. 한솔은 그때 무슨 수를 쓰든지 그 사람들을 깨워서 데리고 나왔어야 했는데…… 하는 생각에 죄책감이 몰려들었다.

"그렇지만…… 비상용으로 쓰는 계단이 하나 있긴 해요."

루카가 석연치 않은 표정으로 말을 이어갔다.

"뤼벤 컴퍼니 건물을 지을 때 층간 이동 포털이 고장 나는 만일의 상황을 대비해서 설계해 놓은 계단이 하나 있어요. 건물 각 층의 맨 끝에 문이 하나씩 있는데 원래는 포털 입구로 이용하지만, 비상시에는 여닫을 수 있어요. 그 문을 열고 들어가면 빈 장소가 나오고 그 공간의 바닥이 변형되면서 계단이 만들어져요. 다만…… 그동안 층간 이동 포털이 한 번도 고장 나질 않아서 계단을 사용해 본 적은 없어요. 정상 작동할 수 있을지 미지수예요."

"층간 이동 포털이라……. 지구의 엘리베이터 같은 건가 보네."

루카의 설명을 들은 은비가 고개를 끄덕이더니 한솔에게 귓속말로 이야기했다. 한솔은 한 줄기 희망을 발견한 것 같았다. 일단 해볼 만한 방법은 그 계단을 작동시켜 지하실로 내려가 보는 것밖에는 없는 것 같다.

"오오 이런 세상에! 그 계단은 어떻게 작동시키는 건가요?"

클로네가 동동 구르던 발을 더욱더 세차게 구르며 다급하게 물었다.

"뤼벤 컴퍼니 옥상에 건물 전체 시스템을 제어할 수 있는 기계실이 있어요. 거기에 층간 포털 제어 장치도 있죠. 내 생각이 맞는다면…… 그 제어 장치를 꺼서 포털을 통해 층간 이동을 할 수 없게 만들어버리면, 계단이 자동으로 모습을 드러낼 거예요."

"엇…… 뤼벤 컴퍼니 건물 전체 시스템을 제어할 수 있는 곳이라면……, 그렇다면 그 지하실에 있는 포털도 작동을 중단시킬 수 있지 않을까요?"

포털 제어 장치를 끌 수 있다는 말에 귀가 번쩍 뜨인 한솔이 루카에게 물었다. 만약 그게 가능하다면 생각보다 쉽게 일이 해결될 수도 있다. 포털 작동이 중단되고 그들이 빠져나오면…… 그다음은 그들에게 밖으로 나가는 길만 안내하면 될 일이다.

그러나 루카는 고개를 절레절레 저었다.

"제가 확인한 바로는, 정체된 포털을 중단시키는 장치는 옥상 기계실에 없어요. 오직 잰시스만 그 포털을 멈출 수 있다는데…… 방법은 아무도 몰라요. 아니면 뤼벤 컴퍼니가 포르탈에 설치한 모든 포털의 전원을 내려서 포털 사용을 일시에 중단시키는 방법이 있는데…… 그건 사실상 불가능해요. 두 사람도 잘 알겠지만, 포르탈에서는 사람도 물건도 메시지도 모두 포털로 이동요. 그게 꺼졌을 때의 여파는 상상할 수 없죠……."

잠시 희망에 부풀었던 한솔이 루카의 말에 다시 축 처졌다.

"그렇다면 결국 어떻게든 옥상에 올라가 층간 이동 포털 제어 장치를 내린 다음, 계단으로 내려가 사람들을 깨워서 데리고 나온다…… 이거네요. 옥상까지는 또 어떻게……."

한솔은 그 상황을 상상하니 한숨이 저절로 나왔다. 산 넘어 산이라는 표현은 이럴 때 쓰는 것이구나 싶었다.

"아하! 제가 몰래 들어가 보면 어떨까요? 뤼벤 컴퍼니는 저도 자주 가봐서 입구에 있는 직원과는 잘 안다고요. 직원에게 부탁해서 저를 옥상으로 보내달라고 해볼게요!"

클로네가 굳은 결심을 한 듯, 주먹을 꽉 쥐고 말했다. 그 말에 루카가 이번에도 고개를 저었다.

"이 늦은 시간에 뤼벤 컴퍼니 입구는 잠겨있기도 하고, 그 직원이 잰시스의 사람이라면 모든 게 들통나요. 그리고 결국 거

긴 내가 가야만 해요. 그 제어 장치는 아무나 만질 수 없게 되어 있어요. 행여나 다른 장치를 잘못 건드렸다가는 건물 전체에 큰 문제가 생길 수도 있고요."

루카가 안타까운 표정을 지으며 대답했다. 다들 이런저런 아이디어를 내고 있었지만 딱히 이렇다 할 좋은 방법은 없었다. 루카는 답답한 듯 하늘을 올려다보고는 "휴……." 하고 한숨을 내쉬었다.

"진짜 날아서 가야 하는 건가……."

은비가 답답한 마음에 혼잣말을 내뱉었다. 그 말을 들은 토비아스 요정들의 귀가 쫑긋해졌다.

"그렇지! 우리가 데려다줄게!"

안경을 쓴 똘똘이 토비아스 요정이 좋은 생각이 난 듯, 날개를 반짝거리며 말했다. 그 말에 네 사람이 고개를 돌려 요정을 바라보았다.

"깃털 담요에 여러분이 올라타면, 우리가 담요를 들어서 옥상까지 날아가면 되지!"

요정의 말에 모여있던 다른 요정들도 손뼉을 치며 환호성을 질렀다. 요정들이 "넌 역시 천재야!"라고 외치며 아이디어를 낸 요정에게 달려들어 껴안았다.

"저기, 요정님들 마음은 고맙지만, 우린 보통 무거운 게 아니어요. 성장 가루 통 하나도 무거워서 땀을 뻘뻘 흘리잖아요. 그것도 네 명을 어떻게…… . 불가능해요…… ."

루카가 어깨를 으쓱하며 말했다. 요정들의 마음은 정말 고마웠지만 불가능한 일이다.

"될지 안 될지는 해보면 되죠!"

그때 은비가 벌떡 일어나며 소리쳤다. 갑작스러운 은비의 반응에 한솔이 놀란 토끼눈을 하고 은비를 바라보았다. 한솔과 눈이 마주친 은비는 괜찮다는 듯, 떨리는 입꼬리를 애써 올려 싱긋 웃어 보였다. 한솔은 눈물이 채 가시지 않은 듯한 그 미소에 가슴 한편이 애잔해졌다.

곧이어 요정 하나가 한솔의 어깨에 덮어줬던 담요를 바닥에 조심스레 펼치고는 먼저 은비에게 손짓했다. 은비가 망설임 없이 올라탔다. 그러자 곧이어 수십 마리 요정들이 달려들어 담요의 귀퉁이와 모서리를 잡았다.

"자, 모두 준비됐지? 하나, 둘, 셋!"

요정 하나가 외치자 나머지 요정들이 구호에 맞춰 "끙차!" 하는 소리를 내며 담요를 들어 올렸다.

"어어어어어!"

은비의 몸이 가볍게 들렸다. 그 바람에 은비는 잠시 휘청했다가 이내 중심을 잡고 담요 한가운데 자리를 잡았다.

"한솔아, 이거 완전 죽이는데! 진짜 이걸로 옥상까지 갈 수 있겠어!"

흥분한 은비가 소리쳤다. 은비는 처음으로 한솔을 데리고 포털을 탔을 때도 이런 반응이었다. 한솔은 그런 망설임 없는 은비가 대단하다는 생각이 들면서도 이러니 겁 없이 그런 지하실에 따라 들어가지…… 하는 생각에 걱정스러운 마음도 들었다.

"한솔! 한솔도 이리 와서 같이 타봐. 은비 정도는 완전 가뿐한데!"

평소 겁이 많은 한솔은 요정의 말에 식은땀이 쭉 흘렀지만, 결국 담요 쪽으로 발걸음을 옮겼다. 요정들이 담요를 잠시 내려놓자 한솔이 은비 옆에 자리를 잡았고, 아까보다 더 많은 요정이 합세해서 담요를 들어 올렸다. 이번에는 상당히 힘이 드는 듯했다. 반짝이는 요정들의 날개 덕에 그들이 모여있는 모습이 마치 거대한 달빛처럼 보였다. 그들은 몇 차례의 연습 끝에 두 명씩 나눠서 태우기로 했다.

"오오 세상에, 내가 요정님들이 태워주는 담요를 타고 하늘을 날아갈 줄이야……."

클로네도 잔뜩 흥분해서 말했다.

"일단 가는 것까진 가능하겠는데요!"

반신반의했던 한솔도 깃털 담요에 올라타 보고는 해볼 만하겠다는 생각이 들었다. 이제 모든 준비를 마쳤다.

"자, 이제 출빌해 볼까요?"

클로네가 고개를 휘휘 돌리고 몸을 이리저리 비틀어 풀어주고는 당장이라도 떠날 태세로 말했다.

"아직, 잠시만요!"

루카가 클로네의 말을 끊더니 갑자기 입고 있던 겉옷을 쭉 찢어버렸다. 그러더니 찢은 옷을 끈처럼 만들어 한솔이 차고 있던 손목시계의 양쪽 끝에 연결한 후 한솔과 은비의 손목을 함께 묶어주면서 말을 이어갔다.

"말했다시피, 저랑 클로네는 결국 그 정체된 포털 입구까지밖에 갈 수 없어요. 들어가서 사람들을 깨워서 데리고 나오는 일은 두 사람에게 맡길 수밖에 없답니다……. 이 시계가 정말 좀 전에 한솔 군을 지켜줬던 거라면…… 이렇게 하면 은비 양도 시계를 함께 차고 있게 되니까, 두 사람 모두 지켜줄 수 있을 거예요. 이렇게 큰일을 포르탈과 아무런 관계도 없는 두 사람에게 맡기게 되어 정말…… 정말 죄송합니다."

루카가 고개를 푹 숙이며 이야기했다. 루카의 눈가가 금세 촉촉해졌다.

"너무 걱정 말아요, 루카……. 저랑 은비가 들어가서 최대한 빨리 사람들을 깨워서 데리고 나올게요. 사람들을 깨울 때 경보음이 울리면서 아마도 누군가가 쫓아오겠죠. 루카, 클로네, 그리고 요정님들. 밖에서 최대한 시간을 벌어주세요. 사람들이 빠져나오는 대로 이 깃털 담요에 태워서 1층까지만 올려보내면 건물 밖으로 빠져나갈 수 있을 테니 안전할 거예요."

사실 한솔도 걱정되는 건 마찬가지였지만, 지금 루카의 마음에 비할 바는 아니라는 생각이 들었다. 한솔은 애써 긴장된 마음을 감추고 루카를 꼭 안은 채, 그녀의 어깨를 토닥이며 달래 주었다.

　"이제 진짜 출발합니다!"

　한 토비아스 요정이 힘차게 외치자 나머지 요정들도 소리 높여 함성을 질렀다. 그들이 외치는 소리가 미아미아 나무숲에 메아리가 되어 한동안 울려 퍼졌다.

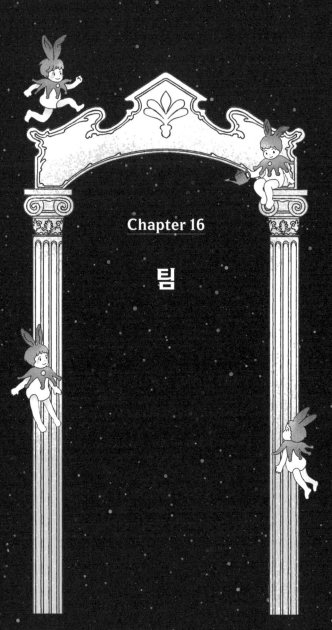

Chapter 16

팀

모두가 잠든 늦은 시간이었다. 한솔은 쉴 새 없이 달려온 하루에 지칠 대로 지쳤지만, 한시도 미룰 수 없는 일이다. 한솔과 은비, 클로네, 루카, 그리고 토비아스 요정들은 사람들의 눈에 띄지 않도록 조심스레 뤼벤 컴퍼니 건물 뒤편으로 이동했다. 여기까지 오는 동안 그 수다쟁이 클로네조차 입을 다물고 토비아스 요정들도 날개의 불을 껐다. 모두 아무 말 없이 긴장된 상태를 유지하고 있었다.

주변을 살피며 살금살금 지나가는 그들은 누가 봐도 너무나 수상해 보였다. 그래서 더더욱 그들의 모습이 다른 사람에게 들키면 큰일이리는 생각에 신경을 곤두세우고 조심스레 이동했다.

주변에 사람들이 없는 것을 확인한 한솔이 먼저 가방에서 깃털 담요 두 개를 꺼내 바닥에 펼쳤다. 곧이어 한솔과 은비, 클로네와 루카가 각각 담요 위에 올라탔다. 그들이 모두 자리 잡은 것을 확인한 토비아스 요정들이 하나하나 차례로 날아와 담요 끄트머리를 잡았다. 너무나 한 치의 오차도 없이 일정한 간격으로 자리해서 마치 열을 맞춰 서있는 전쟁터의 군인들을 보는 것 같았다.

이제 날아오를 준비가 끝났다. 토비아스 요정이 속삭이는 "하나, 둘, 셋!" 소리에 맞추어 깃털 담요가 하늘로 붕 하고 날아올랐다. 한솔은 자기도 모르게 눈을 질끈 감았고, 은비는 한솔의 팔에 팔짱을 끼고는 더욱 힘을 주었다. 담요가 서서히 뤼벤 컴퍼니 위로 날아오르고 있었다. 한솔은 질끈 감았던 눈을 떠서 주위를 바라보았다. 정말로 꿈속에 있는 듯했다.

한솔은 긴장은 되었지만, 이 세상 것이 아닌 것만 같은 이질적인 느낌에 오히려 무섭다는 생각은 들지 않았다. 아무 말 없이 날개의 불도 끄고, 힘이 들어 얼굴에 온갖 인상을 쓰며 자신들을 들어 올리고 있는 요정들의 모습을 보니 오히려 가슴이 벅차올랐다. 한솔은 다시 한번 주먹을 꽉 쥐며, 반드시 사람들을 구해 나오리라 다짐했다.

옥상에 도착하자 루카가 재빨리 기계실로 앞장섰고, 다른 이들은 소리 없이 루카를 따라갔다. 루카가 자기 직원 카드로 기계실 문을 열었고, 모두에게 어서 들어오라며 손짓했다. 곧이어 루카는 빠른 속도로 기계실에서 뭔가를 작동시키더니 직원 카드를 한솔에게 내밀었다.

"내가 정체된 포털 문을 열 수 없도록 잰시스가 내 직원 카드를 막아놓았어요. 이제 내 카드를 잰시스 것처럼 바꿔놓았으니 이걸로 포털 문을 열 수 있을 겁니다. 혹시 내가 중간에 뒤처지는 일이 생긴다면, 이걸로 문을 열어요. 한솔 군."

'아! 직원 카드!'

모든 준비가 끝났다고 생각하고 있었는데 가장 중요한 직원 카드를 잊고 있었다. 한솔은 순간 아차 싶었지만, 루카가 함께 있어서 마음만은 든든했다.

"이제 층간 이동 포털 스위치를 내릴 겁니다. 내리자마자 저 문을 열면 비상계단이 나타날 거예요. 그 계단을 타고 최대한 빠르게 지하실까지 내려가야 합니다. 따로 경보음이 울리거나 하진 않으니 조용히만 이동한다면 충분히 지하실까지 무리 없이 내려갈 수 있을 거예요. 하지만 이미 은비 양이 빠져나간 상황이라, 잰시스가 곳곳에 경호원들을 배치해 놨을 수도 있으니 서로 각별히 조심하자구요."

루카가 모인 이들에게 빠른 속도로 상황을 설명해 주었다. 루카의 말을 듣자, 한솔은 이제야 현실감이 몰려들어 다리가 후들거렸지만 되돌아갈 수는 없는 일. 한솔은 자신의 정신력과 두

다리를 믿어보기로 했다.

"자, 이제 스위치 내립니다!"

루카의 외침에 모두가 고개를 끄덕였다. 드디어 루카가 긴장한 손으로 몇 개의 스위치를 빠르게 내렸다.

"뛰어요!"

루카가 소리치자 한솔과 은비가 가장 먼저 문으로 뛰어갔고 뒤이어 클로네와 루카, 그리고 요정들 몇 마리가 따라서 날아왔다. 루카가 가리킨 문을 열자 정말로 각 층의 바닥이 아주 천천히 두 개로 분리되기 시작했다. 분리된 한쪽 바닥은 위로, 다른 한쪽은 아래 방향으로 기울어지면서 미끄럼틀처럼 바뀌더니 서서히 계단이 만들어졌다.

오랜 기간 동안 사용되지 않았던 계단이라 그런지 매우 듣기 싫은 삐그덕 소리가 공명을 일으키며 귓가에 울려 퍼졌다. 그 소리가 생각보다 커서 한솔은 이러다 들키는 거 아닌가…… 하는 생각에 심장이 덜컥 내려앉았다.

'제발…… 빨리…… 왜 이렇게 느린 거야……'

그들의 급박한 마음을 알 턱이 없는 각 층 바닥은 계단으로 변형되는 데 한참 시간이 걸렸다. 한솔은 너무 느린 계단 탓에 속이 타들어갔다. 할 수만 있다면 계단을 손으로 끄집어내고 싶을 정도였다.

한시도 기다릴 수 없었던 한솔과 은비는 계단의 모습이 채 완성되기도 전에 뒤도 돌아보지 않고 아슬아슬하게 계단을 뛰어 내려갔다. 바닥이었던 공간이 계단으로 변형되면서 계속 움직이는 데다가 엄청난 진동까지 있었지만, 그들은 아랑곳하지 않고 겨우겨우 중심을 잡아가며 거침없이 뛰었다. 그러나 평소에 계단을 이용해 본 경험이 별로 없었던, 아니 걷는 것조차 잘하지 않는 포르탈 사람인 클로네와 루카는 생각만큼 몸이 따라주질 않았다. 그들은 엉거주춤하며 넘어질 듯 말 듯, 위태위태하게 계단을 뛰어 내려갔다.

"거기 서!"

네 사람이 건물의 약 3분의 1 지점을 내려가고 있는데 누군가 계단실로 들어오는 문을 거세게 열어젖히고는 빠르게 쫓아 내려왔다.

"뭐, 뭐야!"

경호원들이었다. 어떻게 된 일인지 금세 경호원들에게 발각된 한솔과 은비는 영문도 모른 채 더더욱 전속력으로 뛰어 내려갔다. 손목에 묶어놓은 끈 때문에 몇 번이나 휘청거리며 넘어질 뻔했다. 그때, 함께 뒤따라 날아오던 토비아스 요정들이 경호원들을 발견하고는 한 마리씩 경호원들의 얼굴로 세차게 날아들었다.

"으이이악!"

요정들은 경호원들의 얼굴에 바짝 붙어 그들의 눈을 찌르고 눈썹을 뽑고, 볼을 꼬집었다. 갑작스러운 요정들의 공격에 깜짝 놀란 경호원들이 그들을 떼어내려고 팔을 허우적거리며 발버둥을 치느라 그중 몇 명은 계단에 엉덩방아를 찧거나 굴러떨어졌다.

"벽에 바짝 붙어요!"

루카의 외침에 한솔과 은비, 클로네는 순간 벽에 바짝 붙어 굴러 떨어지는 경호원들을 가까스로 피했다.

'조금만 더…… 조금만 더……!'

지하실 입구까지 거리가 얼마 남지 않았는데, 경호원들이 곧 손 뻗으면 잡힐 만한 지점까지 바짝 따라붙었다. 이제 정말 조금만 더 가면 고지가 눈앞이다. 모두의 숨이 턱 끝까지 차올랐다.

"헉헉…… 요정님! 옥상에 가서 포털을 다시 켜주세요!"

루카가 소리치자 날아오던 날쌘돌이 토비아스 요정이 재빨리 방향을 옥상 쪽으로 틀더니 눈에 보이지 않을 정도로 쏜살같이 옥상으로 날아갔다. 날쌘돌이 요정은 즉시 기계실로 들어가 루카가 중단시켰던 층간 포털 제어 장치 스위치를 온 힘을 다해 다시 올렸다.

그 순간, 또다시 계단이 끼이이익 하고 굉음을 내더니 이번엔 반대로 기울기가 완만해지면서 서서히 바닥 모양으로 변형되기 시작했다. 계단이 모두 바닥으로 바뀌기 전에 무조건 맨 아래 칸까지 내려가야 했다.

"곧 뒤따라 갈게요!"

포털이 다시 작동하자마자 루카가 소리치더니 주머니에서 포털 티켓을 꺼내 계단실 문을 향해 마구 던졌다. 그와 동시에, 요정들이 깃털 담요의 네 귀퉁이를 붙잡고 경호원들이 앞을 보지 못하도록 담요로 그들의 얼굴을 덮어버렸다.

"미아미아 나무숲!"

갑자기 눈앞이 깜깜해진 경호원들이 당황한 틈을 타 루카가 소리쳤다. 루카가 순간적인 기지를 발휘하여 포털을 통해 경호원들을 미아미아 나무숲으로 보내버리려 한 것이다. 한솔과 은비가 루카의 소리를 듣고 경호원들을 재빨리 문에 있는 포털로 밀쳐버렸다. 경호원들은 곧 포털로 사라졌다. 한솔과 은비는 그렇게 몇 명의 경호원들을 처리하고 다시 얼마 남지 않은 계단을 타고 내달렸다.

"헉헉…… 한솔아! 계단이 거의 다 사라졌어! 더 빨리빨리!"

은비가 숨을 헐떡이며 소리쳤다. 그들은 더욱 미친 듯이 뛰어갔지만, 이제 계단은 거의 그 모습을 감추고 바닥이 되어가고 있었다.

"들어가!"

한솔이 소리치자 네 사람은 거의 바닥으로 변해버린, 사람 한 명이 가까스로 들어갈 만한 계단과 계단 사이의 빈틈으로 망설임 없이 뛰어들었다. 토비아스 요정들이 그보다 먼저 네 사람을 앞질러 날아가 지하실 바닥 쪽에서 깃털 담요로 받쳐주었다. 루카와 클로네가 먼저 깃털 담요 위에 착지하고, 한솔과 은비까지 가까스로 빠져나온 직후 계단이 완전히 모습을 감추고 원래의 바닥으로 돌아왔다. 그 바람에 그들을 쫓아오던 경호원들이 한솔을 붙잡기 직전에 막혀버린 바닥 때문에 그들을 잡지 못하고 1층 바닥에서 나뒹굴고 말았다.

"헉, 헉헉……."

가까스로 지하실에 도착한 네 사람은 바닥에 쓰러져 잠시 거친 숨을 몰아쉬며 호흡을 가다듬었지만 좀처럼 숨소리는 가라앉지 않았다. 심장이 타들어가는 듯했다.

"다들 너무 힘들겠지만…… 지금 가야 해요. 경호원들이 금방 뒤쫓아 올 거예요!"

한솔이 마지막 남은 힘을 짜내 소리쳤다. 한솔은 고개를 숙인 채 후들거리는 다리를 양팔로 겨우 지탱하고 있는 은비의 손을 잡아 일으켜 세웠다.

"가자!"

그러나 은비는 여전히 고개를 숙인 채 얼어붙은 듯 꼼짝도 하지 않았다.

"은비야……?"

한솔의 목소리에 은비가 천천히 고개를 들었다. 은비의 얼굴을 확인한 한솔은 자기도 모르게 다리에 힘이 풀리고 말았다. 그녀의 얼굴은 핏기가 사라진 채 새파랗게 질려있었고 떨리는 두 눈은 초점을 잃은 상태였다. 한솔은 은비가 더 이상 함께 갈 수 없을지도 모르겠다는 생각이 들었다.

"미안…… 미안해 한솔아, 내가 갑자기 힘이 빠져서…… 곧 괜찮아질 거야……."

"한솔 군, 은비 양! 어서 와요! 곧 포털로 경호원들이 올 거예요!"

루카가 외치는 소리를 들은 한솔이 고개를 끄덕였다.

"은비야, 요정들의 집으로 가있어!"

한솔은 두 사람의 손목에 묶여있던 끈을 이로 물어뜯어 끊어냈다. 그는 은비의 손에 포털 티켓을 쥐어 준 후 "펠레데오라누라켄이로데움 44!"를 외치며 그녀를 포털 입구로 밀쳤다. 더 이상 지체할 수 있는 시간이 없었다. 한솔은 은비를 포털로 보낸 후 뒤도 돌아보지 않고 지하실의 기다란 복도를 달려 맨끝에 있는 벽으로 갔다. 은비가 포털로 사라진 직후, 경호원들이 포털을 타고 지하실에 도착해 턱 밑까지 쫓아왔다.

루카가 벽에 손을 얹고 "뤼벤 컴퍼니 지하실 거울 방 5번 입구."라고 외치자 한솔이 잰시스를 따라 들어갔던 미로 같은 거울 방이 그들을 맞이했다.

그러나 그들이 맞닥뜨린 미로에는 한솔이 은비를 구하고 나올 때 만들어놓았던 미아미아 나무 길은 이미 없어진 상태였다. 은비가 빠져나간 것을 확인한 직후, 잰시스가 치워버린 것이다. 한솔은 기억을 더듬어 이 미로 같은 길을 다시 찾아 나가야 한다는 생각에 정신이 아득해졌다가 이내 좋은 생각이 떠올랐다.

"요정님들, 성장 가루 흔적 찾을 수 있을까요?"

한솔이 마지막까지 따라온 요정들을 향해 다급한 목소리로 물었다.

"물론이지! 어서 따라와!"

한솔이 뿌려두었던 성장 가루는 잰시스가 거의 다 치워버렸지만, 투명한 가루를 완벽하게 치우지는 못했다. 요정들이 잠시 꺼두었던 날개에 빛을 밝히자 성장 가루들이 조금씩 그 흔적을 드러냈다. 요정들은 성장 가루의 흔적을 찾아가며 세 사람을 인도하기 시작했다. 한솔은 요정들이 없었다면 절대 여기까지 오지 못했으리라 생각했다.

그러는 동안에도 멀리서 그들을 쫓는 사람들의 발소리가 들려오고 있었던 터라 세 사람은 한순간도 긴장의 끈을 놓지 않고 요정을 따라 이동했다.

한참을 이동하던 세 사람은 드디어 사람들이 갇혀있는 정체된 포털 문 앞에 도착했다. 한솔은 여기에 도착한 것이 믿을 수 없었다. 세 사람은 온통 땀범벅이었고, 곧 쓰러질 듯했다. 한솔이 주머니에서 루카가 준 직원 카드를 꺼내 돌문 앞으로 걸어갔다. 그 순간이었다.

"미안해요, 루카……."

갑자기 클로네가 돌문 바로 옆에 있는 벽에 티켓을 던지더니 순식간에 루카를 그곳으로 밀어버렸다. 루카는 외마디 비명조차 지르지 못하고 포털 속으로 사라져 버렸다. 루카도 모르는 비밀 포털이 있었던 것이다. 일은 눈 깜짝할 사이에 벌어졌다.

"오, 이런!"

클로네는 대수롭지 않은 일이라는 듯 양 손바닥을 벌리고 어깨를 으쓱하며 말했다. 그와 동시에 클로네 뒤로 한 무리의 남자들이 천천히 모습을 드러냈다. 경호원들이었다.

"크, 클로네……."

한솔은 순간적으로 상황 파악이 되지 않았다. 함께 있던 토비아스 요정들도 갑작스레 벌어진 상황에 충격에 휩싸인 듯했다. 갑자기 왜 클로네가 루카를……. 지금 무슨 일이 벌어진 것인지 한솔은 눈으로 보고도 믿을 수 없었다.

"지구에서 온 손목시계 하나 때문에 이 포털을 무사히 빠져나오다니……. 운이 좋군요, 한솔 군."

클로네가 손바닥을 탁탁 털며 지금까지 보지 못했던 냉소적인 표정으로 말했다. 그는 한솔이 알던 그 나사 하나 빠진 듯한 클로네가 아니었다. 한솔은 할 말을 잃고 본능적으로 조금씩 뒷걸음질을 쳤다.

"이렇게까지 하고 싶진 않았지만, 루카가 좀처럼 말을 듣지 않아서 혼을 좀 내주려고요. 그러게, 처음부터 블랙홀 포털 제작에 협조했으면 좋았으련만."

한솔이 뒷걸음질 치자 클로네가 경호원들과 함께 조금씩 앞으로 걸어 나오며 이야기했다. 클로네는 여선히 얼굴에 비릿한 미소를 가득 띠고 있었다. 한솔은 그를 처음 맞이할 때처럼 웃고 있는 클로네의 얼굴을 보며 온몸에 소름이 돋아났다. 클로네에게 속은 것이 분하기도 하면서, 그의 속셈도 모르고 모든 계획을 알려주고 심지어 비밀 포털 입구까지 제 발로 걸어온 스스로가 바보 같아서 견딜 수가 없었다.

"루카는…… 루카를 어디로 보내버린 거예요!"

악에 받친 한솔이 뒷걸음질 치던 발걸음을 멈추고 클로네에게 소리쳤다. 그 소리가 얼마나 컸는지 텅 빈 지하 공간이 웅웅하고 울릴 정도였다.

"아하! 이 상황에도 다른 사람이 걱정되나요? 한솔 군도 곧 루카가 어디로 갔는지 알게 될 겁니다."

클로네의 말이 끝나자마자 클로네의 뒤에 있던 경호원들이 잽싸게 달려와 한솔의 팔을 포박했다. 그가 미처 어디론가 달아나기도 전에, 약간의 저항을 해보기도 전에 힘없이 붙잡히고 만 것이다.

"아아악!"

한솔을 붙잡은 경호원들이 순식간에 그를 비밀 포털로 던져 버렸다.

"잡아!"

한솔이 사라진 것을 확인한 클로네가 경호원에게 소리쳤다. 클로네의 말이 끝나기가 무섭게 지하실 천장에서 커다란 그물이 바닥으로 떨어졌다. 그 바람에 세 사람을 따라 내려왔던 토비아스 요정들이 그물 안에 몽땅 갇히고 말았다. 그물 안에 갇힌 요정들이 벗어나기 위해 발버둥 치는 바람에 그물이 이리저리 흔들렸다. 경호원들은 땀을 뻘뻘 흘리며 그물을 붙잡고 있었다.

"이, 이 나쁜 클로네!"

"용서하지 않을 거야!"

잔뜩 흥분한 요정들이 날개를 번쩍이며 클로네에게 소리쳤다.

"참 나, 아무 힘도 없는 요정들이 그물에 갇혀서 뭘 어떻게 용서하지 않겠다는 건지 모르겠군요? 요정들이 빠져나가지 못하도록 잘 감시해. 난 잰시스에게 가봐야겠어."

클로네가 요정들의 외침은 아랑곳하지 않고 콧방귀를 끼며 경호원들에게 말했다. 클로네는 곧 왔던 길을 되짚어 잰시스의 사무실로 향했다.

· · ·

뤼벤 컴퍼니 잰시스의 사무실

"아우! 계단 타고 내려가느라 힘들어 죽는 줄 알았네!"

클로네가 느긋하게 다리와 허리를 연신 두드리며 태연하게 말했다. 클로네가 사무실에 도착하자 잰시스가 천천히 자리에서 일어났다.

잰시스는 뤼벤 컴퍼니 사무실에서 클로네와 경호원으로부터 계속 상황을 전달받고 있었다. 루카 일행이 은신처를 빠져나와 계단을 통해 정체된 포털 입구까지 다다랐던 모든 과정을 말이다. 잰시스는 당장 시스템을 조작해서 그들이 포털 입구까지 갈 수 없도록 할 수도 있었지만, 클로네의 계획에 따라 경호원들을 동원해 그들을 잡아, 비밀 감옥에 가둬버리는 것에 동의하고 기다리고 있던 참이었다.

"조한솔이 상상 포털로 VIP실에 갔을 줄이야……. 비밀 감옥을 안 만들었으면 어쩔 뻔했어? 미리미리 대비해 두니 이렇게 사용하잖아?"

잰시스가 일어난 자리에 잽싸게 앉은 클로네가 기지개를 쭉 켜며 느긋하게 말을 이어갔다.

"루카는 좀 어때?"

266

잰시스가 클로네의 말에 대답하지 않고 되물었다.

 "글쎄, 내 생각엔 우리 설득에 넘어올 것 같지는 않아. 그러게, 비밀의 책을 감춰버렸을 때부터 손을 봐줬어야 했어. 그동안 뤼벤 컴퍼니 일을 훼방 놨을 때 너무 여러 번 봐줬더니 결정적인 순간에 이렇게 방해하잖아. 안 그래? 더 이상 설득하고 말고 할 거 없이 그냥 정체된 포털에 싹 다 가둬버리자고. 아! 그 손목시계 빼앗는 것도 잊지 말고."

 "흠……."

 클로네의 말에 잰시스가 한참 생각에 잠겼다. 한솔은 그렇다 쳐도 정말 루카까지 정체된 포털에 가둬야 하는 것인지 잰시스는 판단이 서질 않았다. 잰시스의 머릿속에 루카의 얼굴이 왔다 갔다 했다. 스토니가 타고 온 포털의 생산 시기와 전설의 책이 작성된 시점을 알아내고는 잔뜩 신이 나서 달려오던 루카의 얼굴, 그리고 바로 오늘 그의 뺨을 쳤던 루카의 악에 받친 얼굴이 계속 겹쳐 보였다.

 "내가 마지막으로 한 번만 더 루카와 이야기 해볼게."

・・・

뤼벤 컴퍼니 지하실 비밀 감옥

"아아악!"

한솔이 비명을 지른 후 정신을 차렸을 때, 이미 루카가 사라진 곳으로 이동이 된 상태였다.

"한솔 군!"

루카였다. 갑자기 한솔이 나타나자 잠시 혼이 나가있던 루카가 그에게 부리나케 달려갔다. 루카의 얼굴은 이미 눈물범벅인 상태였다.

"루카……! 무사했군요! 그런데 클로네가……."

한솔은 루카를 발견하자 그녀에게 와락 안겼다. 루카가 무사하다는 안도감과 함께 클로네에 대한 배신감이 물밀듯 밀려와 한솔은 말을 끝까지 잇지 못했다.

"여기는……."

그제야 정신을 차린 한솔이 주변을 둘러보았다. 그들은 단단하고 촘촘한 창살로 만들어진 둥그런 감옥에 갇혀있었다. 그 감옥은 사방이 돌벽으로 둘러싸인 공간의 정중앙에 있었다.

"이 감옥…… 나가는 포털이 막혀있어요. 끝까지 경계를 놓치지 말았어야 했는데, 제가 어리석었어요."

루카가 고개를 푹 숙이며 대답했다. 뤼벤 컴퍼니의 창립자가 그 건물 지하실 감옥에 갇혀있다니⋯⋯. 게다가 이제 해볼 수 있는 것조차 아무것도 없다는 생각에 루카는 망연자실한 상태였다.

"엇⋯⋯ 루카! 저거 보여요?"

애써 침착한 척하며 루카를 위로하던 한솔의 눈길 끝에 네모난 돌 벽 사이로 희미하게 새어 나오는 불빛이 보였다. 분명 돌문이었다. 정체된 포털 입구와 마찬가지로 이 돌문도 언뜻 보면 벽인 줄 알고 지나칠 만한 모양새였지만, 자세히 보면 다른 벽들과는 확실하게 차이가 나는 네모난 돌문과, 벽 사이의 빈틈이 분명히 보였다.

"저기가 출구인 것 같아요! 어디로 나가는 문인지 확인해 봐야 해요. 한솔 군, 내가 준 직원 카드 가지고 있죠?"

돌문의 존재를 확인한 루카가 소리쳤다.

"저 문으로 직원 카드를 던져보자구요. 문이 열릴지도 몰라요!"

루카의 외침에 한솔이 목에 걸고 있던 루카의, 정확히 이야기하자면 잰시스의 권한으로 바꿔놓은 루카의 직원 카드를 빼내어 손에 꽉 쥐었다. 한솔이 몸을 일으켜 창살에 최대한 몸을 밀착힌 후 창살 사이로 지원 카드를 쥔 손을 쭉 내밀었다.

'이 문을 열면 또 어떤 곳이 우리를 기다릴까? 또다시 포털일

까? 아니면 미로? 그렇다면 또 어떻게 빠져나가야 하지?'

한솔의 머릿속이 순식간에 복잡한 생각들로 휘몰아쳤다. 그는 머리를 좌우로 흔들어 생각들을 애써 지운 채 직원 카드를 돌문 쪽으로 힘껏 던졌다.

위잉.

돌문이 서서히 열리는 소리를 듣는 순간, 한솔은 갑자기 어떤 기시감에 휩싸였다.

"이⋯⋯곳은?"

한솔과 루카의 눈 앞에 펼쳐진 공간은 바로 '어디로도 이동하지 않는 정체된 포털'이었다. 분명 그가 처음에 잰시스를 따라 들어온 입구에서 똑똑히 보았던, 마치 지평선처럼 멀게 느껴졌던 바로 그 공간의 반대편 끝에 있는 감옥에 갇혀있었다.

"은비가 갇혔던 곳이에요!"

"이 감옥⋯⋯ 이제야 알겠어요. 왜 이런 비밀 감옥을 만들었는지. 아무래도 저를 여기에 가둬놓고 협박하다가 말을 듣지 않으면 결국 저 포털로 밀어버릴 작정일 거예요."

루카가 '밀어버릴 작정'이라는 말을 유독 곱씹으며 말했다.

"루카."

그때, 감옥 한편 구석에서 다시는 듣고 싶지 않았던 낯선 목소리가 들려왔다.

"재, 잰시스."

재시스가 경호원 무리와 함께 감옥 한쪽 벽면에 숨겨져 있던 포털을 통해 나타났다. 예상치 못한 재시스의 등장에 루카는 좁은 창살 안에서 뒷걸음질을 치고 말았다. 촘촘한 창살 사이로 재시스의 차가운 얼굴을 마주하고 있자니 씁쓸한 기분이 드는 것은 어쩔 수 없었다. 어쩌다가 이렇게까지 됐을까?

"지금부터 나와 함께 하기로 마음을 바꾸면 이제까지 일은 모두 없던 것으로 해줄게."

재시스가 루카와 눈을 마주치지 않은 채 건조한 목소리로 말했다. 루카는 재시스의 얼굴을 뚫어져라 바라보았지만 그의 눈빛에서는 아무것도 읽을 수 없었다.

"그렇게 못하겠다면?"

"그렇다면 안타깝지만 저 돌문 안쪽 정체 포털로 둘 다 집어넣을 수밖에. 두 사람 다 이 감옥 안에 계속 가둬둘 필요도 없으니 말이야."

재시스가 들릴 듯 말 듯한 비웃음을 내뱉더니, 루카와 한솔이 갇혀있는 감옥의 창살을 발로 툭 차며 말했다.

"재시스…… 도대체 뭘 위해서 이러는 건데? 이미 우리 뤼벤 컴퍼니, 포르탈 유니버스의 1등 포털 회사야. 지금까지 우리가 이뤄놓은 것만 해도 넘치는 성공이야. 이 포르탈에서 너보다 부와 명예를 더 누리고 사는 사람은 아무도 없어! 뭘 더 얻고 싶은 거야!"

루카의 말에 잰시스가 말없이 그녀를 노려보았다. 감옥 안의 공기가 찬물을 끼얹은 듯 냉랭해졌다.

"⋯⋯어이가 없군."

잰시스가 긴 침묵을 깨고 말을 이었다.

"루카 네가 나를 그 정도로 생각했다니 실망스럽다. 내가 단순히 부와 명예 때문에 이러는 것 같아? 하긴⋯⋯ 너처럼 한평생 편하게만 살아온 사람들은 절대 이해하지 못하겠지."

"그게 무슨 소리야? 너 설마⋯⋯."

"그래, 난 죽어도 그때 일을 잊을 수 없어."

● ● ●

30년 전, 잰시스의 집

"대표님! 대표님! 큰일났습니다!"

잰시스의 열두 살 생일. 맛있는 음식과 생일 축하 노래로 행복하기만 해야 할 그날, 새파랗게 질린 얼굴의 농장지기가 문을 벌컥 열고 들어오는 순간, 모든 것이 산산조각 나고 말았다. 활짝 열린 대문 밖으로 용솟음치고 있는 주황빛 불길과 시커먼 연기가 잰시스의 눈에 들어와 박혔다. 미아미아 나무들을 화마가 집어 삼키고 있었다. 나무에 붙은 불은 마치 도미노처럼 부채꼴을 그리며 빠른 속도로 옆 나무로 옮겨 갔다.

잰시스의 아버지는 누가 말릴 새도 없이 머리에 물을 끼얹은 후, 불길 속으로 뛰어 들어갔다. 포르탈 유니버스가 최대의 포털 원자재 회사인 '뤼벤 농장'을 잃고, 잰시스는 부모를 잃은 날이었다.

잰시스의 부모는 '뤼벤 농장'이라는 미아미아 나무를 기르는 과수원을 운영하고 있었다. 말이 과수원이지 미아미아 나무숲에 비길 만큼 어마어마한 규모의 과수원이었고, 미아미아 나무에서 포털 개발의 재료가 되는 물질을 추출하고 가공하여 개발사에 판매하는 포르탈 최대의 원자재 회사이기도 했다.

그러나 1등의 자리를 유지하는 것은 그 자리를 차지하는 것만큼이나 힘든 일이었다. 경쟁사들은 호시탐탐 뤼벤 농장의 원료 가공 기술을 탈취하려고 시도하였으며, 뤼벤 농장이 미아미아 나무에서 추출한 원료가 아니라, 저렴한 가격에 가짜 물질을 만들어서 개발사에 납품했다는 등 각종 악의적인 소문을 퍼뜨려 위기에 빠뜨리기도 했다. 그들은 선의의 경쟁자라기보다는 사자가 죽기만을 기다리는 하이에나와도 같았다.

그날의 화재 사고도 늘 뤼벤 농장을 끌어내리기 위해 안간힘을 썼던 2등 회사의 대표가 우발적으로 방화를 저지른 것이었다. 불에 타는 농장으로 무작정 뛰어 들어갔던 잰시스의 아버지는 연기에 질식된 상태로 발견되었고, 원래 몸이 약했던 어머니는 충격으로 쓰러져 곧 유명을 달리하고 말았다.

자신의 생일날 발생한 사건으로 갑작스레 혼자가 된 잰시스는 매년 생일마다 그날의 사고를 떠올리며 괴로워했지만 애써 쓴 울음을 삼키며 이를 악물고 버텨냈다. 그는 부모님께 물려받은 타고난 비즈니스 감각과 탁월한 실행력으로 무너져 내린 뤼벤 농장을 재건해 나갔고, 대학생 시절 루카와 함께 뤼벤 농장의 이름을 딴 '뤼벤 컴퍼니'를 설립해 포털 개발에 몰입했다. 그는 뤼벤 컴퍼니를 어느 누구도 넘볼 수 없는 강력한 1등 회사로 만드리라 다짐했고, 행여나 뤼벤 컴퍼니의 자리를 넘보는 자가 있다면 싹을 틔우기 전부터 짓밟으며 마침내 뤼벤 컴퍼니를 명실상부한 포르탈 최대의 포털 개발 회사로 성장시켰다.

●●●

"아직도 네가 그때 사고를 마음에 담고 있는 줄은 몰랐어. 하지만 이미 30년이나 지난 일이야. 그리고 이런 식으로 뤼벤을 지키는 건 너희 부모님도 절대 원하시지 않아!"

"네가 뭘 안다고 함부로 이야기해! 뤼벤을 아무도 넘볼 수 없도록 만들어야 해!"

"잰시스! 결국 후회할 거야."

"아무래도 그 후회는 내가 아니라 너와 네 친구 한솔 군이 하게 될 것 같은데."

잰시스가 말을 마치며 루카와 한솔에게 시선을 거두고는 경호원 무리에게 눈짓을 보냈다. 경호원들이 감옥의 창살을 열어 두 사람을 끌어냈다.

"이거 놔! 놓으라고!"

한솔이 온 힘을 다해 발버둥을 쳤지만 역부족이었다. 그의 양팔을 붙잡은 경호원들은 미동조차 없었다.

"이 남자애가 가지고 있는 손목시계부터 찾아내."

클로네로부터 손목시계의 비밀을 전해들은 잰시스는 한솔의 손목시계부터 빼앗기로 했다. 경호원들이 거친 손길로 한솔의 옷을 뒤지기 시작했다.

"아무리 찾아도 없을 거예요. 이곳을 빠져나간 아이가 이미 가지고 나갔어요."

반항이 통하지 않는 걸 깨달은 한솔이 모든 것을 체념한 듯 덤덤한 말투로 말했다.

"뭐라고? 이런 젠장!"

한솔에게 손목시계가 없다는 말을 들은 잰시스가 잔뜩 흥분하여 한솔의 어깨를 잡아 흔들었다.

"포털에 기둬버려."

잰시스가 한솔을 잡아먹을 듯 노려보다가 곧이어 경호원들에게 지시했다. 결말을 직감한 한솔은 더 이상 반항하지 않았다. 정체된 포털 안으로 한솔의 몸이 던져졌다. 한솔은 스르륵 눈을 감았다. 눈을 감는 순간 은비의 얼굴이 까맣게 잔상으로 남는가 싶더니 이내 사라졌다. 감옥 쪽에서 루카가 "안 돼!" 하고 절규하는 소리가 어렴풋이 들리는 것 같기도 했다. 너무 지치기도 했는지 한솔은 포털 안에서 몇 걸음 움직이지도 못한 채 맥없이 쓰러져 깊은 잠에 빠져들었다.

"대표님, 루카는 어떻게 할까요?"

"여기 그냥 둬."

"네, 알겠습니다."

"옛정을 생각해서 주는 마지막 기회야, 루카. 널 다시 창살 안에 가두진 않겠어. 저 멍청한 남자애처럼 네 발로 직접 저 정체 포털로 걸어 들어가 죽을 때까지 잠이나 잘지, 아니면 날 따라 내 사무실로 올지 선택해. 아! 이 감옥에 설치된 포털은 내 방으로만 이동할 수 있으니 허튼 생각은 일찌감치 접는 게 좋아."

잰시스는 루카의 손에 직원 카드를 쥐여주고는 마지막 경고를 날린 뒤 감옥 벽면의 포털을 통해 자신의 사무실로 되돌아갔다. 한솔이 정체 포털에 갇히는 모습을 지켜만 봐야 했던 루카는 모든 의욕을 잃은 채 바닥에 주저앉았다. 잰시스 말대로 정체 포털로 들어갈 수도, 그렇다고 그를 따라 다시 뤼벤 컴퍼니로 돌아갈 수도 없었다. 공기 흐름조차 멈춰버린 듯한 그곳에서, 빨갛게 충혈된 루카의 눈가를 타고 말간 눈물 한 줄기만이 고요히 흘러내리고 있었다.

● ● ●

같은 시각, 요정들의 집

혼자만 뤼벤 컴퍼니에서 빠져나와 토비아스 요정들의 집에 도착한 은비는 패닉 상태가 잦아들자 후회가 물밀듯이 밀려들었다. 불과 몇 시간 전, 은비를 구해 이곳에 함께 왔던 한솔을 두고 혼자 나왔다는 죄책감이 이루 말할 수 없었다.

"은비! 이게 어떻게 된 거야?"

집에 남아있던 요정들이 은비를 발견하자 재빨리 달려와 깃털 담요를 덮어주었다. 은비에게 자초지종을 들은 요정들은 애써 은비를 다독였지만, 눈빛은 초조하게 흔들리고 있었다.

"우리가 가봐야 할 것 같아!"

"그래, 그래! 우리가 가서 뭐든 도와주자!"

요정 몇 마리가 큰 결심을 한 듯 하늘 높이 날갯짓 하며 말했다.

"쯧쯧, 지하 포털로 들어가는 길도 모르면서! 아무 힘도 없는 우리가 가서 무슨 도움이 된다고 그래! 생각들 좀 하라구!"

"뭐라고? 이게 다 네가 잰시스에게 루카가 숨겨둔 비밀의 책을 몰래 가져다주는 바람에 이렇게 된 거잖아! 다 너 때문이야!"

"그게 왜 나 때문이야!"

요정들이 두 무리로 갈라져 옥신각신 하고 있을 때였다. 먼 곳에서 작은 요정 하나가 쏜살같이 날아오더니 요정 무리들의 틈을 비집고 들어왔다.

"저, 저기……!"

작은 요정이 소곤대며 요정 무리에게 말했지만, 잔뜩 흥분한 요정들은 들은 체도 하지 않고 짤막한 양팔을 휘두르며 서로를 공격하기에 여념이 없었다.

"이거 봐요, 다들!"

요정들이 반응이 없자 작은 요정이 온 힘을 다해 소리쳤다. 그 바람에 한창 다투고 있던 요정들이 화들짝 놀라 하던 동작을 멈추고 요정을 바라보았다.

"어……? 아기 요정! 어떻게 된 거야? 한솔, 루카, 클로네랑 같이 있는 거 아니었어?"

그 말에 은비의 귀가 번쩍 뜨였다. 은비는 다른 요정들보다 머리 하나 정도 작은 아기 요정을 쳐다보았다. 아기 요정 몸에는 낯선 물건이 휘감겨 있었다. 한솔의 손목시계였다.

"요정님이 왜 한솔이의 손목시계를……. 무슨 일이 있었던 거예요?"

・・・

30분 전, 뤼벤 컴퍼니 지하실 비밀 감옥

부스럭부스럭.

한솔이 루카의 직원 카드로 감옥의 돌문을 열어, 그곳이 정체된 포털의 반대편 문이라는 것을 발견하고 놀라워하던 순간이었다. 한솔의 겉옷 주머니에서 무언가 꾸물거리며 부스럭 소리를 냈다. 한솔은 갑작스러운 움직임에 놀라 뒷걸음질 치다가 감옥 창살에 몸을 탕! 하고 부딪치고 말았다. 그 충격에 한솔의 주머니에 있던 물체가 바깥으로 툭 튀어나왔다.

"우에엥! 너무 무서웠어!"

한솔의 겉옷 주머니에서 꾸물거리고 있던 것은 바로 토비아스 요정이었다. 아직 아기인지 앳되어 보이는 얼굴에 체구가 매우 작았다.

겁 많은 이 요정은, 다른 요정들이 경호원들에게 달려들어 싸울 때 차마 함께 싸우지 못하고 한솔의 겉옷 주머니에 쏙 들어가 숨어있다가 상황을 봐서 나올 참이었다. 그런데 갑작스럽게 클로네가 차례로 루카와 한솔을 비밀 포털로 밀어버리는 바람에 감옥까지 따라 내려오게 된 것이다.

"괜찮아요, 요정님⋯⋯. 괜찮아요."

한솔이 불안에 떨며 울고 있는 요정을 손바닥으로 폭 안아 달래주었다. 한솔의 따뜻한 손길에 아기 요정도 점차 안정을 되찾았다.

"저, 저기…… 한솔, 저 안으로 내가 한번 들어가 볼까?"

한솔의 주머니 속에서 두 사람의 대화를 유심히 들었던 아기 요정이 정체 포털로 들어가는 문을 가리키며 조심스레 말을 꺼냈다.

"네? 요정님이 어떻게……."

한솔이 어리둥절한 표정으로 요정에게 물었다.

"아…… 그렇지! 요정님들은 잠을 안 자니까 정체된 포털에 들어가도 잠들지 않는 거죠?"

루카가 이제야 생각이 났다는 듯 무릎을 탁 치며 말했다.

"맞아. 우, 우리 요정들은 포르탈 사람들과는 달라. 잠을 안 자니까 포털에 들어가도 자, 잠드는 일은 없을 거야."

요정이 여전히 소심한 말투로 더듬거리며 대답했다.

"그래도…… 어떻게 될지 모르는데, 너무 위험하지 않을까요? 자칫하다가 요정님이 저 포털 안에서 잘못된다면……."

한솔은 요정의 말에 잠시 한 줄기 빛이 보이는 듯하다가, 이내 너무 위험한 일이라는 생각이 들어 고개를 가로저었다. 그때, 요정이 한솔에게 날아와 그의 손목에 내려앉았다.

"한솔의 손목시계…… 내 몸에 묶어줘."

그의 말투는 여전히 소심하지만 단호했다.

"요정님……."

한솔은 더 이상 말을 잇지 못했다. 감옥의 분위기가 일순간에 숙연해졌다.

"두 사람뿐만 아니라 우리 토비아스 요정들까지 클로네에게 당했을지도 몰라. 지금 이곳을 빠져나갈 수 있는 건 나 혼자뿐이잖아."

아기 요정이 한솔의 손목시계를 자꾸 잡아당기며 말을 이었다. 한솔은 순간 눈물이 핑 돌았다. 루카가 떨어지지 않는 발걸음을 옮겨 한솔의 손목에 묶여있던 끈을 풀어 요정의 몸에 묶어주었다.

"요정님, 혹시 저 문틈 사이로 들어갈 수 있을까요?"

한솔이 돌문과 벽 사이의 틈을 가리키며 요정에게 물었다. 요정은 고개를 갸우뚱하더니 대답도 하지 않고 날쌔게 돌문 앞으로 날아가 낑낑대며 문틈 사이로 지나갔다. 그러고는 곧, 반대편에서 다시 낑낑대며 문틈 사이로 되돌아왔다.

'됐어!'

한솔은 주먹을 불끈 쥐었다. 아기 요정이지만, 분명 그들에게 어떤 식이든 도움을 줄 수 있을 것이다.

"루카, 이렇게 들켜버린 이상 우리 힘만으로는 잰시스와 클로네, 그리고 수많은 경호원을 이길 수는 없어요. 밖에 있는 사람들에게 도움을 청해야 해요. 요정님이 이렇게 용기를 내줬으니, 우리도 끝까지 포기하지 말고 해봐요!"

한솔의 말에 루카는 말없이 고개를 끄덕이며 한동안 고심했다. 루카도 한솔의 생각에 동의했지만, 누구를, 그리고 어떻게 불러 모아야 할지 당최 좋은 생각이 떠오르지 않았다.

"은비밖에 없어요."

짧은 침묵을 깨고 한솔이 말했다. 무슨 수를 쓰든, 이곳까지 오는 방법을 아는 사람 중에 믿을 만한 사람은 은비밖에 없었다. 그러나 루카는 고개를 가로 저었다.

"은비 양이 떠나기 전, 얼굴을 봤어요. 새파랗게 질려있더군요……. 이곳에 다시 돌아오지 못할 거예요. 차라리 풀란에게 연락해 보는 게 좋겠어요. 풀란이 용기를 내서 저를 찾아와 정체된 포털과 상상 포털의 비밀을 털어놓았어요. 뤼벤 컴퍼니와 이 포털들의 설계를 가장 잘 알고 있는 사람 중에 한 명이예요. 풀란에게 도움을 청해봐요."

"풀란이 이 상황을 100% 이해하고 재빨리 움직일 수 있을까요? 어디 있는지도 모르는데…… 그를 찾아 상황을 설명하고 설득할 시간이 없어요. 제가 아는 은비는 이곳을 빠져나가자마자 곧바로 후회했을 거예요. 제가 은비를 구했고, 제가 여기 있는 한 은비는 분명 돌아올 거예요."

한솔이 확신에 찬 어조로 이야기하자 루카도 입술을 꽉 깨문 채 고개를 끄덕였다. 한솔은 가방에서 종이와 펜을 꺼내 은비에게 편지를 쓰기 시작했다. 은비가 이 편지를 읽고 용기를 내주길 바라며.

"요정님, 잘 부탁할게요!"

편지를 다 쓴 한솔이 종이를 곱게 접어 아기 요정의 손에 꽉 쥐여주었다. 이제 그들이 할 수 있는 일은 간절히 은비의 응답을 기다리는 것뿐이다.

문틈 사이를 비집고 들어간 아기 요정이 순식간에 정체된 포털을 가로질러 반대편 돌문으로 날아갔다. 한솔을 비롯한 외계 행성 사람들이 잰시스의 안내를 받고 들어갔던 그 문이었다. 요정은 혹시나 한솔의 손목시계가 몸에서 떨어질까 꼭 붙잡은 채 다시 한번 반대편 입구의 문틈 사이로 낑낑대며 빠져나갔다. 그곳에는 클로네가 쳐놓은 그물에 걸려 발버둥 치고 있는 요정 무리와 그들을 감시하고 있는 경호원들이 진을 치고 있었다.

'엇…… 아기 요정?'

그때, 그물에 걸린 똘똘이 요정이 문틈 사이로 조심스레 빠져나오고 있는 아기 요정을 발견했다.

"큼큼!"

한솔의 손목시계가 아기 요정의 몸에 묶여있는 것을 보고 순식간에 상황을 파악한 똘똘이 요정이 아기 요정을 부르려다 말고 헛기침하며 다른 요정들에게 눈치를 주었다. 요정들은 경호원들이 눈치채지 못하도록 슬금슬금 날갯짓 하며 아기 요정 쪽으로 몸을 옮겼다. 덕분에 아기 요정은 요정들 무리에 완벽히 가려져 경호원들의 눈을 피해 몰래 빠져나갈 수 있었다. 긴장한 탓에 땀을 한 바가지 흘리던 아기 요정은 경호원들이 시야에서 사라지자 쏜살같이 뤼벤 컴퍼니를 빠져나가 은비가 있는 요정들의 집으로 향했다.

●●●

다시, 요정들의 집

"은비…… 한솔이 이걸 꼭 전해달라고……."

힘차게 소리치던 모습은 온데간데없이 다시 소심한 겁쟁이로 돌아온 요정이 더듬거리며 말했다. 요정은 감옥에서부터 꼭 쥐고 온 한솔의 편지를 은비에게 내밀었다. 한솔의 편지라는 말에 은비는 요정이 들고 있던 종이를 낚아챘다. 혹시나 편지가 떨어질까 어찌나 세게 쉬고 왔는지 편지는 마구 구겨져 있었다. 편지 전달을 마친 요정은 이내 은비의 겉옷 속으로 쏙 숨어들었다.

편지를 열어보는 은비의 손이 미세하게 떨렸다. 지하실에 갇힌 사람들이 빠져나온 것이 아니라 요정 하나만 빠져나온 것을 보아 사람들을 구하러 가는 와중에 뭔가 문제가 생긴 것이 틀림없다.

은비야, 루카와 나는 지금 잰시스가 만들어놓은 뤼벤 컴퍼니 지하 감옥에 갇혀있어. 믿을 수 없겠지만 우리를 도와주던 클로네가 잰시스와 한통속이었고, 그에게 어이없이 당하고 말았어. 네가 지금 이 편지를 받으면 너무나 당황스럽고 두려워서 또다시 패닉이 찾아올까 걱정이 된다. 하지만 이제 믿을 수 있는 사람은 너밖에 없어. 너의 도움이 꼭 필요해.

은비야, 이 편지를 받는 즉시 가능한 한 많은 사람에게 메시지를 보내서 뤼벤 컴퍼니와 잰시스의 실상을 알려줘. 그리고 지하실 안에 갇혀있는 사람들을 구하기 위해 뤼벤 컴퍼니로 모여달라고 알려야 해. 얼마나 이 말을 믿을지는 모르겠어. 아무도 오지 않을지도 모르지. 하지만 지금 해볼 수 있는 일은 이것뿐이야. 은비야, 부디 용기를 내줘. 부탁할게. - 한솔

편지를 다 읽은 은비의 손이 부들부들 떨렸다. 잰시스, 게다가 클로네까지 합세해서 한솔과 루카를 가두다니 믿을 수 없는 일이다. 은비는 끓어오르는 분노를 참을 수 없어 들고 있던 편지를 힘껏 구겨 바닥으로 내동댕이치고 말았다. 그리고 곧이어, 두 사람을 두고 혼자 빠져나온 것에 대한 미안함, 그리고 뤼벤 컴퍼니로 되돌아가서 앞으로 맞닥뜨려야 할 상황들에 대한 두려움이 차례로 밀려왔다.

'내가 다시 뤼벤 컴퍼니에 들어갔다가 잘못된다면…… 나도 똑같이 감옥에 갇히겠지. 다시는 지구로 돌아갈 수 없을지도 몰라. 우리 엄마는 내가 죽었는지 살았는지도 모른 채 고통 속에서 매일을 살아가겠지……'

은비의 미간이 절로 찌푸려졌다. 머리로는 어떻게 해야 하는지 알고 있지만, 가슴을 짓누르는 엄청난 두려움과 부담감이 그녀를 이러지도 저러지도 못하게 만들었다. 은비가 한참을 갈팡질팡하고 있는데, 그녀의 품속에서 오들오들 떨고 있는 토비아스 요정의 움직임이 느껴졌다.

"왜 그러세요, 요정님!"

깜짝 놀란 은비가 겉옷 속에서 떨고 있는 요정을 내려다보며 말했다.

"은비……. 흑흑…… 나 너무너무 무서웠어……. 혼자서 어딘지도 모르는 캄캄한 미로를 통과해서 겨우겨우 밖으로 나올 수 있었어……. 나오면서도 혹시나 누군가에게 들킬까 봐 너무 무서웠어. 흑흑."

요정이 훌쩍이며 떨리는 목소리로 말했다. 여전히 두려움이 가시지 않는지 몸을 잔뜩 웅크리고 있던 터라 가뜩이나 작은 몸집이 더욱 작게 보였다.

"아아……요정님."

은비는 그제야 정신이 번쩍 들었다. 이 작고 힘없는 요정도 용기를 내서 여기까지 이를 악물고 날아왔는데, 일어나지도 않은 일 때문에 두려워하며 망설이고 있을 시간이 없었다. 은비는 친구를 구하기 위해 포장마차로 망설임 없이 뛰어 들었던 아빠의 마음을 어렴풋하게나마 알 수 있을 것 같았다.

"요정님들! 저 좀 도와주세요! 사람들에게 소식을 알려야 해요!"

"말만 해! 우리가 뭐든 도울게!"

"마을로 가서 잠들어있는 사람들을 깨워 알려주세요. 모두 뤼벤 컴퍼니로 가서 지하에 갇힌 사람들을 구해달라고요!"

은비의 말이 끝나기가 무섭게 은비 주변을 감싸고 있던 수십 마리의 토비아스 요정들이 날개에 불을 켜고 일제히 날아올랐다. 미아미아 나무숲의 밤하늘이 폭죽이 터진 듯 삽시간에 환한 빛으로 반짝였다. 요정들은 사방으로 퍼져 포르탈의 각 마을, 각 집으로 순식간에 날아가 창문을 두드려 잠들어있는 사람들을 깨워 은비의 메시지를 전달했다. 포털이라는, 온 우주에서 가장 빠른 이동 수단을 가진 그들이 가장 아날로그적인 방법으로 멀리 있는 누군가에게 메시지를 전달하는 순간이었다.

요정들이 날아가는 것을 확인한 은비도 떠날 준비를 마쳤다. 은비는 자신이 타고 온 요정의 집 포털 앞에서 외쳤다.

"뤼벤 호텔 1호점!"

풀란의 집

은비의 메시지를 전하기 위해 각 집으로 날아든 토비아스 요정 중 하나가 주위를 살피더니 빠르게 누군가의 집으로 향했다. 요정은 작은 몸집을 이용해 빼꼼 열려있는 창문 틈으로 몰래 들어갔다. 그곳에는 지금 일어나는 일은 전혀 알지 못한 채 깊은 잠에 빠진 풀란이 있었다.

"풀란."

요정이 소곤대며 곤히 잠들어 있는 풀란을 흔들어 깨웠지만, 그는 요지부동이었다.

"풀란! 일어나 풀란!"

"으악! 누구야!"

풀란이 일어나지 않자 요정이 풀란의 귀에다 바짝 얼굴을 대고 최선을 다해 소리쳤다. 그 바람에 풀란이 화들짝 놀라 잠에서 깨어 요정을 바라보았다.

"잠 깨워서 미안하지만 풀란, 지금 뤼벤 컴퍼니로 가야 해!"

"요정님! 한밤중에 갑자기 이게 무슨……. 뤼벤 컴퍼니로 가야 한다니요?"

"뤼벤 컴퍼니 지하에 루카가 갇혀있어!"

"네……? 루카가요? 무슨 일인지 자세히 좀 말해주세요!"

요정은 루카와 한솔, 그리고 은비에게 지금 벌어지고 있는 일을 풀란에게 설명했다. 그리고 잠들어있는 포르탈 사람들을 깨워서 뤼벤 컴퍼니로 쳐들어갈 생각이라는 이야기도 전했다. 요정에게 자초지종을 듣던 풀란은 믿을 수 없다는 듯 고개를 좌우로 저었다. 자신이 루카에게 정체 포털과 상상 포털에 대해 말을 전하는 바람에 일이 이 지경까지 오게 되었다는 자책감에 풀란은 자신의 가슴을 연신 내리쳤다. 하지만 금세 두근대는 가슴을 애써 진정시키고 자신이 할 수 있는 일을 생각했다. 잰시스의 철저한 준비성과 차갑도록 냉정한 성향을 잘 알고 있기에 무작정 뤼벤 컴퍼니로 가서는 승산이 없다는 생각이 들었다.

"요정님, 잠시만요! 뤼벤 컴퍼니로 가기 전에 할 일이 있어요."

뤼벤 호텔 1호점

밤이 깊었지만 뤼벤 호텔 1호점 사람들 누구도 잠들지 않았다. 그들은 계속 한솔과 은비의 소식을 기다리고 있었다. 손쉽게 사람들을 구해낼 것이라고는 기대하지 않았지만, 연락 없는 시간이 길어지자 모두 잠을 이루지 못하고 초조해하고 있던 참이었다. 그들은 여전히 곤히 잠든 에밋을 곁에서 지키며 어둡고 두려운 밤을 보내고 있었다.

"여러분!"

그때, 누군가가 숨이 턱 끝까지 차오른 목소리로 뤼벤 호텔 1호점의 벽난로 포털에서 나타났다. 바로 얼굴이 상할 대로 상한 은비였다. 은비는 놀란 사람들의 이런저런 물음에 아무런 대답을 하지 않고 한솔의 편지를 호텔 사람들에게 보여주었다. 그 내용은 실로 놀라웠다.

"결국…… 한솔이 위험에 빠지고 말았어요!"

"이제 우리 차례예요!"

"한솔이 우리에게 뒷일을 부탁한다고 했으니, 결국 우리가 나서야겠군!"

호텔 사람들은 누구 하나 망설이지 않고 주먹을 불끈 쥐고는 뤼벤 컴퍼니로 떠날 준비를 했다. 아무 힘도 없고 공통점도 별로 없는 서로 다른 행성의 사람들이었지만, 그들의 의지와 마음만은 하나였다. 뤼벤 컴퍼니에 갇힌 호텔 2호점 사람들, 그리고 용기 내서 사람들을 구하러 나섰던 한솔까지 무슨 일이 있어도 구해 나오리라 다짐했다.

띠링. 띠링. 띠링. 띠링. 띠링. 띠링.

그때, 뤼벤 호텔 여기저기에서 메시지 도착을 알리는 소리가 연달아 울려 퍼졌다. 호텔 사람 중 한명이 포털 메신저를 열어 메시지를 확인했다.

"엇! 이거 보세요. 누군가 잰시스의 악행을 폭로했어요! 뤼벤 컴퍼니로 모여달라는 메시지예요."

"포르탈 전체에 한꺼번에 보내진 메시지 같아! 누가 보낸 거지?"

풀란이었다. 요정들이 직접 집집마다 돌아다니며 메시지를 전달하고 있다는 이야기를 듣고 풀란이 재빨리 포털 관리 시스템을 열어 포털을 이용하고 있는 모든 사람들에게 대량으로 메시지를 발송한 것이다. 풀란의 기나긴 메시지 속에는 그가 얼마나 떨리는 마음을 애써 억누르며 사람들에게 보낼 말을 고르고 골랐는지가 고스란히 담겨있었다.

풀란의 메시지를 받은 사람들의 반응은 각양각색이었다. 그냥 무시해 버리는 사람, 불같이 화를 내는 사람, 믿지 않는 사람 등등. 그러나 그중에는 메시지에 곧장 반응하여 움직이는 사람들도 있었다.

"저희도 같이 가요!"

호텔 사람들이 막 떠나려고 채비하고 있는데, 활짝 열린 문을 통해 사람들이 우르르 들어왔다. 모두 호텔 인근에서 풀란의 메시지를 받고 호텔로 달려온 포르탈 사람들이었다.

은비의 정성이 가득 담긴 요리를 먹으며 신기해하던 사람들, 잠을 이겨가며 함께 산책하면서 깔깔대던 사람들, 한솔이 대신 써준 편지로 도움을 받은 사람들 등등……, 모두 짧은 시간이었지만 한솔, 은비와 우정을 쌓은 사람들이었다. 호텔 사람들은 환하지만 굳건한 미소로 그들을 반겨주었다.

"뤼벤 컴퍼니!"

곧이어 그들은 벽난로 포털 앞에 서서 외쳤다. 그러나 어찌된 일인지 벽난로 포털은 아무런 반응이 없었다. 사람들은 작동하지 않는 벽난로 포털을 발로 한번 뻥! 차버리고는, 다른 포털을 찾아 호텔 밖으로 뛰쳐나갔다. 포르탈 사람들은 아직 잠에서 덜 깬 눈을 비비며, 서로의 시간 캡슐을 나눠주면서 평소에 좀처럼 움직이지 않았던 발걸음을 옮겼다.

뤼벤 컴퍼니 잰시스의 사무실

"도대체 누가……!"

풀란이 대량으로 발송한 메시지를 받고 화들짝 놀라 자리를 박차고 일어나는 이들이 있었다. 바로 잰시스와 클로네였다. 잰시스는 이제 막 한솔을 정체 포털에 가둬버리고 루카를 비밀 감옥에 내버려 둔 채 돌아온 참이었다. 루카를 정체된 포털에 가두지 않고 그냥 돌아온 것을 책망하며 방방 뛰던 클로네와 옥신각신 하고 있던 잰시스는 갑자기 시나리오에 없던 메시지를 받고 순간 얼어붙었다.

전혀 예상치 못했던 전개에 당황한 잰시스가 손을 바들바들 떨며 포털 관리 시스템을 실행시켰다. 아니나 다를까, 뤼벤 컴퍼니를 목적지로 하는 포털 이동량이 급증하고 있었다. 메시지를 받은 사람들이 뤼벤 컴퍼니로 몰려오고 있는 것이 틀림없었다.

'더 많은 사람이 메시지를 받기 전에…… 포털을 타고 사람들이 몰려들기 전에 어서 조치를 취해야 해!'

이미 포르탈 전역에 뿌려지고 있을 메시지 발송을 중단하고, 사람들이 뤼벤 컴퍼니로 오지 못하게 막을 수 있는 유일한 길은 바로 뤼벤 컴퍼니가 설치해 놓은 모든 포털의 작동을 강제로 중단시켜 버리는 것뿐이다. 그러나 이 경우 정체된 포털의 작동도 멈추게 되는 것뿐만 아니라 포르탈 전체에 대혼란이 발생할 것이다.

"잰시스! 당장 포털 제어 시스템 전원 내려!"

잰시스가 머뭇거리고 있자 클로네가 잰시스를 밀치며 포털 관리 시스템 앞으로 뛰어갔다. 그 바람에 뒤로 밀려난 잰시스가 재빨리 클로네의 손목을 잡아, 그를 막았다.

"안 돼, 클로네! 전원 내리면 무슨 일이 생기는지 몰라서 그래? 포르탈 전체가 엉망이 될 거라고! 게다가 정체 포털에 갇힌 사람들도 다 깨어나고 말 거야!"

"그 사람들한테는 얼마든지 둘러댈 수 있어. 건물에 문제가 생겨서 안전한 곳으로 모시겠다고 하면 될 일이야! 지금 사람들 들어오고 있는 거 안 보여?"

클로네가 마구 흥분하며 건물 모니터링 화면을 가리켰다. 화면은 어느새 뤼벤 컴퍼니 입구에 몰려든 사람들로 가득 차있었다. 사람들은 급기야 뤼벤 컴퍼니 입구 문을 두드리며 부수려는 시도를 하고 있었다.

"저리 비켜!"

잰시스가 말릴 새도 없이, 발을 동동거리던 클로네가 결국 포털 관리 시스템을 차지했다. 그는 뭔가에 홀린 사람처럼 재빠르게 포털 시스템 여기저기를 만지더니 결국 포르탈에 설치된 뤼벤 컴퍼니의 모든 포털 시스템 전원을 내려버리고 말았다. 잰시스는 판단력을 잃은 채 그런 클로네를 멍하니 바라보고 있을 뿐이었다.

"빨리 와, 잰시스!"

클로네가 전원을 내리자마자 잰시스의 손을 잡아끌었다. 그들은 곧바로 사무실을 뛰쳐나와 비상계단으로 뛰어가 지하실로 내려가기 시작했다. 이제 정체된 포털이 멈추면서 곧 사람들이 깨어날 것이다. 그들이 비몽사몽 하고 있을 때 밖으로 빼내야 한다. 잰시스와 클로네는 정체된 포털 입구까지 쏜살같이 달려갔다.

그 시각, 풀란도 힘이 빠진 요정을 주머니에 담고 뤼벤 컴퍼니로 부리나케 뛰어가고 있었다.

지하실 비밀 감옥

위잉위잉.

"전체 포털 시스템 중단. 전체 포털 시스템 중단."

감옥 안에서 어찌할 바를 모르고 멍하니 앉아있던 루카는 갑자기 울리는 경보음 소리에 깜짝 놀라 벌떡 일어났다.

"설마…… 누군가 포르탈 전체에 설치된 포털 시스템 전원을 내려버렸어……."

단번에 경보음 소리를 알아들은 루카는 갑자기 다리에 힘이 풀려 다시 주저앉고 말았다. 지금까지 한 번도 뤼벤 컴퍼니가 설치해 둔 모든 포털의 운영을 중단한 적은 없었다. 포르탈에 가장 많이 설치된 뤼벤 컴퍼니의 포털을 갑자기 모두 이용할 수 없다면 이제 포르탈 전역이 마비될 것이다.

'잠깐…… 포털 전체 시스템 전원이 꺼진 거라면…… 정체 포털도 작동이 중단될 텐데!'

여기까지 생각이 미친 루카는 잰시스가 손에 쥐어 준 직원 카드를 정체 포털로 들어가는 돌문에 갖다 댔다. 익숙한 위잉 소리와 함께 돌문이 천천히 열렸고, 그곳에는 이제 막 잠에서 깨어 지끈거리는 머리를 부여잡은 한솔이 있었다.

정체 포털 안

"우읍……."

"으으…… 머리야……."

포털 시스템 작동이 멈추면서 캡슐 침대에서 잠들어있던 사람들이 하나둘 깨어나기 시작했다. 얼마나 오래 잠들어있었는지, 겨우 정신은 들었지만, 몸이 너무 굳어버려 제대로 몸을 가눌 수 없었다. 말 그대로 잠시 죽어서 관에 누워있다가 다시 살아난 듯한 몸 상태였다. 그들은 깨질 듯한 두통을 호소하며 지끈거리는 머리를 부여잡았다. 곧이어 그들은 잠에서 깨어난 서로의 얼굴을 바라보았고, 뭔가 심상치 않은 상황에 부닥쳤음을 직감했다.

"시간이…… 얼마나 지난 거죠?"

"다들 언제쯤 들어온 거예요?"

"전혀 모르겠어요……."

"일단…… 여기서 빨리 나가야 할 것 같아요."

그들은 영문도 모른 채 겨우겨우 침대에서 몸을 일으켜 들어왔던 문으로 향했다. 비틀거리며 걷는 그들의 모습은 마치 한동안 성장 가루를 먹지 못한 미아미아 나무들을 보는 것 같았다.

지하 감옥 문 앞에서 쓰러져 잠들어있던 한솔도 서서히 정신을 차렸다. 영문을 모른 채 깨어난 한솔은 루카가 정체 포털 안에 없다는 사실을 깨달았다.

'잰시스가 정체 포털에 날 가두고 이어서 루카도 가둬버릴 줄 알았는데……. 설마 루카를 강제로 끌고 간 건가?'

"한솔 군!"

어지러운 생각들이 한솔의 머릿속을 헤집고 있는데, 돌문이 열리며 누군가 다급히 한솔을 불렀다. 루카였다. 돌문 밖에서는 시끄러운 사이렌 소리가 여전히 울려 퍼지고 있었다.

"루카, 무사했군요! 갑자기 잠에서 깨어났어요!"

"포털 전체 시스템 전원이 꺼졌어요. 우리가 모르는 어떤 일이 지금 밖에서 일어나고 있는 것 같아요! 이렇게 된 이상 전원이 다시 들어오기 전에 빨리 이곳을 빠져나가야 해요!"

한솔이 흥분한 루카를 진정시킬 새도 없이, 루카가 한솔의 손을 끌어 기나긴 공간을 가로 질러 감옥의 반대편, 정체 포털 정문 쪽으로 뛰어갔다.

"사, 사람들이 벌써……?"

포털 입구로 달려가며 내부를 살펴보던 한솔이 당황하여 소리쳤다. 캡슐 침대에서 자고 있던 사람들이 아무도 보이지 않는다. 이미 잠에서 깬 사람들이 이곳을 빠져나간 것 같다. 그들이 돌문 앞에 서자 곧 위잉 하는 소리와 함께 서서히 돌문이 열리면서 시끄러운 소리가 들려왔다.

"야! 이 나쁜 놈들아!"

"너 죽고 나 죽자!"

"감히 우리를 뭘로 보고!"

문이 활짝 열린 후 두 사람은 믿을 수 없는 광경을 마주했다. 포털 입구에서 경호원들과 수많은 사람이 뒤엉켜 싸우고 있었다. 사람들 가운데 한솔의 눈에 익은 사람들도 몇 명 보였다. 분명 호텔 인근에 사는 포르탈 사람들이었다! 은비가 해낸 것이다.

입구는 말 그대로 아수라장이었다. 포르탈 사람들의 손에는 집에 있는 물건을 닥치는 대로 집어 온 듯, 우산, 유리병, 기다란 막대기 같은 것이 들려있었고 때때로 신고 있던 신발을 벗어 손에 들고 싸우는 사람들도 있었다. 게다가 잠에서 깨어난 외계 사람들도 포털 밖으로 빠져나와 비몽사몽간에 덩달아 싸움을 거들었고, 정체 포털 개발을 반대하다가 불합리하게 해고당한 직원들도 섞여 싸우고 있었다.

훈련받은 경호원들이 애를 쓰며 사람들을 쳐냈지만, 경호원 수보다 몇 배가 많은 사람을 당해낼 수는 없었다. 약이 오를 대로 오른 사람들은 앞뒤 보지 않고 들고 있던 물건으로 경호원들을 쥐어패기 시작했다. 두 사람이 양다리를 붙잡고 놔주지 않은 상태에서 다른 사람이 이로 팔을 깨물어버렸다. 어떤 사람들은 경호원의 등에 매달려 머리채를 잡고 뒤흔드는 바람에 경호원의 머리카락이 한 움큼 빠지기도 했다.

"한솔! 루카! 우리 좀 꺼내줘!"

그물 안에 갇혀 버둥거리고 있던 요정들이 정체 포털을 빠져나온 한솔과 루카를 발견하고 소리쳤다. 한솔은 안간힘을 써 요정들이 갇혀있는 그물을 끊어냈다. 한솔이 그물을 끊어내는 데 성공하자 잔뜩 열이 받은 토비아스 요정들이 일제히 경호원들에게 날아가 공격하기 시작했다. 그 바람에 사람들에게 한바탕 흠씬 두들겨 맞던 경호원들이 겨우 몸을 일으키려다가 요정들에게 뒤덮여 다시 바닥에 쓰러지고 말았다. 그 위를 또다시 포르탈 사람들이 덮치는 바람에 그 모습이 흡사 겹겹이 쌓아놓은 페스츄리 빵 같았다. 소란은 한동안 멈출 줄 모르고 계속됐다.

"이, 이럴 수가……."

그때, 왁자지껄한 싸움 현장 사이로 말문이 막힌 두 사람이 나타났다. 바로 포르탈 전체 포털 시스템 전원을 끄고 허둥지둥 지하실로 내려온 잰시스와 클로네였다. 잰시스의 얼굴은 시뻘겋게 달아올라 있었고 급하게 달려오느라 신발 한 짝은 벗겨진 상태였다. 클로네는 머리를 얼마나 쥐어뜯었는지, 머리카락이 온통 까치집처럼 삐죽삐죽 솟아있었다. 그때 누군가가 동상처럼 굳어버린 채 서있는 두 사람을 발견했다.

"잰시스, 클로네…… 이 사람 같지도 않은 놈들!"

사람들 무리에서 누군가의 외침을 신호로, 경호원들과 싸우던 사람들이 멈칫하더니 모두 잰시스와 클로네 쪽을 바라보았다. 사람들의 얼굴이 점점 붉으락푸르락 해지더니 모조리 두 사람에게 우르르 달려들었다.

"으아아악!"

잰시스는 뒷걸음질을 치다가 엉덩방아를 찧고 말았고, 사람들은 그런 잰시스의 팔을 꺾고 머리에 박치기하며 공격했다. 잰시스는 속수무책으로 당하고 말았다. 클로네는 잰시스를 공격하느라 정신없는 사람들 틈을 비집고 슬며시 기어 나와 도망치려 했다. 그 모습을 한솔과 루카가 놓칠 리 없었다.

"클로네! 이 나쁜!"

한솔의 외침을 시작으로 한솔과 루카가 동시에 달려들어 클로네를 덮쳤다.

클로네가 아등바등하는 사이 누군가 달려와 클로네의 손목을 재빨리 끈으로 묶어버렸다. 은비였다.

"조한솔! 괜찮아? 루카! 다친 데 없어요?"

은비가 클로네의 손목을 묶으며 두 눈으로는 다급하게 한솔과 루카의 상태를 살폈다. 은비의 얼굴을 보는 순간 한솔의 눈에 눈물이 핑 돌았다. 긴장했던 마음이 그제야 눈 녹듯 사라졌다.

잠시 후 소란이 어느 정도 진정됐다. 잰시스와 클로네, 그리고 경호원들은 한솔과 은비를 포함한 많은 사람에게 둘러싸여 포박당한 상태였다. 그때 루카가 고개를 푹 숙인 채 무릎을 꿇고 있는 잰시스에게 다가왔다.

"잰시스, 네가 한 짓은 법의 심판을 받게 되겠지만, 이거 하나는 내가 주고 가야겠다."

말을 마친 루카가 한 손으로 잰시스의 머리통을 시원하게 후려갈겼다. 루카의 말을 조용히 듣고 있던 사람들이 환호성을 질렀다.

●●●

"어젯밤, 포르탈 최대의 포털 개발 회사인 뤼벤 컴퍼니에서 믿지 못할 사건이 일어났습니다. 포털 개발을 위해 외계 행성 사람들과 포르탈 사람들의 시간을 강제로 빼앗아 영원히 잠들게 하려고 했던 뤼벤 컴퍼니의 대표인 잰시스와 그 일당을, 그들에게 잡혀있던 외계 행성 사람들과 평범한 포르탈 사람들이 소탕한 것입니다. 자신이 한 짓을 감추기 위해 포르탈 전역에 설치된 뤼벤 컴퍼니의 포털 작동까지 모두 중단시켜 버렸던 잰시스는 경찰에 연행되었습니다……."

···

포털 역사박물관

"이 전설의 책은 블랙홀 포털 개발에 대한 비밀을 담고 있는 책이었습니다. 우주의 질서가 무너질 수도 있는 엄청난 내용이었죠. 그동안 전설의 책의 비밀을 알면서도 어쩔 수 없이 숨겨야 했던 저를 용서해 주십시오.

저는 앞으로 전설의 책의 나머지 책장을 모으는 일을 중단하고, 지금까지 모인 전설의 책을 이 '포털 역사박물관'에 기증하였습니다. 앞으로 전설의 책은 철통 보안 속에 이곳에 전시되어 많은 사람에게 공개될 것입니다. 우리 뤼벤 컴퍼니와 포르탈 사람들이 이 책을 볼 때마다 이번 사건을 뼈에 새겨 다시는 같은 실수를 반복하지 않도록 하기 위함입니다."

루카가 연설을 마치자 박물관에 모인 많은 사람이 박수와 환호성을 보냈다.

며칠 전 뤼벤 컴퍼니 지하실에서 발생했던 사건 이후 잰시스와 클로네, 그리고 정체된 포털 개발에 참여했던 많은 뤼벤 컴퍼니 연구원들이 경찰에 연행되었다. 경찰에게 잡혀가던 잰시스는 앞이 보이지 않을 정도로 눈물을 쏟으며 계속해서 죄송하다는 말만 반복했다. 반면, 클로네는 경찰에게 잡혀가면서도 분하다는 듯 씩씩거렸다.

루카는 지하실을 빠져나온 즉시 잰시스가 중단시켰던 포털 작동을 정상화했다. 그리고 잰시스의 사무실에서 그가 가져갔던 전설의 책 열 장과 그 해석본을 찾아냈다. 이것을 바로 없애버리려던 루카는 그보다는 모든 사람이 알 수 있도록 전설의 책을 공개하고, 모두가 이번 일을 마음에 새겼으면 하는 바람으로 포털 역사박물관에 책을 기증했다.

사람들의 시간을 엄청나게 추출했던 정체된 포털은 폐쇄되었다. 그러나 이미 개발 중이던 블랙홀 포털에 투입된 시간 캡슐을 다시 되돌릴 수는 없어서, 안타깝게도 에밋은 여전히 잠에서 깨어나지 못한 채 병원에서 계속 누워있었다. 크나큰 사건으로 한동안 들썩거렸던 포르탈은 시간이 지나며 점점 일상을 되찾아갔다.

• • •

한솔과 은비의 귀환일

"한솔! 은비! 이제 다 준비됐어."

루카가 롤러코스터 앞에서 힘껏 손을 흔들며 한솔과 은비에게 소리쳤다. 그 소리를 들은 한솔과 은비가 두 손을 꼭 잡은 채 떨어지지 않는 발걸음을 옮겨 롤러코스터 쪽으로 걸어왔다.

위기의 순간들을 함께 겪은 한솔과 은비, 그리고 루카는 서로 돈독한 우정을 나누며 더욱 가까워졌다. 사건을 겪은 후 며칠의 시간이 지나 드디어 한솔과 은비가 지구로 돌아갈 수 있는 포털이 모두 준비되었다.

"한솔, 은비…… 많이 보고 싶을 거예요……."

그들을 배웅하러 나온 아벨린이 눈물을 글썽이며 말했다. 그녀의 눈물을 본 한솔과 은비도 코끝이 찡해졌다. 그들은 아벨린을 꼭 안아주었다.

한솔과 은비가 떠나는 자리에는 수많은 사람이 모여들었다. 함께 지하실에서 싸웠던 포르탈 사람들과 아직 돌아가지 못한 외계 행성 사람들은 물론, 한솔과 은비의 활약상을 전해들은 포르탈 전역의 사람들이 한자리에 모였다. '포르탈 랜드'가 오랜만에 수많은 사람으로 북적거렸다.

"나중에 꼭꼭! 다시 놀러 와야 해!"

토비아스 요정들도 빼놓을 수 없었다. 그들은 한솔과 은비 주위를 빙 둘러싼 채 날개를 파닥거렸다. 마음 약한 요정들은 이미 목놓아 울고 있었고, 어떤 요정들은 한솔과 은비의 옷자락에 탁 붙어 떨어질 줄을 몰랐다.

"네! 꼭꼭 다시 놀러 올게요!"

포르탈 사람들과 이미 정이 많이 들어버린 한솔과 은비도 아쉬운 마음을 애써 꾹꾹 누르며 힘차게 대답했다. 언젠가 정말로 다시 올 수 있을까?

"한솔, 은비, 어제 설명했던 거 기억나지? 외계 행성 사람들은 되돌아갈 때 이곳에서 겪은 일부터 전설의 책과 관련된 모든 기억이 지워져……."

"네, 루카. 잘 알고 있어요. 아쉽지만 어쩔 수 없죠……."

루카의 말에 한솔이 아쉬움을 감추지 못하고 대답했다. 어젯밤, 루카는 한솔과 은비를 불러 귀환 계획을 말해주었다. 아직까지 포르탈은 지구에서 발견되지 않은 행성인데다가, 포털 계약도 아주 비밀리에 극소수하고만 진행하고 있는 터라, 어쩔 수 없이 귀환할 때 기억을 지우고, 다른 기억을 갖게 된다고 설명해 주었다. 또한, 원래는 외계 포털로 이동하면 이삼 일 정도 정비 기간이 걸려서 한솔과 은비가 따로 돌아가야 하지만, 지구에 돌아가서 혼란스럽지 않도록 두 사람이 동시에 귀환할 수 있게 롤러코스터 포털을 개선했다는 말도 덧붙였다.

"지금 당장은 너무 아쉽겠지만, 길게 보면 그 편이 나을 거야. 대신 두 사람의 우정이 가득 담긴 즐겁고 새로운 기억을 선물로 줄게."

루카가 꼭 부여잡은 한솔과 은비의 손을 놓지 못한 채 이야기했다.

"고마워요, 루카. 잘 지내야 해요!"

은비가 눈물을 그렁그렁한 채로 루카에게 대답했다. 이제 롤러코스터에 탑승할 시간이다.

"한솔 군, 은비 양! 잠깐만요……!"

한솔과 은비가 막 롤러코스터에 탑승하려는데, 누군가 잔뜩 쉰 목소리로 힘겹게 그들을 불렀다.

익숙한 목소리에 뒤를 돌자 에밋이 서있었다. 에밋은 사람들의 부축을 받으며 힘겹게 한 걸음 한 걸음 옮겨 한솔과 은비에게 다가오고 있었다.

"에밋!"

한솔과 은비는 누가 먼저랄 것도 없이 에밋에게 달려갔다. 세 사람은 서로를 꽉 부둥켜안았다. 애써 아쉬운 마음을 누르며 눈물을 그렁그렁하던 한솔과 은비는 에밋의 얼굴을 보자마자 참았던 눈물이 터져 나오고 말았다.

"에밋! 어떻게 된 거예요? 이제 괜찮은 거예요?"

한솔이 눈물범벅인 얼굴을 하고 에밋에게 물었다. 영원히 잠든 줄만 알았던 에밋이 드디어 깨어났다.

"네, 그럼요. 루카가 신경 써준 덕분에 이제 괜찮아요……. 아직 몸이 성치 않지만…… 보는 것처럼 정신은 말짱하지요? 기력을 회복하려면 시간이 좀 걸리겠지만 모두 많이 도와주고 있으니 금방 일어날 거예요. 내가 죽기 전에…… 혹시나 또 한솔 군과 은비 양이 포르탈에 오게 되면 잘 맞이할 수 있도록 얼른 나올게요!"

에밋은 힘에 부친 듯, 한 번에 말하지 못하고 숨을 몰아쉬며 띄엄띄엄 이야기했다. 한솔과 은비는 에밋을 다시 한번 꽉 끌어안았다. 에밋은 비록 기력은 없어 보였지만, 그들을 맞아주었던 그 포근한 미소만큼은 여전했다.

한솔과 은비는 에밋과 더 시간을 보내지 못한 것이 너무나 아쉬웠지만, 그래도 떠나기 전에 에밋이 깨어난 모습을 볼 수 있어서 천만다행이라는 생각이 들었다.

이제 정말 가야 할 시간이다. 한솔과 은비는 그들이 처음에 타고 왔던 롤러코스터에 탑승했다. 그들은 롤러코스터 아래에 모인 포르탈 사람들 한 사람 한 사람을 눈에 담으려는 듯, 오랫동안 시선을 거두지 못했다. 루카가 롤러코스터 입구에 손을 대고 한참을 망설이다가 이내 결심하며 외쳤다.

"지구의 프로방스 가든 롤러코스터!"

● ● ●

잠시 후, 프로방스 가든

"와우! 이거 쬐그만 게 엄청 스릴 있는데!"
롤러코스터에서 내린 은비가 허리에 손을 얹고 고개를 휘휘 돌리며 말했다. 그녀는 아직 롤러코스터의 여운이 남은 듯, 신이 난 표정이었다.

"은비야……. 내가 이거 절대로 안 탄다고 했잖아……."

뒤이어 한솔이 후들거리는 다리를 부여잡으며 거의 기어가다시피 롤러코스터 출구로 빠져나왔다. 한솔은 극심한 멀미라도 한 듯, 얼굴이 새파랗게 질려있었다.

"어이쿠, 우리 남자 친구는 롤러코스터가 너무 무서웠나 봐요?"

롤러코스터 출구 쪽을 지나가던 놀이공원 관리소장 강석이 휘청거리는 한솔이 넘어질 세라 얼른 그의 팔뚝을 붙잡으며 말했다.

"그러게 말이에요……. 야! 넌 무슨 남자애가 겁이 이렇게 많냐? 담엔 저거 타러 갈까? 바이킹?"

"은비야, 신은비! 나 바이킹은 진짜 절대 안 탈 거야! 너한테 맞아 죽어도 안 타! 잠깐만…… 나 진짜 안 탄다니까!"

은비는 덜덜 떨고 있는 한솔의 말은 아랑곳하지 않고 그의 팔을 힘차게 끌어 바이킹 쪽으로 향했다. 휘청거리는 와중에도 강석에게 감사 인사를 꾸벅하는 것을 잊지 않은 한솔은 종이인형처럼 은비의 손에 이끌려 갔다. 강석이 그런 한솔과 은비의 모습을 흐뭇한 표정으로 한동안 바라보았다.

308

무서운 놀이기구를 좋아하는 은비를 따라다니는 게 힘들기는 했지만, 그래도 캠프에서 가까워진 단짝 친구와 오랜만에 놀이공원에 놀러 오니 한솔은 시험 스트레스가 확 날아가 기분이 좋아졌다. 한솔과 은비는 한동안 놀이공원을 누비며 즐거운 시간을 보냈다.

한솔은 요즘 하루하루가 즐겁다. 늘 티격태격 하지만 유일한 단짝 친구인 은비와 보내는 시간도 행복하고, 다음 시험 준비도 이만하면 잘 하고 있는 것 같다. 그러고 보니 한동안 시험 스트레스 때문에 그를 괴롭히던 악몽과 두통도 어느 날부터 씻은 듯이 사라졌다. 요즘은 푹 자고 일어나니 아주 개운하다.

가끔 롤러코스터를 타고 새로운 세상으로 떠나는 꿈을 꾸긴 하지만 말이다.

★

닥터 로하
이야기

.

"꺄아아아아아악!"

나는 그만 하얗게 질려 바닥에 주저앉고 말았다. 내가 할 수
있는 일은 그저 이 거지 같은 악몽에서 깨기 위해 소리를 지르
는 것뿐이었다. 나는 지금 사방이 막힌 어떤 방에 갇혀있다.

문제는 내가 제 발로 들어온 것도 아니고, 여태 살면서 단 한
번 와본 적도 없는 곳이라는 거다. 나는 그저 갑자기, 아주 찰나
의 순간 이곳으로 몸이 옮겨진 것 같았다.

"괜찮으십니까!"

그때, 갑자기 누군가 바깥에서 문을 벌컥 열었다. 역시나 한
번도 본 적 없는 말쑥하게 차려입은 남자와 빈틈없이 머리를
빗어 넘겨 하나로 묶은 여자가 심각한 얼굴로 소리쳤다.

"누, 누구세요?"

나는 겁이 덜컥 났다. 내가 잠시 기억을 잃었던 것일까? 여기는 병원인가?

"놀라게 해드려 죄송합니다. 잰시스라고 합니다."

남자가 자신을 잰시스라고 소개하며 아주 점잖게 말했다. 정신 똑바로 차려야 해……. 나는 원래의 나대로 차분하게 정신을 집중했다.

저 남자와 여자는 날 해칠 만한 어떠한 무기도 들고 있지 않다. 협박을 위한 도구도 없는 것 같다. 그리고 놀라게 해드려 죄송하다니…… 내가 이곳에 올 줄 알았다는 건가? 설마…… 진짜 꿈속에서 나를 부른 사람이 바로 이 남자?

●●●

잰시스라는 남자는 루카라는 여자와 함께 나를 아주 고급스러운 방으로 데리고 가더니 이곳이 지구가 아니라는 것부터 믿을 수 없는 이야기들을 늘어놓았다. 어이가 없는 이야기들이었지만, 그들이 직접 하늘 높은 곳에 떠있는 포털이라는 설치물을 보여주고, 뭔가를 통해 순간 이동하는 모습을 보여주고 나니, 달리 믿지 않을 방도가 없었다.

"이곳에 어떻게 오신 겁니까?"

잰시스가 나에게 물었다.

그걸 지금 나에게 물어보는 건가? 그건 내가 해야 할 질문이다. 무슨 수로 내 머릿속을 헤집어 꿈까지 꾸게 만들고 제 발로 여기까지 오게 만들었는지.

"나를 지구로 되돌려 보내줄 수 있는지부터 먼저 대답하세요."

나는 잰시스의 질문에 대답하지 않고 가장 궁금했던 질문을 던졌다. 나를 우습게 보지 못하도록 최대한 날카롭게 쏘아붙이며.

"물론입니다. 로하…… 아, 의사 선생님 맞으시죠?"

잰시스가 내 가운에 쓰인 〈Dr. Roha〉라는 글자를 힐끔 보더니 말을 이어갔다.

"당연히 지구로 돌아갈 수 있습니다. 몇 가지 질문에만 답변해 주신다면요."

일단 지구로 돌아갈 수 있다니 안심이다. 미심쩍긴 했지만, 이들에게 잘못 보였다가 괜히 아무도 모르게 위험한 일을 당할 수도 있다. 이들이 나를 부른 목적이 있을 테니 지금으로선 최대한 빠르게 협조하고 돌려보내 달라고 하는 것이 최선이다.

"질문은 제가 먼저 할게요. 그 꿈, 어떻게 된 거죠?"

나는 두 번째로 궁금했던 질문을 잰시스에게 던졌다.

"꿈? 꿈이요……? 무슨 꿈을 꾼 거죠?"

잰시스가 어이없게도 나에게 무슨 꿈이냐고 또다시 되물었다. 아무래도 제정신이 아닌 것 같은데⋯⋯ 대화가 통하지 않을 것 같다.

"꿈속에서 혹시⋯⋯ 클레멘 박물관을 본 건가요?"

잰시스가 바보 같은 질문을 던지며 전혀 대화를 진행하지 못하자 루카라는 여자가 나섰다. 옳지, 이 여자와는 뭔가 대화가 좀 될 것 같다.

"맞아요. 꿈속에서 어떤 남자가 보였고, 그 남자가 저에게 클레멘 박물관을 보여줬어요. 구체적으로 지하실 창고로 내려가 청소 도구 함에 들어가라고 했어요. 아주, 기분이, 나쁜, 꿈이었죠."

나는 일부러 '기분 나쁜 꿈'을 강조해서 말했다.

"됐어!"

내 말을 듣고 있던 잰시스가 갑자기 큰 소리를 내며 자리에서 벌떡 일어났다. 만난 지 몇 분 되지도 않았지만 영 마음에 들지 않는 남자다.

"도대체 뭐가 됐다는 거죠? 지금 사람을 포털인가 뭔가로 갑자기 불러다 놓고, 제대로 설명도 해주지 않은 채 지금 뭐 하는 짓들이죠?"

"아⋯⋯ 로하, 정말 죄송합니다. 제가 너무 흥분한 나머지⋯⋯. 꿈에서 본 그 장면, 저희가 보낸 게 맞습니다. 사실 꿈을 꿀 거라고는 생각하지 못했습니다. 지난 1년간 메시지를 보내고 무작정 기다렸는데…… 드디어 당신이 나타난 겁니다."

"꿈을 꿀 거라는 걸…… 몰랐다고요?"

"네, 설명해 드린 것처럼 선생님께서는 우리 포르탈의 고대 사람들이 만든 포털을 타고 이곳까지 오게 되셨고, 저희는 그 포털을 통해 메시지를 보낸 겁니다. 이곳에서는 메시지를 주고받을 수 있는 장치가 있는데, 사실 저희도 외계로 메시지를 보내는 것은 처음이라 어떤 방식으로 도달할지는 알지 못했어요. 실패할지도 모르는 테스트라고 생각했는데……. 이렇게 기적이 일어날 줄이야……."

얼씨구. 아주 감격에 겨운 모양이다. 기적이라니……. 나에게는 악몽이자 천벌이다. 분명 내가 전생에 나라를 팔아먹었나 보다.

"선생님, 여러 가지 경황이 없으시겠지만…… 여기까지 오게 된 이야기를 자세히 들려주십시오. 어떻게 이 종이들을 발견하게 되었는지, 꿈 내용까지 아주 상세하게 부탁드립니다."

잰시스가 아주 공손하게 부탁하며 양해를 구하고는 녹음기를 켰다.

"좋아요. 최대한 자세히 말씀드리죠. 대신, 이야기가 끝나면 저를 최대한 빨리 지구로 보내주세요."

나는 테이블 위에 놓인 물을 한 모금 마시고 호흡을 가다듬었다.

"저는 정신건강의학 박사예요. 특히 수면 장애 쪽이 제 전문 분야죠……."

● ● ●

로하는 수면 장애 분야에서 저명한 정신건강의학 박사다. 그 녀는 오랜 역사와 전통을 자랑하는 최고의 명문 대학 병원에서 교수로 일하고 있다. 워낙 인기 있는 의사이다 보니 그녀에게 진료받기 위해서는 아주 오랜 기간 동안 대기해야 할 정도이지 만 환자들의 발길은 끊일 줄을 몰랐다.

그런데 언제부터인지 같은 병원에서 일하는 동료 의사들 이 요즘 두통이 너무 심하다며 그녀를 찾아오는 횟수가 늘어나 기 시작했다. 병원에서 일하는 사람들에게 스트레스성 두통이 야 일상적인 일이지만, 어느 순간 그 숫자가 확 늘어난 느낌이 었다.

그뿐만이 아니었다. 병원에 입원해 있던 환자들도 요즘 약이 말을 듣지 않는다며, 진료를 받고 입원했는데 오히려 전에 꾸지 않던 이상한 꿈까지 꾸고 두통도 너무 심해졌다고 호소했다. 심 지어 이런 증상으로 중간에 퇴원해 다른 병원으로 옮겨 간 환 자들도 생겼다.

이런 일이 자꾸 발생하자, 줄 서서 로하를 찾던 환자들의 발걸음도 조금씩 뜸해지기 시작했다. 이름값도 못 한다는 둥, 유명하다고 해서 찾아왔더니 병만 더 얻어서 간다는 둥, 로하가 견디기 어려울 정도의 비난도 들려왔다.

그러던 어느 날이었다.

똑똑!

"들어오세요."

한 젊은 남자가 인상을 잔뜩 찌푸린 채 이마에 손을 얹고 진료실로 들어왔다.

"그동안 한 번도 이런 적이 없었는데, 요즘 자꾸 이상한 꿈을 꿉니다. 누군가가 꿈속에서 저를 계속 부르는 것 같아요. 같은 꿈을 반복해서 꾸고 깨어나면 심한 두통이 찾아와요. 정말 잠들기가 무서울 정도입니다."

여느 때처럼 일반적인 수면 장애 환자였다. 로하에게 호소하는 그의 목소리가 워낙 간절해서 로하는 안타까운 마음이 절로 들었다. 이 일을 오래 했지만, 환자들에게 늘 측은지심이 드는 것은 어쩔 수 없다.

"언제부터 증상이 생겼나요?"

"2주 정도 됐습니다. 그런데……."

환자가 말을 끝까지 잇지 못하고 주저주저하며 로하를 힐끗힐끗 쳐다봤다. 뭔가 말하기 어려운 사연이 있는 것 같다.

"괜찮습니다. 불편하지 않을 정도로만 말씀해 주세요."

로하가 환자를 안심시키며 부드럽게 말했다.

"실은…… 선생님이 이상하게 생각하실 것 같아서 말씀드리기 조심스럽네요. 믿기 어려우시겠지만, 제가 이 종이를 우연히 발견한 뒤로 이상한 꿈을 꾸고 두통이 생기기 시작했습니다."

환자는 병원이라는 공간과 전혀 어울리지 않는 이상한 문자가 쓰인 종이를 로하에게 내밀었다. 로하는 그 종이를 받아 들고 한참을 살펴보았지만, 그저 어떤 책의 낱장일 뿐이었다. 특이한 거라면 내용이 흔히 볼 수 있는 게 아니라 고대 문서에서나 볼 수 있는 그런 상형문자로 보였다.

"음…… 요즘 스트레스 받는 일이 있으셨나요?"

로하는 환자의 말에 별다른 대답을 하지 않고 질문을 돌렸다. 로하는 이상하게 그 환자가 신경 쓰여 다양한 방법으로 치료를 시도해 보았지만, 정말이지 조금도 좋아지지 않았었다. 결국 그 환자는 몇 번 찾아오더니 차도가 없자 더 이상 찾아오지 않았다.

로하는 자기가 무엇을 놓친 것인지 도무지 알 수 없었다. 나름대로 이 분야에서 최고라고 자부해 오던 그녀였는데, 깊은 슬럼프에 빠진 것처럼 헤어나오지 못했다.

사실, 그 무렵 로하도 가끔 이상한 꿈을 꾸고 두통을 겪었다. 워낙 어렸을 때부터 종종 앓아왔던 터라 대수롭지 않게 넘어갔지만 갈수록 증상이 심해졌다.

로하는 이 병원과 자신에게 두통을 몰고 온 원인을 찾고 말 겠다고 결심했다.

로하는 우선 두통을 호소하는 동료 의사들부터 인터뷰하기 시작했다. 그들은 공통적으로 약 한 달 전부터 두통이 시작됐고 당직하는 날에 주로 꿈을 꾸고 두통이 심하다는 사실을 알게 되었다.

로하는 이어서 증상이 완화되지 않아 퇴원해 버린 환자들까지 인터뷰했는데, 그들도 하나 같이 병원에서 증상이 심했다가 퇴원 후에 오히려 조금 나아졌다고 답변했다.

여기까지 인터뷰를 마친 로하는 어느 정도 가닥이 잡히는 듯했다. 그녀는 '병원 내 유해 물질'에 초점을 맞췄다. 만약 당직실과 병실에, 병원 방역 시스템이 잡아내지 못한 어떤 가스나 바이러스 같은 것이 유입되었다면, 다른 환자들에게도 위협이 될 수 있는 것은 물론, 이 병원은 끝장일 것이다.

로하는 우선 일을 크게 벌이지 않기 위해 혼자서 조용히 당직실을 찾았다. 당직하는 날에 주로 증상이 발현됐던 동료들의 말을 기억하고 우선 접근하기 쉬운 당직실부터 점검하기 시작했다. 만약, 혼자서 수면을 방해할 만한 의심스러운 무언가를 찾지 못한다면 사람을 써서라도 싹 갈아엎을 각오였다.

여느 병원이 그렇듯, 당직실은 잠시 눈을 붙일 수 있는 침대 몇 개와 벽면을 가득 채운 전공 서적들, 의사들의 개인 소지품들이 여기저기 널려있었다.

"어휴…… 이렇게 너저분한 곳에서 잠을 자니, 없던 두통도 생기겠네……."

로하는 정신없이 어질러진 당직실을 보며 혼잣말로 중얼거렸다. 깔끔한 걸 좋아하는 성격이라 어질러진 것을 두고 보지 못하는 그녀는 팔을 걷어붙이고 당직실을 하나하나 정리하기 시작했다.

로하가 당직실에 들어와 정리를 시작한 지 한 시간째, 그녀는 이곳에서 수면 방해 요소를 찾으리라는 원래의 목적도 까맣게 잊은 채 당직실 정리에 완전히 몰두한 상태였다. 널브러진 개인 소지품들은 오와 열을 맞춰 정리해 두고, 이미 차고 넘친 쓰레기통까지 싹 비워내니 이제야 어느 정도 숨통이 트이는 듯하다.

로하가 제멋대로 쌓여있는 전공 서적들을 책꽂이에 정리하려고 책꽂이 여기저기를 들쑤시며 빈자리를 만들고 있던 참이었다. 그때, 로하의 눈에 낯익은 종이 하나가 들어왔다.

"이 종이는……."

로하는 단번에 그 종이를 알아보았다. 의학 전공 서적들과는 전혀 어울리지 않는, 알아볼 수 없는 글자가 쓰여있는 종이, 얼마 전 자신을 찾아온 환자가 보여주었던 종이와 비슷한 문자가 적혀있었다. 로하는 퍼뜩, 이 종이를 우연히 발견한 이후부터 이상한 꿈을 꾸고 두통이 시작됐다던 그 환자에게 연락해 봐야겠다는 생각이 들었다.

로하는 빠른 걸음으로 자기 방으로 돌아오면서 '에이…… 설마…… 현대 의학으로 설명할 수 없는 일이야.'라고 애써 되뇌었지만, 이미 종이를 든 손은 덜덜 떨리고 있었다.

다행히 그 환자와 연락이 닿았다. 그는 여전히 두통에 시달리고 있었다. 로하는 그에게 그가 들고 있던 것과 똑같이 생긴 종이 한 장을 더 찾았다며 상황을 설명하고는, 그에게 잠시 종이를 빌리기로 했다.

그날 밤, 로하는 믿을 수 없게도 그 환자가 이야기한 것처럼 한 남자가 자신을 어디론가 부르는 생생한 꿈을 꾸었다. 그 남자가 로하에게 보여준 곳은 병원 근처에 있는 클레멘 박물관이었다. 그런데, 이상하게도 꿈속의 남자는 로하에게 클레멘 박물관 전시관이 아닌, 지하실 창고를 보여주었다.

로하는 날이 밝자마자 무언가에 홀린 듯, 클레멘 박물관으로 뛰어갔다. 메인 전시관은 가볍게 패스하고 꿈속의 남자가 이야기한 지하실 창고를 찾았다. 믿고 싶지 않았지만 정확한 장소에 지하실 창고가 있었고, 심지어 청소 도구 칸까지 남자가 이야기한 곳에 있었다. 로하는 부들부들 떨리는 주먹을 더욱 꽉 쥐고 청소 도구 칸으로 들어갔다.

그리고 곧, 그녀는 비명을 지를 수밖에 없었다.

●●●

"이봐 잰시스! 그 꿈 진짜 별로라니까? 너무 무섭다고! 그렇게 무서우면 사람들이 제 발로 잘도 찾아가겠다. 으이그."

"아, 그래? 나는 약간 겁을 주는 편이 사람들을 움직이는 데 더 도움이 될 것 같아서……."

잰시스가 내 말에 머리를 긁적이며 말끝을 흐렸다. 내가 포르탈에 온 지 벌써 한 달. 나는 어느새 잰시스, 루카와 친구가 됐다.

처음 이곳에 도착한 날, 내가 오게 된 스토리를 장황하게 풀어주고 집에 보내달라고 했을 때 잰시스가 미안하다며 외계 포털이 이동할 때 충격을 많이 받아서 고치려면 몇 달이 걸릴지 모른다고 말했을 때는 정말 배신감과 절망감에 책상을 모두 엎어버리고 싶은 심정이었다.

앞뒤 보지 않고 그대로 잰시스에게 달려들어 그의 머리카락을 쥐어뜯고 주먹으로 마구 때려버렸는데, 그는 피하지도 않고 가만히 맞고만 있었다. 그러다가 곧 이곳의 하루가 지구에서는

30분이라는 설명을 듣고는 더 기절초풍하고 말았지만 말이다.

지금 생각하면 좀 미안하긴 하지만, 그 정도는 맞아도 싸지 뭐.

처음엔 당연히 포르탈 사람들과 전혀 가까워지고 싶은 마음이 없었지만, 생각보다 이곳 사람들은 꽤, 아니 아주 친절했다. 잰시스와 루카는 나와 비슷한 또래였다. 맹한 줄로만 알았던 잰시스는 알고 보니 상당히 유능한 사업가였고, 루카는 배울 점이 매우 많은 영리한 기술자였다.

수면 장애를 연구하던 나는 자연스럽게 이들이 포털을 매개체로 꿈으로 메시지를 보내는 방식에 흥미를 갖게 되었다. 그러면서 잰시스와 루카에게 한두 마디 거들며 이야기하다 보니 어느새 아주 가까워졌다.

"좋아, 로하! 앞으로 꿈 메시지 시나리오는 박사님께 일임하겠습니다!"

"야, 잰시스! 나에게 진료 한 번 받으려고 몇 달 동안 줄 서있는 환자들이 얼마나 많은데, 나 아주 바쁘고 비싼 몸이야. 꿈 메시지 시나리오는 무슨……."

"아이, 로하. 제발…… 내가 이따 저녁에 완전 환상적인 여행지로 데려가 줄게! 포르탈에서는 가고 싶은 어떤 곳이든 순식간에 갈 수 있으니까!"

잰시스가 덩치에 어울리지 않게 코맹맹이 소리를 내며 졸랐다. 사실 어차피 새로운 세계에 온 거, 여기저기 구경하고 싶었는데 마침 잘됐다. 돈 드는 것도 아니고 못 이기는 척, 해주지 뭐.

"쳇…… 좋아! 내가 한번 져주지. 나 사실 처음부터 궁금한 게 하나 있었는데, 꿈을 꿀 때 두통이 상당히 심각하거든. 그거 어떻게 할 수 없을까?"

"흠…… 사실 꿈과 두통은 우리가 제어할 수 있는 부분이 아니라서 방법이 없어. 두통이 조금 덜하도록 꿈 메시지 보내는 간격을 좀 늘려보는 수밖에……."

"그렇구나. 어려운 문제네……. 그럼 포털은? 포털 설치는 다른 곳에 할 수 있지 않아? 사실 클레멘 박물관 지하실 말이야, 거기까지 일반인들은 마음대로 들어가기도 쉽지 않을뿐더러 꽤 으스스하거든. 나야 뭐, 환자들이 워낙 고통스러워하니까 사명감 때문에 무서워도 한번 가본 거고. 그리고 도착하는 곳도 그래! 한 번도 가본 적 없는 사방이 막혀있는 방에 갑자기 갇힌 기분이 어떤 줄 알아?"

나는 갑자기 도착하던 날의 충격과 공포가 되살아나 잰시스에게 소리를 마구 지르며 화풀이하고 말았다. 아무리 생각해도 박물관 지하실과 사방이 막힌 방은 정말 별로인 조합이다.

"그렇겠다……. 사실 네가 타고 온 포털은 아주 고대에 만들어진 포털이라 달리 방도가 없어. 원래는 출구도 길거리에 있는 오래된 화장실 칸 중 하나였는데, 그건 정말 아닌 것 같아서 출구만 뤼벤 컴퍼니 건물로 옮긴 거야. 어차피 지구 쪽 포털은 계속 만들 생각이야. 흠…… 어디로 부르면 사람들이 좀 겁을 덜 먹을까?"

"음…… 여긴 어때?"

그 순간, 나의 머릿속에 환상적인 아이디어 하나가 불쑥 떠올랐다. 내가 만약 의사가 되지 않았더라면 틀림없이 소설가가 됐을 것이다.

"어디?"

"놀이공원!"

"놀이공원?"

"응, 놀이공원이라는 데는 동심을 막 불러일으키는 곳이잖아. 적어도 겁먹지 않고 한번 가볼까? 하는 마음으로 부담 없이 갈 수 있는 곳이기도 하고."

"흠…… 듣고 보니 그렇네."

"놀이공원 화장실 뭐 이런 곳은 워낙 많아서 찾기 어려우니까 빼고…… 아! 롤러코스터 어때?"

"오오! 로하, 롤러코스터 진짜 괜찮다! 놀이공원의 상징물이니까 찾기도 쉬울 거고, 키 제한이 있는 놀이기구이니 너무 어린아이들이 포르탈에 방문해서 곤란해지는 경우도 없을 거고!

근데…… 롤러코스터에서 갑자기 사람이 사라지면 이상하게 생각하지 않을까?"

"놀이공원에서 가장 혼을 쏙 빼놓는 놀이기구가 롤러코스터 거든. 맨 뒷자리라면 운행 도중 누가 사라진다고 해도 아무도 모를걸?"

"그럴듯한데?"

"정 걱정이 된다면…… 포털 탑승을 도와줄 만한 사람을 하나 심어놓는 건 어때?"

"도움을 줄 만한 사람이라…… 있다면 큰 힘이 될 것 같긴 한데, 포르탈보다 지구의 시간이 훨씬 느리게 흘러가다 보니, 누가 쉽사리 가려고 할지 모르겠네. 지구에서 고작 일주일 조금 넘는 시간이 포르탈에서는 1년이잖아.

그건 맞는 말이다. 만약 포르탈 사람이 지구에 있다가 다시 포르탈로 돌아온다면, 포르탈은 이미 수십 년이 지난 후여서 모든 것이 바뀌어있을 것이다.

"오히려 포르탈을 방문한 지구인이라면 가능할 수도 있겠다. 뭐, 지구 사람이 언제 또 우연히 포르탈에 방문하게 될지는 모르겠지만."

잰시스가 금세 시무룩한 목소리로 고개를 푹 숙이며 말했다. 회사 대표라는 사람이 이렇게 아이디어가 부족해서야. 쯧쯧.

"내가 그 우연을 운명으로 만들어줘?"

"뭐?"

내 말에 잰시스가 푹 숙였던 고개를 치켜들고 커다란 눈을 더욱 커다랗게 떴다.

"내가 지구로 돌아갈 때, 포털 이용 티켓을 한 장 줘. 포털을 설치할 지구의 놀이공원 관리 사무실에 몰래 놔두고 올게. 이왕이면 놀이공원에서 근무하고 있는 직원에게 일을 맡기는 게 좋지 않겠어?"

"로하! 너 괜히 박사님이 아니구나! 이거 완전 엄청난데? 루카랑 한번 상의해 봐야겠어."

잰시스가 내 손을 덥석 잡으며 신이 난 어린애처럼 발을 동동 굴렀다. 잰시스를 들었다 났다 하는 것이 여간 재미있는 것이 아니다.

"아! 그리고 꿈속에 네가 나와서 책 읽는 거 말이야. 나쁘진 않지만, 그래도 꿈꾸는 사람들 입장에서는 모르는 남자가 계속 꿈에 나오면 악몽처럼 느낄 수 있어. 어린아이나 푸근한 인상의 어르신은 어때?"

"역시, 박사님은 다르네! 그것도 인정!"

잰시스가 만족스러운 듯 엄지손가락을 치켜세웠다. 처음에는 무섭게만 보였던 잰시스가 이제는 꽤 귀엽기까지 하다. 곧 그와 헤어질 생각을 하니 벌써 아쉬운 느낌이다.

이제 곧 롤러코스터 포털이 만들어지겠지? 이 포털로 또 누가 포르탈 유니버스에 오게 될까? 이왕 오는 거 재밌게 놀다 가면 좋으련만. 나처럼 좋은 친구들을 만나 추억도 쌓고 간다면 더할 나위 없고 말이다.

수상한 롤러코스터

2024년 3월 6일 초판 1쇄 | 2024년 10월 18일 2쇄 발행

지은이 조주영
펴낸이 이원주 **경영고문** 박시형

디자인 진미나
기획개발실 강소라, 김유경, 강동욱, 박인애, 류지혜, 이채은, 조아라, 최연서, 고정용, 박현조
마케팅실 양근모, 권금숙, 양봉호, 이도경 **온라인홍보팀** 신하은, 현나래, 최혜빈
디자인실 윤민지, 정은예 **디지털콘텐츠팀** 최은정 **해외기획팀** 우정민, 배혜림
경영지원실 홍성택, 강신우, 김현우, 이윤재 **제작팀** 이진영
펴낸곳 팩토리나인 **출판신고** 2006년 9월 25일 제406-2006-000210호
주소 서울시 마포구 월드컵북로 396 누리꿈스퀘어 비즈니스타워 18층
전화 02-6712-9800 **팩스** 02-6712-9810 **이메일** info@smpk.kr

ⓒ 조주영(저작권자와 맺은 특약에 따라 검인을 생략합니다)
ISBN 979-11-6534-895-3 (43810)

쌤앤파커스(Sam&Parkers)는 독자 여러분의 책에 관한 아이디어와 원고 투고를 설레는 마음으로 기다리고 있습니다. 책으로 엮기를 원하는 아이디어가 있으신 분은 이메일 book@smpk.kr로 간단한 개요와 취지, 연락처 등을 보내주세요. 머뭇거리지 말고 문을 두드리세요. 길이 열립니다.